自序

二十五年前，當時還正值盛年期的《中央日報》，為了慶祝中華民國開國七十年，邀我寫一篇長篇連載小說，在〈中央副刊〉發表。〈中副〉主編孫如陵先生和我是老朋友了，四十多年前我在〈中副〉發表《黑牛與白蛇》，就是由他出面邀約，那是一次愉快圓滿的合作，所以，這一回他表明來意，我稍作考慮，就爽快的答應了。

故事很長，當初的設計，原是採用三部曲的形式，題目也都想好了的：第一部即以「大地蒼茫」為題，故事背景在作者的故鄉，時間從民國初年，經北伐、中原大戰，到抗戰前夕；第二部的題目是「烽火絃歌」，寫的是抗戰期間在漫天烽火中創立學校，以及師生們被迫離鄉流亡的經過；第三部才是「大海蕩蕩」。在〈中副〉發表的時候，卻故意顛倒順序，拿「大海蕩蕩」四個字當作全書的總題。這其實是我自己的點子，希望藉此製造些壓力，逼著自己寫下去，一路直到底，才能符合題意。如果全書順利完成，粗略預估，大約在一百六十萬字左右，裝訂成冊，也是幾塊超大號的笨磚頭。

明知道這是一宗很累人的大工程，卻仍然不自量力的接過手來，內心自不免有一些幽隱曲折，在連載上場之前，我先發表了一篇〈我寫大海蕩蕩〉，算是這個長篇的引言，開頭我就說：「一個寫作者，遭逢這個動亂多變的時代，總會情不自禁的滋生野心，要用自己手裡的這支筆，替這個時代錄音留影；並且，不是浮浮泛泛，零零星星，而是要深深切切，完完整整。」最後面甚至還出現了幾句禱告詞般的言語：「現在我鼓起餘勇，用這個長篇來實現積貯已久的心願，對我個人而言，這是大事一件，我當然會殫精竭智，作全心全力的奉獻。可是，野心勃勃而人已衰老，我究竟能做到多少？如陵兄常拿當年在他督策之下寫《黑牛與白蛇》的那段往事來鼓勵我，說那是一次很愉快的合作，縱然他所說屬實，畢竟那是十八年前的舊事了。願皇天佑我，給我健康，那勝過任何財寶；讓我寫作，那超越一切享樂！」這兩段話，就把我寫作這個長篇時的心境表露無餘了。

檔期趕得急，第一批交稿只寫了六千字，就匆匆的推了出去，然後就邊寫邊發，日復一日，所幸有驚無險，不曾發生因「續稿未到」而「開天窗」的事件。連載時間確實是太久了，受累的不只是作者和主編，必然還會為其他工作人員添了麻煩，造成不便，當稿子寫到八十萬字，約占全書一半，果然有「雜音」出現，一位董事不知道是替誰發言，在董事會上向副刊室責難，說：「楊念慈的連載，又不是武俠小說，讓他寫這樣長做什麼？」這些話傳入我的耳朵，我當然有些著惱，老朋友都知道我這個毛病，我做事情，可以不要掌聲，但不能有噓聲，被擾亂了的情緒，再也無法恢復平靜。於是，在最後一批送出去的稿件尾端，我寫下一行小字：「拙稿連載經年，恐讀者生厭，就此擱筆」，主動結果了自己。

以三部曲的形式來說，發表過的部分，只有第一部《大地蒼茫》是完整的。所謂三部曲，本來就是三個在時間上或主題上可以連成一氣的故事，分開來卻又能首尾齊備，自成起訖。在〈中央副刊〉發表的，那算是《大地蒼茫》的初稿，現在準備出書，少不得要再下一番增刪修補的工夫，交給三民書局的，這才是定稿。從初稿發表，到定稿出書，屈指算來，已經二十五年之久，在我生命史中，這也是一項紀錄。

以上所說，是這部小說由寫作、發表到籌畫出書的經過。事之成敗，物之得失，古人認為一切自有定數。年輕的時候，敢衝敢撞，拚死拚活，不相信這一套，如今年歲已老，經歷漸多，承認這種說法也有理由，不敢再和古人抬槓了。

大地蒼茫

第一章

劉一民是山東省城武縣郜鼎集人氏，郜鼎集是城武縣和單縣之間的一座小村鎮，通往這兩座縣城的那條古老的官道，就從郜鼎集北寨門外經過。

人在什麼地方出生成長，那地方就是他的家鄉，而愛鄉戀土的心理人人都有，和外地人談天說地的時候，總能指出家鄉的一些好處。不過，替自己的家鄉吹牛，也不能太離譜，就算出於一種愛鄉戀土的心理，劉一民也不得不承認：郜鼎集，只是一處極普通的小村鎮，在魯西、冀南、豫東、蘇北那一片蒼茫千里的大平原上，這樣的小村鎮所在多有，每隔十幾二十里路，必能遇到一處，地名各有來歷，風貌大致相似，都是一樣的純樸，一樣的厚實，一樣的歷史悠久，一樣的土里土氣。

倒是「郜鼎集」這個地名，寫出來有些眼生，唸著也不容易聽得懂，常常成為外地朋友尋根究底的題目。劉一民童年剛剛入塾讀書的時候，他的啟蒙師王秀才就曾經引經據典的，向一群不識字的小蘿蔔頭兒，把「郜鼎集」這個地名作了一番解釋，當時年歲太小，知識不夠，師父講得清清楚楚，學生聽得糊里糊塗，只能從王秀才的神情，領會到這開宗明義的第一堂課內容很重要。後來，劉一民年歲長大了些，自己有了翻書查辭典的能耐，才把「郜鼎集」三個字的來歷弄明白。原來「郜鼎集」是古郜國的遺址，西周初年，周文王的兒子冉季被封在這裡，是一個小小的子爵國，立國的時間卻在三千年以上了。劉一民還記得，王秀才敘述這些情節，特別強調它的年代，其實，在這塊古老的地區，很多地名都是夏商周三代以前就有了的，比古，比老，恐怕大多是勢均力敵，誰也不輸給誰。三千年的歷史，無非是說它歷經滄桑，閱盡許多朝代的興亡，而它本身也有過許多變遷，據地方志書記載，秦漢以後，它曾經是侯國，也曾經是縣治，年代越來越老，地位越降越低，多少次在天災人禍、兵荒馬亂中變成廢墟，又多少次從廢墟上重新建立，最後成為這樣一個普普通通的小村鎮，一般地圖上根本找不到它的位置。

郜鼎集附近的幾十座村莊，是一個純粹的農業區，沒有工廠，沒有礦脈，老百姓唯一賴以維生的，就是那祖傳世守的土地。那片土地是已經被耕種了幾千年的，連阡越陌，都是平坦的良田，卻沒有一點水利措施，年年要靠天吃飯，偏偏有許多災難，今年淹，明年旱。好在那一大片平原，看上去略無起伏，實際上也有高有低，高的地方不怕水淹，低的地方不怕乾旱，所以，不管是旱是澇，總有一半土地多少有些收穫，比起別的地區，這種情況，已經算是得天獨厚了。

在那片純農業社會的大平原上，凡是稱之為「集」的地方，多多少少總有些商業氣味，主要活動是每逢單日或雙日定時定點的趕集、趕會，這種活動自古就有，一直到民國初年，仍然一切遵照舊規，沒有多少進步。郜鼎集的大街上也有幾家店鋪，雖然平日裡照常開門營業，上門的顧客很少，要等趕集、趕會的日子，才有生意可做。

在這幾家固定的店鋪中間，比較特別的，是那家店號「葆和堂」的中藥舖。說它特別，是指那個年代，在鄉間開業的醫生不多，像郜鼎集這般規模的村鎮，也根本養不住一家中藥舖。更特別的是這家中藥舖的「劉先生」，他行醫的觀念和方式都和別的醫生不同，從他的外貌和裝束，也絕對看不出他是一位懸壺濟世的「大夫」。

劉一民是「劉先生」的小兒子，從五歲到十二歲，「劉先生」一直把他當作「小跟班的」，出診的時候，父子同騎一匹高高壯壯的大黑驢，早晨去過「李樓」，近午又到了「張莊」，後半晌也許還得再趕上一兩個地方，遇到路程遠些，等他們父子倆回到家裡，往往已經是初更天氣。小時候，不大懂得世事，倒覺得這種生活很有意思，像是在到處遊歷，又像是串門子、走親戚，所到之處都把他招待得像小客人似的。就因為有這種機會，比起他家鄉那些同年歲的孩子，他活動的範圍很大，郜鼎集附近地區的幾十座村莊，沒有他不曾到過的，他熟悉每一座村莊的景色和氣味，大同之中，總有小異。

「劉先生」的本名叫劉大成，只是這名諱很少使用，除了至親本族，按照輩分，各有不同的稱呼，至於一般鄉鄰，人人都喊一聲「劉先生」。這種情形，劉一民始終沒有弄清，是在他的家鄉就把醫師叫作「先生」呢？還是只有他父親才享有這個尊稱？他所能記得的，不論當面或是背後，別人總是這樣稱呼他的父親，甚至連他的名字也一同被廢棄，鄉親們管他叫「劉先生的小兒子」，或者是「劉先生家的老二」，當他年歲稍大了些，竟然有人喊他「小劉先生」的，聽上去似乎有些捉弄人的意思，喊的人卻是恭恭敬敬，打恭作揖，一點兒也不像開玩笑的樣子，他只好坦然領受，承認這「小劉先生」也是他的名稱之一，漸漸聽得耳熟，就不再面紅耳赤。

醫生並不都像自己的父親那種典型，這一點，劉一民倒是很小的時候就知道了的。他們劉家這一族，以行醫為業，已經傳了好幾代，劉一民有一位堂伯父，就是縣城裡的名醫，平時來往不多，每年春節，跟著父親進城拜年，總會見上一面。可是，當他站在這位穿綢著緞掛金佩玉的堂伯父面前，總覺得彼此之間的關係很疏遠。和城裡的這位名醫相比，郜鼎集的「劉先生」簡直就像一個揮鋤扶犁的莊稼漢，衣著打扮，舉止言談，處處都顯得寒酸。

像堂伯父這樣的名醫，縣城裡還有幾位，都是以「難請」出了名兒的。他們的醫術、醫德也許都沒有問題，只是派頭太大，一般人家根本就「請」不起。離城較遠的那些窮鄉僻壤更不必說了，就連城郊關廂很近便的地方，害病的人也往往捨近求遠，不找城裡的那幾位名醫，反而跑十幾里路去請郜鼎集的「劉先生」。因為有這種情形，城鄉的同業就產生了一些嫌隙，甚連劉一民的堂伯父，也對郜鼎集的那位堂弟有些不滿意，常常當面提醒，背後批評，要那位鄉下醫生注意自己的身分，不要只顧得做一個行善積德的「濫好人」。

有一回，「劉先生」帶著小兒子進城拜年，在城門洞裡就被一個害急病的人攔住了，病情沉重，一時脫不了身，劉一民就被吩咐自己先到堂伯父去磕頭。不知道那位名醫是多喝了幾杯酒，還是另有感觸，竟然對著一個七八歲的小孩子，發了一大堆牢騷：

「什麼？你說你爹進城的時候，被人截住帶到家裡看病去啦？那不成了截道兒的土匪了嗎？醫生成了被綁架勒索的肉票！哎喲，醫生的這點子體面，可都被你爹給丟盡嘍！」

被罵的是爹，罵人的是「大爺」，劉一民低頭瞑目，一句反駁的話都不敢出口。

生了一陣悶氣，堂伯父又開頭數落著：

「聽說你爹給人看病，不但是一叫就去，就連病人吃的藥，也都是不給錢的！」

劉一民為那些病人辯護：

「不是不給，是沒有錢嘛，只好先欠著吧。」

堂伯父卻替劉一民全家人抱屈：

「你爹這種做法，這不叫行醫，他是在行善積德，可是，看病白看，抓藥不收錢，你們一家人怎麼生活？吃什麼？喝什麼？」

劉一民實話實說：

「還是給錢的人多，欠賬的人少，一家人有吃有喝，沒有誰渴著餓著。」

堂伯父搖搖頭：

「這真是有其父必有其子，你這孩子倒是挺知足！可是，一個做醫生的，濟世活人之外，多少也替自己的家人打算一下，這不算不應該吧？聽說你爹出外行醫，都是帶著你一起去，這大概就有傳授衣缽，要你將來繼承家業的意思，大爺今天說的話，值得你牢牢記住！」

劉一民點頭應諾，準備告辭，那天他堂伯父說話的興緻很高，劉一民轉身要走，又被叫住，很懇切的囑咐說：

「你爹是個濫好人，只管替人看病，而不曉得人有善惡之分，早晚會給自己惹來大麻煩。以你爹的性情，有土匪請他看病，大概他也會去，去的時候也必定會帶著你，怕的是看完病之後，那土匪翻臉無情，把你留在土匪窩裡，你就成了肉票，耳朵裏灌黃蠟，眼睛貼膏藥，你可就受了大罪，吃了大苦囉！醫生濟世活人，總先要自己保命！我看你年紀雖小，人倒還機靈，大爺的話，你懂不懂？」

堂伯父那天說話的口氣雖然不甚平和，但也聽得出來總是關心愛護的成分居多，後來父子倆在驢背上說閒話的時候，劉一民就把堂伯父這番好意轉達給父親知道，「劉先生」聽了，卻只是爽朗一笑：

「你是不是被你大爺的話給唬著了？他們城裡人顧忌多，所以膽子就特別小，把鄉下的窮人都當成盜匪了，咱們整年的在鄉下打轉，可碰到過幾個？對壞人要防備著，這話不錯，可是，好人、壞人怎麼樣分法？總不能有人上門求醫，就當面問他，你是好人呢？還是壞人呢？再說，像咱們這點子家當，也不是土匪綁架勒贖的對象，要是自己唬自己，關門闔戶的，那裡都不敢去，悶出病來，又該怪誰？」

聽父親這樣一番譬解，劉一民也不禁笑出聲來。

可是，堂伯父的那番話，卻像下了一個魔咒似的，不久之後，真的發生了一次「土匪請醫」的事件，幾乎使得郜鼎集「葆和堂」劉家傾家蕩產……

第二章

劉一民是民國元年出生的，而發生「土匪請醫」事件的那一年，他才八歲。在那段歲月裡，土匪是他家鄉的一項特產，如果有人熟悉那些人物，記得那些回目，像「水滸傳」那樣的大書，再續寫個十部、八部，大概材料也儘夠了。土匪多，這當然有個緣故：一來是，故鄉本性強悍，而又多災多難，每逢遇上熬不過的天災，受不了的人禍，就會有人鋌而走險。這種情況，就和死人變成殭屍一樣，先是被殺被宰，過後他自己也變成害人的精怪。二來，民國初年的軍閥頭目，也以山東省籍的占大多數，吳佩孚、孫傳芳、張宗昌……等，用兩隻手再加上兩隻腳也數不過來。有人說過這樣的話：「軍閥和土匪，是同母異父的親兄弟。」這話不止是說有些土匪後來成了軍閥，有些軍閥後來又變回土匪，大哥二哥麻子哥，本來就是一丘之貉；更深一層的意思是：有那些軍閥作惡害人，鋌而走險、淪為盜匪的善良百姓才越來越多，軍閥是惡因，盜匪是毒果，如此反覆輪迴，生生不已，更證明這二者之間確乎有著很親密的血統關係。故鄉的人管那些土匪叫「拉桿兒的」，管土匪的頭目叫「桿子頭兒」。有些大「桿子頭兒」徒眾甚多，一旦向軍閥投靠，憑他人槍的數目，就能弄個「團長」、「旅長」之類的官兒作作，作膩了，再回頭幹他的老本行。有時候，暮去朝來，朝來暮去，老百姓也根本分辨不清誰是官兵，誰是土匪，夾在這二者之間，水深又逢船漏，火熱偏要加油，日子就更加難過，心境也越發冤苦了。

在故鄉那片大平原上，郜鼎集附近的幾十座村莊，要算是比較「平靖」的。這也有個緣故，郜鼎集那一帶人窮地貧，財主不多，沒有使那些「大桿子頭兒」垂涎動心的目標；至於那些牽牛拔橛兒、截道兒、打悶棍的小強盜，又因為地方上民風尚武，男人多少都會些拳腳工夫，鄉民們為了自保，還自動組織了「聯莊會」，守望相助，彼此照顧，宵小之徒也不容易得手。因為這個緣故，劉一民在八歲以前，雖然已經聽了不少打家劫舍、綁票勒贖的故事，卻只是耳聞，不曾目睹，根本就想像不出土匪是什麼樣子……，後來終於有了機會。

說起來也只怪劉一民的父親「劉先生」作風怪異，破壞了醫生們的「行規」，才會在他行醫的生涯當中，發生了那件奇事。

本來呢，那個時代醫生是極少的，身分也相當尊貴，如果「劉先生」能稍稍隨俗，就不會那麼窮困，也不必那麼辛苦。城武縣是一個三等小縣，全縣也有幾十萬人，醫生總共不到十位，大部分都住在縣城裏。因為醫生少，對小門小戶的人家來說，「請醫生」是一件大事，非到萬不得已，是不敢起這個念頭的。好在鄉下到處有廟，也到處有畫符唸咒包香灰的「師婆子」，就是自初民時期一直存在著的「巫醫」，入了民國之後，還一樣的能夠混飯吃。一些知識分子談到這個問題，都把它歸咎於鄉愚的迷信無知，寧願靠神，不肯求醫，結果就把許多不該死的病人給送到「枉死城」去。這固然也是事實，有很多人一輩子不曾看過醫生，卻並非一輩子沒有害過病。不論病輕病重，都是躺在那裏苦捱硬挺，靠幾包香灰增加病人求生的勇氣，也有些病症就會這樣好起來的，真要是挺不過去，那也只有認命。不是不肯求醫，而是醫生難「請」，這才是真正的原因。像城裏的那些醫生，難「請」都是出了名兒的。診金藥費之外，要車接轎送，要上等的酒飯待承，而且，醫生們又都有大煙癮，另外還得準備一盞上等的煙具，到了病人家裏，且不理會病情輕重，先得架起煙槍，點上煙燈，一口一口的吞雲吐霧，把煙癮過足。病家心急如焚，也只能含著眼淚等候，那敢催促？不然的話，得罪了醫生，就等於斷了病人的生路。臨床診察，草草結束，然後起身就走，一聲吩咐：「這病不中用啦，快準備後事吧！」這就算是簽了「死亡證明書」。在病家眼裏，醫生都是和閻王爺沾點兒親戚關係的，輕飄飄的一句話，便能在頃刻之間，判人生死。如果能服侍得醫生高興，他用心檢查，悉力診治，也許就能在閻王爺面前說說人情，起死回生，救了病人一命。既然醫生有這麼大的威風，這麼高的神通，端端架子，擺擺譜兒，又有誰說他不應該呢？吞聲忍氣，仰望顏色，連病人的家屬都認為這是分內當為，不敢有半點兒違逆，那些作醫生的，從多少世代以前，就習慣了這種優遇，更把它看作是天經地義，理當如此。

所以，在別位醫生眼裏，是把郜鼎集的「劉先生」看作一個「叛逆」的。城裏的那位堂伯父，就向劉一民說過這樣的言語：

「回去告訴你爹，教他往後改一改，不要這麼一叫即來，一『請』就去，騎著他那頭毛驢子，走鄉下那種泥路，他就不怕遇上土匪？再說，他這麼作賤自己，別人自然就瞧他不起，不但害得你們一家人吃苦受罪，還敗壞了祖師爺遺留的行規！」

這些話，劉一民當然不會對父親說起，一來怕父親生氣，二來他也不是那種沒有主意的孩子，就算真的有那樣一位祖師爺，他也仍然認為父親的作法才對，不希望「行規」把父親變成另外的一種人。一直到今日，劉一民對醫生這行業還是很嚮往、也很有成見的，自己沒有做成醫生，畢竟曾經是醫生之子，有他父親的影像留在腦海裏，他對時下許多唯利是圖的庸醫，自然就越看越不中意；而對極少數術德兼備的好醫師，卻又崇敬無比。

郜鼎集的那位「劉先生」，一半是秉承庭訓，一半也是出乎他自己的天性，他沒有派頭，也學不會擺架子。有人「請」他看病，既不用車轎，也無須求告，只要託個便人給他帶個口信兒，他就會騎著那頭大草驢，三十里、二十里的自己趕了去。病人招待他，更是一點兒不費事，遇上了飯時，有什麼就吃什麼，窩窩頭兒，糊塗粥，再有兩盤清清淡淡的家常菜，炒豆角兒，或者是烘茄子之類，他就能吃得津津有味，因為在自己家裏，他一日三餐也是這類的飯食。偶而有病家特別感念，殺雞宰鴨的招待他，他吃也照吃，總不忘記向病家叮囑幾句，要他們僅此一次，下不為例。

除非家裏有事，「劉先生」出門行醫，總會帶著劉一民這個「小跟班的」。雖然年紀小，也不是全無用處，一來長途跋涉，需要有人作伴聊天兒，免得在驢子背上打瞌睡，一頭栽了下來；再則，遇到病家事忙人少，當「劉先生」進屋看病，孩子就在外頭照顧牲口。有許多醫學上的知識，和國史、縣志、家譜裏所不及記載的一些掌故，劉一民就是藉著這種時候，父子同騎，邊走邊說，在驢子背上聽來的。同時，這也是「劉先生」教導兒子讀書認字的機會，藥囊中就帶著「讀本」，無非是「三字經」、「百家姓」、「千家詩」、「萬事不求人」之類，有時父親講，有時兒子背，課程就這樣進行下去。父子而兼有「師生」之情、「主僕」之義，比起那個時代一般的父子關係，劉一民和他父親要算是相當親密，但也有許多一定要遵守的規矩，感情再好，父親總是父親，兒子總是兒子，不可能像現在一般父子這樣摟摟抱抱、打打鬧鬧的。

那段「土匪請醫」的故事，就是在這種情況下發生的。一日，晚飯過後，已經到了掌燈的時候，「葆和堂」中藥舖來了一個壯年漢子，進門來就打恭作揖，說是來「請」醫生的。當時「劉先生」就坐在櫃臺後面，正指揮著劉一民兄弟研磨藥粉，那位壯年漢子居然對面不相識，還直問：「劉先生可在家裏？」這是很少有的事。到郜鼎集「請」醫生的，都是二三十里路以內的鄉鄰，就算他家裏從來沒有人生過病，也不可能不認識「劉先生」。這一點原本就有些可疑，「劉先生」天性仁厚，遇事不肯往壞處猜想，也就忽略了過去。再問起地址，那個壯漢竟然說出「清涼寺」這三個字，連當時年僅八歲的劉一民都猛然抬頭，帶出一臉驚異，向那個壯漢注視。

「清涼寺」是一座古老的廟宇，離郜鼎集大約二十五里，正當城武縣、單縣、曹縣的三不管地區，附近又是一片窪地，前不靠村，後不靠店的。本來寺裏有和尚主持，因為地方偏僻，香火不盛，全靠著化緣度日，終於耐不住清苦，鎖起山門，雲遊到別處去了，那座古廟就從此荒無人跡。

「劉先生」也感到有些迷惑：

「你說的這座清涼寺，不是早就荒了麼？怎麼又有人住在那裏？」

那個壯漢解釋說：

「不錯，那是一座荒廟，年久失修，快要倒塌了。我們道爺是三天前從單縣那邊過來的，發現這清涼寺無人主持，就發了一個心願，要替廟裏的菩薩重修金身，就暫時在那裏住下，沒想到就出了這個痲煩。」

「劉先生」又聽出了蹊蹺：

「你稱他道爺，莫非來的是一位道士？清涼寺供的是如來佛，那是一座和尚廟呀！」

那個壯漢也是一身莊稼人的打扮，說話的神情，倒像是走江湖、賣膏藥一類的人物。他向劉一民的父親拱拱手，話說的很通達：

「荷葉蓮花藕，三教是一家，又何必分得那麼清楚？今天在下是奉道爺之命專程來請劉先生，您慈悲為懷，就辛苦一趟吧。」

「劉先生」再向他打聽：

「就是那位道爺生了病？」

那個壯漢說得更玄妙：

「不，生病的是他娘，一位六十多歲的老太太，病情很沉重，不能自己來，要劉先生去救她一命。我們道爺雖然流落在外，倒還不缺錢財，劉先生妙手回春，他會重重的酬謝您。」

「劉先生」笑著擺擺手：

「那倒不必。我只是有些好奇，出家人還帶著家眷麼？」

那個壯漢很誠懇的說：

「人那能忘本？出家人也不是石頭縫兒裏蹦出來的！不瞞劉先生，我們這位道爺塵緣未淨，一生最重的是孝道，自己出了家，還不忍心把老娘親抛下不顧，只好帶著一塊兒住廟。也就因為這樣，奔波勞苦，照顧不周，老太太才生了病的。這幾天，我們道爺衣不解帶，他自己也快愁出病來了哪！」

「劉先生」肅然起敬：

「哦，原來是位孝子，我一生最敬重這種人。回去對你們道爺說，我明兒一早動身，大約在辰時左右，就會趕到那裏，準時不誤。」

那個壯漢拱手稱謝，告辭而去，到了門口，又止步回頭：

「劉先生，這人命關天，您可一定要來！」

說罷，人就大踏步而去，在門外夜影裏消失。

事後回想，那個壯漢最後這兩句話口氣很惡，完全是一種威脅，當時父子三人卻沒有體會得出來，還以為這「人命關天」四個字，說的是那位老太太。如果他們三個人當中，有誰心裏起了警覺，可能會一下子連想到許多，第二天就不會去了，那將是「劉先生」生平第一次對病家失約，然後會發生什麼事情，可就不敢預料了。

第二天，「劉先生」遵守信諾，一大早就騎著那頭大草驢上路。臨出部鼎集的時候，「劉先生」似乎心裏有些警兆，忽然對小兒子說：

「一民，今天去清涼寺，路遠地偏，那廟裏也不會有小孩子陪你玩耍，你還是不要去啦，回家幫你哥哥去曬藥吧，十幾筐藥地，他一個人照顧不了。」

劉一民興致很高，向父親撒嬌說：

「爹，不要攆我嘛。我最喜歡逛廟了，清涼寺，我還沒有去過，也許那裏會有很好玩的事情哪。讓我去嘛，好不好？」

大概「劉先生」只是一時的心血來潮，並不是非要把小兒子趕回去不可，被劉一民糾纏著，也就無可無不可的答應了。就這樣，劉一民受了一場驚嚇，看了一場熱鬧，那是他生平第一回看到成群結幫的土匪，而且都是活的，不是縣城西關外刑場上那些斷頭裂腦被處決了的死屍。

他們父子倆共騎的那頭大草驢，體型高大，健壯得像一匹馬。驢和馬不同的是，除了外貌上的差異，就是走路的姿勢，驢是用「走」的，不會像馬那樣的揚鬣飛馳，但比馬有長力，始終是不緊不慢，不急不徐，比騎馬另是一種風味。那時正是農曆七月底，大太陽流火鑠金，青紗帳冉冉升起，是一年當中天氣最熱的季節，早晨趕路，卻是一樁挺舒服的事兒，一路行進，高高興興的，不到約定的「辰時」，就趕到了那片大窪地，遠遠看去，綠樹簇擁著一座土堌堆，上面露出幾道屋脊，那就是「清涼寺」。

而那座土堌堆就叫作「清涼臺」，也即是寺名的來歷。魯西那塊大平地，幾百里路以內是沒有山的，比較高的去處，除了人工建造的河堤、城牆和住人的房子，再就是這種天然遺留的土堌堆。數目也不算多，這座「清涼臺」之外，劉一民在別處也見過幾個。多半都是在一片大窪地的中央，面積有大有小，最大也不過占地十餘畝；高度則比較一致，最高也只有拔起二百尺。這座「清涼臺」算是比較高大的一類，當然不能和遠處那些高山大嶺相比，在劉一民的家鄉，也算是一處景緻了。

從臺前的這條土路，到臺上「清涼寺」的山門，陡陡的，有一兩百級磚砌的臺階，人走著都吃力，驢子是根本就上不去。

「劉先生」坐在驢背上自言自語：「怪咧，不是約好的在這裏？怎的沒個人影兒呢？」

從驢子停住腳，劉一民就上下左右的打量著，空野寂寂，別說沒個人影兒，甚至也聽不到人聲，只有微風從高粱葉上掠過，窸窸窣窣的。劉一民心裏有些發毛，忽然想起從他小叔那裏聽來的幾則鬼故事，不管是男的變成殭屍，還是女的幻作美人兒，聽著都教人瑟瑟縮縮，又想聽下去，又忍不住想摀上耳朵。而那一類的故事，無論結局如何，最不可缺少的，就是像眼前這樣的一座荒廟……。

「劉先生」略作猶豫，就跳下驢背：

「也許人在廟裏，病重啦，動不得。既然到了此地，我就上去瞧瞧，別把一條命給耽誤了！——你就在這裏候著，要是沒有人呢，咱們就立刻回去。」

後面幾句話是吩咐兒子的，說的時候頭也不回，就腳底下加勁兒，往那道磚磴上拾級而升。

就在這時候，劉一民的眼角裏忽然有人影兒閃過，而且不止一個，左右前後都有，從高粱棵裏走出來十幾條壯漢，每人身上都帶著傢伙，有的兩隻手端著長槍，有的一隻手拎著短銃。劉一民愣了幾秒鐘，就放聲大叫：

「爹，有人！」

「劉先生」大概也聽到背後的動靜，才走上十來級，就停在那裏，轉回身子。行醫多年所養成的沉著鎮靜，這時候也有點兒不管用，聲音和神情都透著幾分驚恐：

「什麼事情？呃，什麼事情？各位，有話好說，別嚇著了孩子，我是郜鼎集——」

人群越圍越近，從其中走出來一條漢子，向「劉先生」拱了拱手：

「歡迎，劉先生，您真是信人，我當您不來了呢！」

「劉先生」認出了他是誰，神態也漸漸恢復鎮定，抖抖索索的，從臺階走回平地，向那條漢子拱手還禮：

「昨兒晚上到我鋪子裏去的，不就是你麼？哦！原來請醫生是假的！我倒要請教你，用這種法子，把我誆來此地，你是安的什麼心呢？我這個醫生可是比任何醫生都窮，各位要是為著錢財什麼的，擺下這麼個陣勢，那，你們可就打錯了主意！」

那條漢子向「劉先生」笑笑，又舉起手臂往後一揮，大概是要那些人收起「威武」的意思，那些人也都聽他的，長槍扛回肩上，短銃別在腰裏，一下子去掉很多煞氣。然後，那條漢子——大概他就是那幫人的頭目——向「劉先生」比了個手勢，指著那座高高在上的山門，說：

「請吧，劉先生，我陪您上去。」

「劉先生」威武不屈，兩條腿站得直直的：

「不必上去，有話就在這裏說明白。我多年行醫，上這種惡當，還是頭一回！」

那頭目是個「笑面虎」，看「劉先生」真的生了氣，他就裝得小模小樣的，打恭作揖直賠禮：

「對不起，對不起您哪！昨兒晚上對您說了那麼一篇謊話，那是不得已呀！請您看病是真的，絕對沒有別的意思，您可千萬別誤會！」

「劉先生」餘怒不息，竟然拉破臉皮，直接了當的問出一句：

「難道說，你們不是——土匪？」

這種問法，顯然是犯了忌諱，惹得四周那些人喳喳呼呼的亂鬨了一陣子，幾乎就要對劉家父子撒野動粗。那頭目對他的部下好像也約束不住，連勸帶罵的，好容易才把他們壓服了下去。

那頭目皺起眉頭，向「劉先生」作出一臉苦笑：

「咳，我說劉先生，您這是當著和尚罵禿驢，問人那有這個問法的？看樣子，您是個直性子的人，也好，那就把話挑明了來說。不錯，我們是拉桿兒的，做的是沒本錢的生意，綁票劫財，我們會先刨刨根兒、摸摸底兒，您不是我們要找的主子。話說到這裏，您是不是可以放心了呢？那我就陪您上去，病人在廟裏躺著哪。」

「劉先生」仍然止步不走，原來還另有顧慮：

「我兒子呢？」

那頭目拍著胸脯說：

「您是說這位小兄弟？沒關係，就讓他在這裏等著您。只要他老老實實，沒有誰敢把他怎麼樣的。」

這一陣子，劉一民在驢背上「猴」著，心驚膽裂，口乾舌燥，不知道怎麼樣是好。忽然，有一個長了滿頭癩瘡的傢伙，偷偷摸摸的向驢子接近，冷不防的抓住劉一民的左臂，那意思是想把他從驢背上揪下去，他心裏一急，就出乎本能的，往那顆癩痢頭上擂了一捶。雖然只有八歲，身子骨兒已經長得很結實，這一捶又用上十成的氣力，直打得那傢伙齜牙咧嘴，踉蹌後退，而他的一隻右手也弄得髒乎乎、黏兮兮，又是血，又是膿的。

那癩痢頭吃了大虧，臉上青筋暴起，變得像隻瘋狗似的，向他狺狺而吠：

「好小子，你手底下倒挺重的！俺就不信俺會收拾不了你！……」

說著，就伸著兩隻狗爪子，擺出一副老鷹抓小雞的架勢——

正當情勢緊急，有人替他解圍：

「癩痢頭，你他娘的快住手！抬眼往上瞧，咱們頭兒下來囉！」

說話的就是那個頭目，他口中的「頭兒」又是誰呢？看那癩痢頭聞聲收勢，望影變色，可想而知這來者必非善類，一定是平時就受慣了那人的挾制，才會使得一個瘋狗般的惡漢，俯首貼耳，斂毛搖尾。眼看著那癩痢頭在頃刻之間起了這麼大的轉變，劉一民也不禁對來者大感興趣，一時忘記自己身在險地，就大著膽子，跳下驢背，把韁繩挽在手裏，站到父親身邊去，一同仰起臉來，向那個從磚磴上走下來的人影注視。

走近了，才看清那只是一個二十幾歲的年輕人，體格倒長得很魁梧，膀寬胸厚，身高總有六尺以上，只是那張面孔太端正，甚至還可以說有幾分清秀，看著實在不像一個土匪，更不像一個「大桿子頭兒」。可是，再看那十幾個惡漢，一個個噤口無聲，連一口大氣都不敢出，看那種神色，就像一班小兵見了大元帥似的，又不得不相信這來者果然是他們的「頭兒」，而且還必然是一個極凶惡、極辣手的人物。

那年輕人先向那個小頭目詢問：

「這位就是劉先生麼？」

小頭目點頭稱是，那年輕人又文質彬彬的向「劉先生」抱拳為禮：

「劉先生，失迎。只因為家母病重，勞動您走這趟遠路，實在感激，也實在對不起。我手下都是粗人，沒見過世面，不懂得規矩，要是有什麼地方得罪了您，請多包涵！」

劉一民躲在父親身邊，一面聽，一面看，聽那年輕人說話斯文，看那年輕人舉止徐緩，心裏不禁暗暗納罕。有生以來，這是他第一次看到土匪，第一次看到土匪頭子，而有關土匪打家劫舍、攔道截路的故事，他聽了不知道有多少次，不是聽說書的講《水滸傳》，而是當朝今世，眾口傳言，故事裏的土匪和受害人都是有名有姓，發生的地點也都離郜鼎集不遠，聽起來就更教人膽寒。從那些故事裏得來的印象，總以為土匪和鬼怪是一類的東西，縱然外貌不像鬼怪那樣可怕，也應該是歪鼻子斜眼、粗腿大腳的，看上去略具人形，聞起來卻有一股子邪惡的氣味。剛才看到的這些小嘍囉們，和想像中的土匪已經不完全相同，總還有三分近似，後來出現的這個年輕人，不但人長得體面，談吐也不粗俗，而且顯出一副很有教養的樣子，左看像縣城裏那幾家大店鋪的小掌櫃的，右看像部鼎集附近幾座高門樓子的世家子弟，他怎麼可能會是土匪呢？又怎麼會是一個殺人不眨眼的土匪頭子？劉一民憑他小孩子的直覺，幾乎一見面就對這個年輕人有好感，剛才那陣子驚慌和畏懼，也都漸漸被沖淡，只是渾身滿頭大汗淋漓，濕漉漉的不大舒服，那大概是太陽升高天氣炎熱的緣故。

「劉先生」似乎對這個年輕人的印象也挺不錯，被激起來的怒火平息了很多，態度就不像剛才那樣「倔」了。

那年輕人向小頭目吩咐了些什麼，就恭恭敬敬的在前頭引路，「劉先生」也客客氣氣的跟著他走。只有劉一民有些遲疑，不知道是該留在下面，還是跟著上去？

「小兄弟，你也來吧。」那年輕人向劉一民招招手：「牲口有人照顧，不要緊的。」

劉一民牽掛的就是這件事，留在下面吧，和那十幾個惡漢面面相對，實在有些心虛；跟著上去呢，又不放心他的驢，那是爹下鄉行醫的坐騎，丟掉了怕就買不起。想說，有些不好啟齒；現在被人家一語道破，臉上又有些訕訕的，心裏也多了一兩分感激。

「清淙寺」實在夠荒涼的，從外面還看不出來，一走進廟院，才發現神的能耐也著實有限，沒有和尚道士善男信女來侍候他們，他們就照顧不了自己，不但廟宇傾頹，少門沒窗的，那些神像也折臂斷腿，一個個成了殘廢。這麼荒涼的所在，大概也只有像土匪一類惡人，才敢來這裏投宿過夜，要是換了一般常人，住一夜準能嚇出病來。看起來這土匪也不是好當的，首先就得有一副不怕神、不怕鬼的好膽子，否則，淨是在這種荒山野廟裏藏著躲著，不必等官府來捉，每天夜裏跟鬼神打交道，自己先就嚇死了。

這夥土匪人數還真是不少，剛才在外頭的那十幾個都沒有跟著上來，廟院裏隱藏的人更多，山門底下，兩側的廡廊，還有「大雄寶殿」的臺階上，到處都是人，有的躺著，有的坐著，有的在那裏擦槍磨刀，更多的是什麼事兒都不做，只是愣頭愣腦的瞪住人瞧，像一群呆鳥。這樣的場面，劉一民過去也曾經看到，那是他五歲六歲的那兩年，北幾縣鬧天災，難民大批過境，有些人在郜鼎集暫時落腳，被安置在各處廟院裏，劉一民跟著哥哥去看他們，那些難民的臉上，就常常出現這樣茫然的神情。所不同的是，難民們大多是老弱婦孺，很少有年輕的壯丁；而這裏清一色都是男人，沒有婦女，也沒有小孩子。至於衣著裝束，這批人比那些難民也好不了什麼，一樣是蓬頭垢面，衣衫襤褸，身邊卻又放著刀呀槍呀各種凶器，看上去更覺得不倫不類，十分怪異。

從這批人中間走過去，劉一民扯住父親的衣服，緊緊跟在背後，心裏仍然有些惴惴的。剛剛乾爽了些的後背，這時候又滴滴拉拉的淌著汗水。

那年輕人領著他們父子走上「大雄寶殿」的臺階，從前廊往右拐，過了一道月門，來到一座小跨院。整個的寺廟，只有這裏還比較乾淨些。一間小小的磚房，裏面沒有供奉神像，大概本來是和尚住的地方，卻又無床無炕。土地上鋪著一些半鮮半乾的高粱葉，上面躺著一位白髮皤皤、骨瘦如柴的老太太。

到部鼎集請醫生的那個小頭目，已經說過害病的是一位老太太。剛才在山門底下，他的說法還是依然不改。現在看到果然有這麼一位老太太，卻覺得大出意料之外。「劉先生」從「清涼寺」的山門走進來，一路上就盤算妥當，不管看到任何奇情異狀，都給它個見怪不怪。卻沒有想到，一大篇謊話當中，居然有這麼一句是實情，真的是一位老太太害了病，而這位老太太也真的是那年輕人的親娘。母子連心，這種出乎天性的親子之情是裝不了假的，尤其是在飽經世故、洞達人情的「劉先生」眼裏，察言觀色，一眼就能看出真偽。「劉先生」自從進了這間小室，就一直注意著那年輕人的舉止，和那位老太太的動靜，看了一陣子，卻漸漸覺得視線模糊，眼眶裏溢滿了淚水。

那老太太躺在高粱葉上，頭底下枕著一隻小包袱，眼窩深陷，臉色蒼白，正在閉目假寐，看上去已經是病危垂死。那年輕人單膝落地，彎下他高大的身軀，在那老太太耳邊，柔聲的呼喚：

「娘，娘，您醒醒，兒子給您請來了醫生。娘，您醒醒。」

老太太眼皮微動，似睜非睜，說話的時候氣如游絲，幾乎是沒有聲音的，那年輕人卻能聽得懂她的意思。

「娘啊，您不能這樣想。犯法造孽，那是兒子的事，老天有眼，讓他責罰兒子。您有病一定要治。現在醫生已經來到這裏。這是郜鼎集的『劉先生』，在這一帶很有名兒，他一定能治得好您的病。娘啊，您一定要答應兒子，您一定要原諒兒子！」

那年輕人的神情十分惶急，聲音還是那樣細細柔柔的。不知道他要費多大的氣力，才能把自己的嗓子，逼得那麼柔，那麼細。

老太太稍稍移動頭部，把她那失神的瞳孔朝向亮處，也不知道她看見了人影沒有，又扯動嘴角，向兒子說了些什麼。那年輕人低低切切的分辯著：

「不是的，娘，兒子怎麼會做那種事？醫生是『請』來的，『請』來給娘治病的，兒子怎麼敢對人無禮？不是的，娘，請您相信兒子。」

老太太雙目緊閉，似乎不接受兒子的解釋。那年輕人心亂情急，竟然扭過頭來向「劉先生」求救：

「我娘說是我把您『綁』來的！她不肯治病，要我馬上把您送回去！劉先生，請您跟我娘說兩句話行不行？您的話，她一定相信！」

「劉先生」上前幾步，往下一蹲，替那年輕人作了保證：

「老太太，您聽我說，別錯怪了您的兒子。到這清涼寺，是我自己騎著驢來的，專程來給您看病，您怎麼能讓我白跑一趟呢？對不對？把您的手伸過來，我給您把把脈。」

大概每一位仁心仁術的好醫生，聲音裏都有一種魔力，會讓最不想活的病人改變心意，服從自己。「劉先生」在這方面更是特別拿手，他說話就像是在唸咒語，那老太太略作猶豫，竟然緩緩的遞過手去。

以下的事情就進行得比較順利。替躺在地舖上的病人看病，在「劉先生」也不是第一次。那些窮苦人家買不起床榻，常年的用乾草打地舖，睡起來也很舒服。不過，到那種人家看病的時候，總會替醫生準備一張矮腳小板凳。眼前是一座空屋，什麼家具都沒有，這也難不住「劉先生」，他盤腿打坐，把脈望氣，看得很仔細，臉上的神情，也越來越凝重。

一邊把脈，一邊向那個年輕人提出建議：

「底下是泥地，這新摘的高粱葉又是溼的，對病人的身體都大不相宜。剛才我看見大殿裏還有幾扇門板，攤平了就可以當床睡，怎麼不卸一扇下來，舖在這裏？」

那年輕人低聲回答：

「是我娘不許。娘說那是神靈的東西，動不得。」

「劉先生」聽得砰然心動，連連點頭說：

「對，老太太說的是。畏天敬神，忠君孝親，這是做人最基本的道理。」

看完了病，「劉先生」把那年輕人調到院子裏，連說帶比，講了很多病理，大概他說的都對了路，那年輕人一邊聽，一邊直點頭。聽到最後，竟然感激涕零，泫然欲泣，恭恭敬敬的向「劉先生」下了一跪。

「劉先生」用雙手把那年輕人攙起，招招手，叫劉一民送過藥囊，從裏面取出一隻細磁瓶子，遞在那年輕人手裏，鄭重的囑咐道：

「這幾粒藥丸，可並不是什麼仙丹，只能一時救急，先保住病人的心脈，穩固病人的元氣，這個病還得另開藥方，長期調理。病人身體太虛，住在這荒廟古寺，最容易心亂神迷，招魔中祟，對病體大有不利，第一步，你得先把老太太從這裏搬出去。這附近的村莊，你可能找得到安置的地方？」

那年輕人面有難色，說話也支支吾吾的。

「劉先生」繼而一想，恍然大悟，敲著頭責備自己：

「我說話欠考慮，這對你是個難題。可是，為了治老太太的病，救老太太的命，事情又非得如此做不可，這可如何是好？」

那年輕人沉默不語。「劉先生」後面幾句話也本來不是說給對方聽的，而是心問口、口問心的跟自己商議，要想出一條平實可行的計策，替那年輕人解決難題。

思慮了一陣，「劉先生」忽然想起來問那年輕人：

「你帶著這些人馬，是從那裏『雲』過來的？」

那年輕人只回了兩個字：

「單縣。」

「劉先生」再問：

「你就是單縣人麼？家住那裏？」

那年輕人點點頭又搖搖頭：

「單縣就是我的本籍。可是，淪落到這個地步，家，是早就沒有了的！」

「劉先生」懂得那年輕人的意思：一個年輕人淪為盜匪，不管他是自甘墮落，還是被誘受迫，都會有一身罪惡，使祖宗受辱，使鄉里蒙羞，這種人，還要個「家」做什麼？「家」大概也早已經把他開除，從此有家難歸，有國難投，大廟不收，小廟不留，活著是一個託身江湖的浪子刀客，死了是一個亂葬崗子上的孤魂野鬼，盜匪的下場，不都是這樣的麼？如果只是他一人自作自受，前世冤孽，今生報應，那也就罷了，偏偏這個年輕人又拖累著老娘，親情變成孽債，行孝變成負恩，教人看了，真是千般無奈，萬般不忍。想要指點他一條明路，又發現每一條路都是他自己「封」死的！「劉先生」在心底浩然嘆息：年輕人，你知道不知道？這就叫作「天作孽，猶可違；自作孽，不可活！」一切都是自己造成的，誰能救得了你？……

搔著頭皮，「劉先生」很認真的想了一陣子，實在想不出什麼妙計善策，卻又不能硬起心腸，置之不理，一時大犯難為，心裏比那年輕人還要著急。

「嗳，年輕的，我再冒昧的問你一句，你——你貴姓呢？」

問出這句話，「劉先生」本來沒有任何用意，只是覺得兩個人這麼面對面的說話，沒名沒姓，不知道該怎麼稱呼他，呃呀嗳的，多不方便呀。一般善良百姓對「桿子頭兒」這類人物，也有個避禍趨吉的「敬稱」，當著面兒喊他一聲「大掌櫃的」或者「大當家的」，對眼前這個年輕人，似乎也不大合適。「劉先生」話到唇邊，口氣又有些猶豫，那是因為他忽然想起，土匪原是見不得人的，所以在他們中間有著許多避諱，像這樣問名問姓，尋根究底，是不是又犯了忌呢？臨時住口也已經來不及，話還是問了出來，對方要是不便說，他也能夠諒解，決不會再問出第二句。

那年輕人卻並沒有隱瞞的意思，他抱拳當胸，聲音朗朗的說：

「免貴，我姓朱。」

「劉先生」心裏一亮，猜出了那年輕人的來歷：

「單縣，姓朱的，莫非你就是四方傳聞的那個『朱大善人』？」

那年輕人聽「劉先生」一口叫出他的外號，露出一副很靦腆的樣子，好像他這個外號也和「老紅毛」、「白臉狼」那些匪號差不多，一樣的人神共憤，一樣的惡名昭彰。那年輕人垂手低頭，面露苦笑：

「那是旁人胡叫，我有我的名字。從來沒有在郜鼎集一帶活動過，『劉先生』怎麼也會知道我？」

「劉先生」大有深意的搖頭晃腦：

「唔，我知道，我知道。人的名兒，樹的影兒，關於你的事情，我聽說過不少。今天和你見面，只有一件事和傳聞不符，沒有人相信你是一個這樣年輕的小夥子，都以為你有

三四十、四五十了哪。——好吧，我念在你是個孝子，令堂又是一位信佛敬神的老太太，既然你無處可去，爽性你就把她送到我那裏……」

彎子拐得太急，「朱大善人」一時弄不懂「劉先生」的心意：

「您是說，把我娘送到郜鼎集？」

「是呀，我想來想去，只有一個地方合適。我家屋後有一塊空地，本來是旁人家的菜園子，我把它買下來，四周築了圍牆，和我家宅子連在一處。空地上有一間看菜園子的小屋，已經空了很久，我回去就把它打掃乾淨，往裏頭擺一張床舖……」

「您是說，讓我娘在那裏養病？」

「是呀，只有那個地方最妥當，又近便，又隱密。就是有人看到，那也沒有關係，我就說老太太是過路落難的，不會有誰起疑……」

「可是，我娘離不開我，我也離不開我娘！」

「那你就跟著去呀。不過，只准你一個，可不許再多。你的手下，從那裏來的，就打發他們回到那裏去。離郜鼎集三十里以內，不准你的人在這裏作案子。這是我唯一的條件，其他的，醫藥飯食，一概免費，你答應不答應呢？」

一直聽到這裏，劉一民才算完全弄明白父親的意思，八歲的劉一民十分興奮，覺得父親這個主意是絕對可行的，那「朱大善人」不趕快點頭應允，才真是個傻瓜呢！可是，後來他年歲漸長，有了自己的見識，卻又覺得父親這個主意實在像小孩子一樣的不智，把一個萍水相逢的「桿子頭兒」和他老娘接回自己家裏，豈不等於是引狼入室？

每逢想起這段舊事，他就很懊惱那時候自己年歲太小，不能對父親提出勸告，否則，就不會發生日後那些事故，幾乎惹下毀家滅門的慘禍。可是，他一邊這樣想著，又一邊感到很羞愧，親父子倆的想法和做法不一致，究竟孰是孰非？就是在他長大成人以後，結算這筆老賬，還是很難判定的。父親的大慈大悲，只知道有人而不知有己，有時候固然會自討苦吃；而自己畏縮多慮，不能拯人急危，又何嘗不是因為入世太深，迷失本真，沒有繼承到父親的俠肝義膽，菩薩心腸？

窮途末路，遇有貴人救獲，那個年輕的「朱大善人」似乎還不肯接受呢。當時，他聽了「劉先生」的建議，臉上也曾驟然出現一抹極激動的神色。大概從來不曾有人對他這樣的推情施恩，他內心的感激是到了極點的。可是，那一抹激動的神色乍現即退，隨之，在他臉上又顯出極度的困惑。大概以他當時的身分、環境和所處的地位，似這般深恩大德，他實在消受不起。也許在他心底，還有著更曲折的感受，更複雜的念頭，是別人體會不到的。土匪性情多疑，自身又常在險地，不會輕易相信別人，很可能他是把「劉先生」的好心當作了惡意，所以才那樣懦愚猜忌，在極短的時間內，變換了好幾種臉色。

「劉先生」等了幾分鐘，看他實在是拿不定主意，就收起藥囊，向他告辭，卻還替他留下一步活棋：

「沒有關係，你慢慢的考慮。我不是愛管閒事，是看你被困在這裏，除此之外，沒有別的法子。主意是我出的，接不接受都但憑於你。你有個部下到過郜鼎集，知道我藥舖的地址。藥舖右側，有一條小胡同，往裏面走上六十步左右，會看到一扇小門戶，就是通到菜園子去的。今天夜裏，我會把那扇門打開，小屋裏放一盞油燈，直點到天明。你要是去呢，就照我說的路線走，不會驚動了別人。還有，剛才給你的那隻小磁瓶子，裏面有六粒藥丸，中午，晚上分兩次給老太太服下去，每次三粒。好啦，該說的話我都說清楚啦，大主意你自己拿，現在就請你送我們下去吧，我別處還有病人等著哪。」

那「朱大善人」露出一臉歉意，說了許多感謝的話，一路說，一路走，把我們送出了山門，又送到了平地。

磚磴下那一片小空地，空空蕩蕩，沒有一個人影子，連我們的驢也失去蹤跡。「朱大善人」撮起嘴唇，打了個唿哨，剛才那十來個惡漢就一齊出現，癩痢頭手裏牽著我們的大草驢。原來他們都藏在青紗帳裏，每個人都是一身汗水。

路。

那小頭目向「朱大善人」請示：

「是讓他們兩個都走？還是走一個，留一個？」

「朱大善人」橫了他一眼，什麼話都不說，只是在路旁肅立，恭送「劉先生」父子上路。

離開那虎狼成群的清涼寺，劉一民「猴」在驢子背上，一步一回頭的張望，唯恐那批惡人改了主意，再趕上來把他們截回去。「走一個，留一個」，聽那小頭目的語氣，原來還想把他扣在手裏當「肉票」，那可就慘了。聽說被土匪綁票的小孩子，都是耳朵裏灌黃蠟，眼睛上貼膏藥，受盡各種折磨，就是被贖回，也都成了殘廢。剛才他情急拚命，往那癩痢頭上擂了一捶，要是人落在那傢伙的手裏，豈有輕饒輕放的道理？往這裏一想，劉一民心裏更加驚慌，頭上頂著大太陽，脊樑卻一陣一陣發涼。

「劉先生」對這一次驚險的遭遇，倒是並不十分在意，在驢子背上，向兒子講了很多「朱大善人」的故事。原來這「朱大善人」是兩年前才出現的一個土匪頭子，手下人槍兩三百，一個個凶悍無比，而且專門和駐在單縣城裏的那一營「北洋軍」作對。既然是土匪，當然也少不了搶人劫財這些勾當，不過，比起「老紅毛」、「白臉狼」那些匪徒，這幫人的作風要「溫和」得多，心地也「厚道」得多。根據傳聞，說是這幫人有幾件好處：第一，非到萬不得已，他們是不會殺人害命的；第二，劫財越貨，他們也不像其他匪徒那樣窮凶極惡，趕盡殺絕，下手的時候總會給被害人留下幾文，甚至把已經搶到手的錢財再原封退回，這種事也曾經有過；第三，姦淫婦女、壞人名節的事，他們絕對不做，曾經有過一個手下見色起意，被「朱大善人」親手格斃。這一點，不但在各股土匪裏頭是絕無僅有，也比那些風紀敗壞的「北洋軍」勝過十倍。就因為他有這些好處，漸漸聲名遠播，而落下「朱大善人」這個外號。

關於「朱大善人」的來歷，「劉先生」也有些聽聞，據說，他家本來是一戶有四五頃地的小財主，只因三年前遭了一場冤枉官司，把家財蕩盡，他爹也屈死在監牢裏，他一怒之下，殺了一個替縣太爺收贓索賄的狗腿子，從此在家鄉安身不得，這才鋌而走險，淪為盜匪。單縣和城武縣是鄰縣，郜鼎集又恰在兩個縣城之間，離「朱大善人」的家鄉不過幾十里路，這些傳聞又曾經從不同的人口中聽過多次，大概是相當可信的。

在民國初年，這類的故事發生過不計其數，甚至連故事的情節也都大同小異，只不過受害人換了一個鄉里、姓氏而已。這類故事發生之後，在家鄉近處必然會轟動一時，說的人咬牙切齒，聽的人扼腕嘆息，但是，又能如何呢？事不干己，誰也不敢多事，只有多燒幾炷香，多磕幾個頭，但求佛祖保佑，不要讓這類禍事落在自己家裏，那就上上大吉。關於這位「朱大善人」的傳說，「劉先生」這兩年聽了不少，也像從前聽別的故事一樣，說過聽過就拉倒，不往心裏擱，反正自己想管也管不了。今天去了這趟清涼寺，在那破廟院裏，和傳說中的「朱大善人」見過一面，還看到被傳說漏掉了的那位老太太，情形可就不同了。他看到的不是一群土匪，而是一對慈母孝子，慈母病重垂危，孝子戚然心憂，如果他在這時候縮頭袖手，那等於是見死不救。雖然這對母子的身分有些特殊，他還是不能寬諒自己。所以他不得不伸手管這檔子事兒，現在只看那年輕的「朱大善人」肯不肯接受，——不接受也就罷了，人家有人家的難處，他的心意已到，情理無虧，對自己也就不必深責。

一路上，「劉先生」打開「話匣子」，就再也不能關閉，把兒子當作一個大人，講得很熱鬧，很詳細，甚至把自己內心的想法，都試著作了一番分析，也不管兒子能不能體會。看起來，今天遭遇的這件奇事，對「劉先生」來說，也是一次大衝擊，他表面上似不在意，內心卻翻騰不已，所以才說了又說，一時收不住嘴。

中間到別處打了一轉，回到郜鼎集，已經是太陽偏西。快進寨門的時候，「劉先生」忽然把驢子勒住，在一處樹蔭下歇息。歇息是假的，他是有話要告誡兒子，以免小孩子多嘴惹事。

「一臣，你是個大孩子了，也一向很懂事，現在我告訴你的話，要仔細聽著，記在心裏——」

平時，他父親對他說話是另有稱呼的。每當這樣正正式式的叫出他的名字，那就表示所要說的是一件非同小可的大事。他趕緊肅容屏氣，準備好聽受教誨。

「是的，爹。」

「第一，今天咱們到清涼寺這檔子事兒，對任何人都不能提。第二，如果『朱大善人』真的把他娘送到咱們家的菜園子裏，關於他們的身分，你也要絕對守密。」

「娘那裏也不能講麼？」

「不能講。女人家舌頭長，你告訴了她，豈不和告訴了天下人一樣？娘要是問你，你就照爹的話去回，說那老太太是過路落難的。別的話，一句也不能提。」

「是的，爹。」

「也許他根本不會來，——要是來了呢，那就不是三日五日的事，照那老太太的病情，總得個十天半月，才能下床落地。這段時間裏，湯藥茶水飯食什麼的，都要你給他們送過去，你可要小心在意。不管那『朱大善人』名聲多好，天下烏鴉一般黑，土匪總是土匪。」

「是的，爹。」

「總而言之，這是一樁機密大事，只有你知我知，再不能把一絲口風，吹到第三個人的耳朵裏去。一臣，你聽清了沒有？要牢牢記住，可不能出半點兒差錯喲！」

「聽清啦，爹，我會記牢。」

「好，我就一切都倚靠你了！」

一個八歲大的孩子，能夠和自己的父親分享一樁機密大事，只有「你知我知」，娘也不知，這實在夠教人感到驕傲的。劉一民受到父親的囑託，聲聲入耳，就似乎有一種近似「光榮」的東西，把他的一顆心填實，而覺得自己像是一下子長大了好幾歲。尤其是他父親最後說的那一句：「好，我就一切都倚靠你了！」更使他證實了自己在父親心目中的地位，不只是一個「小學徒」，不只是一個「小跟班的」，也不只是一個受父親蔭庇、受父親呵護的兒子，而是一條可以分勞解憂的膀臂了。這種感覺真是不錯，他挺起胸脯，把一顆小腦袋昂得好高。

回到家裏，在晚飯以前，趁著天色未黑，「劉先生」父子走進菜園子，合力把那間小屋打掃乾淨，費了不少工夫；晚飯過後，又往屋裏安了一張木架軟繩床，床上有舖有蓋，外加一頂蚊帳，看上去真像是一間清爽安靜的病房。

一切準備停當，劉一民忍不住表示懷疑：

「爹，我看那老太太不一定會來，——要來的話，不是早該到了麼？」

「劉先生」微微一笑，拍著兒子的小腦袋說：

「準備不準備在咱們，來不來在他，你急什麼？人與人之間的事情，本來就應該是這個樣子，各人有各人應站的位置，各人有各人該做的事。再熱心的醫生，也不能躺在床上替人害病。藥是醫生的藥，命是病人的命。真要是遇上那種想死不想活的病人，別說像爹這種土包子醫生，就是華佗轉世，也拿他無可奈何。太熱心了，只會自尋煩惱。記住爹的話，將來你用得著。」

說罷，就把一盞裝滿了油的鱉燈，移到窗臺上，又教劉一民去把那扇通往側巷的小門抽開門閂，就讓它那樣虛掩著。然後，父子倆回到前面中藥舖，該做什麼就做什麼，絕口不提此事。

口上不提，心裏可一直牽記著。二更過後，關門閉戶，上床睡覺，劉一民還時時從枕頭上聳起耳朵，想聽聽動靜，「朱大善人」和他老娘究竟來了沒有？可是，什麼動靜都沒有，雞不叫，狗不咬，他也就漸漸睡著了。

第二天一早，他憋住一大泡尿，眉眼不睜的就往菜園子裏跑，卻發現從內宅通往菜園子的門戶是開著的，已經有人先去過那裏。他站著撒尿的地方，離那間小屋還有一大段路，他側著頭往那邊張望，裏面黑，外面亮，也看不清到底住人了沒有。他繫好褲腰，慢吞吞的走過去，到了屋門口，才發覺屋裏真的有人：當門蹲著的，是那個年輕的土匪頭子，床上躺著的，是那位病重垂危的老太太，而劉一民的父親「劉先生」，正在聚精會神，替老太太把脈。看上去一切都自自然然的，似乎那對母子在這個小屋裏已經住了不止一日。

從那日開始，劉一民每天總要往菜園子裏跑個兩三回，有時候是送藥去，有時候是送吃的，偶而發現那對母子有什麼需要，掇隻臉盆或是搬張椅子，也都要劉一民跑腿。時間多半是在早飯以前或晚飯以後，白天，「劉先生」到各處行醫，多半還是把劉一民帶了去，只是苦了那頭大草驢，遇到去路略遠，回程稍遲，少不得要往驢屁股上抽牠幾鞭子，總要在晚飯以前，趕回郜鼎集。

經「劉先生」悉心診治，每過一兩天，就斟酌加減的換一張藥方子，老太太的病漸有起色。最初幾日，每當劉一民送東西去，那老太太躺在床上，幾乎是毫無反應的；而那年輕人也是兩眼迷茫，一臉呆相，伸手接過東西，話也不說一句。漸漸的，情況有了改進，大概是第四天或者第三天的黃昏，當他走到那小屋的門口，正想把東西遞給那年輕人，回頭就走，順著眼角一溜，卻看到那老太太正側身朝外，兩隻無神的眼睛睜開一條縫，好像在望著他，還好像在向他微微的點頭；而那年輕人雖然還是不說什麼，臉皮子也似乎不再那麼緊繃繃的，有點兒「活動」的意思了。

又過了兩日，情況更有進步，劉一民去送早飯的時候，看到老太太已經醒著，用一種很顯然的動作，向他點點頭，又招招手，嘴角也似笑非笑，好像在說些什麼。

那年輕人接過籃子，也居然開了金口：

「我娘說，要我好生謝謝你。這些日子，給你添了很多勞累，實在是過意不去。」

頭幾天裏，倒是準備下幾句應酬話的，無奈那年輕人不給他表演的機會，今天毫無準備，卻一下子逼了上來，鬧得他面紅耳赤，不知道該怎樣回答。

憋了一陣子，他才迸出一句應酬話：

「老太太好些了吧？」

「好多啦，謝謝。小兄弟，你慢點兒走好不好？我有話對你說。」

那年輕人把籃子放下，跟隨他走出屋外，又鄭重其事的道謝：

「都是恩人的醫術好，道德高，萍水相逢，救了我娘一命。當初要不是聽了恩人的安排，那還有我娘的命在？只怕我也活不成了！這份兒大恩大德，真不知道該怎樣報答才好……」

這些話該對「劉先生」去說呀，開口「恩人」、閉口「恩人」的，教一個八歲的孩子怎麼答話？劉一民倒並非生來笨嘴拙腮，只是有些大人們說慣了的客套話，他實在學不上來，只想這年輕人能饒了他，讓他趕快走開。

那年輕人大概看出來他是想溜，竟然伸手抓住他的胳膊，又像變戲法似的從什麼地方「搬」來一隻小口袋，硬往他手裏塞，嘴上還唸誦不已：

「求求你，小兄弟，你一定要收下，一定要收下！不然的話，我心裏實在太難安啦！」

那隻小口袋是收緊了的，看不見裏面是什麼東西。他用手一掂，幾乎掂它不動，看上去只像一包草藥那麼大小，想不到是這麼沉。

他好奇的問道：

「什麼東西呀？」

那年輕人很誠實的回答：

「是兩百塊現大洋。再加上十倍百倍，也報答不了府上的大恩大德。」

劉一民有些失望，他本來以為那口袋裏裝著什麼「希希哈兒」呢，原來是——

「錢哪？你給我錢做什麼？」

那年輕人解釋著：

「只是我一點心意。在府上叨擾多日，貴重的藥用了幾十服，還外帶著吃和住，這點錢恐怕還不夠。」

哦，原來是要「付賬」啊，劉一民不耐煩的說：

「那，你該給我爹呀！」

年輕人窘態畢露：

「就是恩人不肯收嘛！大概是，嫌我的錢來路不正，收下它會弄髒了手！恩人說，醫藥吃住，都是不要錢的，他施醫捨藥，這也不是頭一回……」

劉一民加以證實：

「爹說的是真話，你還是把錢收回去吧。」

那年輕人卻是千般的為難，萬般的不甘願，說話的神情就更加忸怩：

「我知道府上是積善之家，可是，看你們吃的穿的，也不像是很富裕，要是總遇到像我娘這樣的病人，長年累月，怎麼賠得起？就算我的錢不乾淨，拿它去行醫濟貧，多救幾條人命，難道也會得罪了神靈？求求你，小兄弟，一定要收下它，恩人不會責備你的！」

一大早，被這個土匪頭子纏磨著，不依不饒，劉一民滿頭冒火，急得直跺腳：

「什麼？不會責備我？你說話像唱山歌！只看我爹心好性子好，就以為他不會打人，對不對？我要是犯了他的規，他打得才狠呢！爹說不收，就是不收，你窮嚕嗦什麼？非得要替我招一頓打，你才算報恩哪？」

劉一民的脾氣突如其來，倒把那土匪頭子嚇得一呆，抓住他胳膊的手一下子鬆開，他就趕快「逃」掉了。

兩百塊銀元，在那個時代，是一份兒「財產」了。當時劉一民年歲太小，不會留心到物價高低這些問題，只知道他父親買下這座菜園子，面積大約是兩畝左右，只花了三十六塊銀元，這還是圩子裏頭可以蓋屋子的去處，也不過就是這個數目，一般的土地，價格必然更便宜。正因為錢財太多，又是出自一個土匪頭子之手，「劉先生」不肯收，當然是有他的道理。其實，這個道理並不深奧，八歲的劉一民就已經懂得，是平時從他父親那裏聽來的。可笑那「朱大善人」身在綠林，不曉得劉家的「家規」，才連續在劉家父子這裏碰了兩個大釘子，也許這又犯了土匪的禁忌。不過，從日後「朱大善人」的表現來看，這次「拒收」似乎很有價值，而那個土匪頭子儘管當時又窘又羞，過後卻是不忘恩也不記仇的，算得上是一個鐵錚錚的漢子。

再過了幾日，那老太太元氣漸復，已經能下床落地。劉一民每次送東西去，她都展露出慈祥的笑容，拉住劉一民的手，要他在她那裏留一陣子。劉一民不忍違逆老人家的心意，可是，當他站在床前頭，那老太太卻又並不說什麼，只是雙手合十，向她所信奉的「南海大士」頻頻禱告，要那位好心的菩薩大發慈悲，「保佑眼前這個孩子，教他一輩子無災無難，不走邪路。」每一次禱告的結尾，都是這麼幾句，然後把他輕輕柔柔的往外一推，說：「去吧，孩子，菩薩會保佑你。」一連幾次，每次都是如此，教人覺得怪膩味的。

因為離得近，倒使劉一民有機會把老太太的形貌看得很真切。這是北方鄉下富有人家尋常慣見的那種老太太，心地厚道，說話溫和，人也長得慈眉善目。大概她從前生活過得好，身體的底子不錯，所以復元很快，雖然是大病初愈，人倒還挺精神的；只有一點教劉一民覺得有些不對勁兒，那就是老太太跟人說的話少，跟神說的話多，她手腕上戴著一串唸珠，沒有人打攪她的時候，她就盤腿打坐，嘴裏喃喃有詞，手上就扯著那串唸珠一顆一顆的往下數，如此周而復始，沒完沒了。有時劉一民在那小屋裏多留一會兒，看著她那些動作，都覺得昏昏欲睡，難道她自己就不累麼？不煩麼？看上去這老太太的病症並沒有全好，恐怕還得再換張方子，多吃幾服藥。

劉一民把這番顧慮告訴了父親，「劉先生」悶悠悠的說：

「那不是病，那是魔道。心病還須心藥醫，就不是爹的藥能治得好的了！」

「魔道」，在家鄉話當中，這個詞彙是有很多種解釋的。第一種解釋最嚴重，「魔道」與「瘋子」同義，一群小孩子在街邊玩耍，忽然看見一個瘋漢，嚇得驚擾竄逃，一邊跑，一邊叫：「魔道來了！魔道來了！」另一種解釋是指那些信邪教入了迷的人，也就是「邪魔外道」的意思。第三種解釋最輕鬆，有人言語顛倒，思路不清楚，也會被批評說：「這個人魔魔道道的！」不知道「劉先生」指的是那一種？照劉一民後來的揣摩，父親可能是指第二種說的，繼而一想，卻又不對，吃齋唸經，供奉「南海大士」，在家鄉的老太太群中，是很普通，也很流行的信仰，那算不得「邪魔外道」呀。

這對母子是在一個深夜裏又突然「失蹤」了的。「劉先生」和劉一民都知道他們要走，只是沒有說準時刻。就和他們來的時候一樣，這對母子走得神不知、鬼不覺，頭天晚上還沒有絲毫要走的朕兆，第二天一早給他送飯去，推開屋門，才知道已經人去屋空了。

床上的臥具，都摺疊得整整齊齊。而且，在枕頭旁邊，劉一民發現還多了一樣東西，是一隻男人用的短桿兒旱煙袋，底下墊著一張紙，上面密密麻麻的寫滿了字。原來這個「朱大善人」並非不告而別，臨行之際還特意留了信的。

八歲的劉一民，已經認得不少字，只是那些字是零零星星學來的，有的來自「三字經」，有的來自「百家姓」，有的來自過年時節各家各戶大門上的春聯，有的來自他父親「劉先生」替病人開的藥方子……認得字形，也讀得出字音，只是它一旦離開原先的位置，在別處看見它，就不一定能看得懂它是什麼意思。所幸這個「朱大善人」學問也很有限，字是用毛筆寫的，紙是毛邊紙，不知道他是從什麼地方弄來的這些文具。墨淡筆禿，字寫得大小不一，而且歪歪斜斜，直不成行，橫不成列，不過，卻看得出他是很用心的在寫，一筆一畫都不苟且。說是一封信，其實也沒有依照「萬事不求人」上的那種格式，上款是「恩人」兩個字，下款是一片空白。劉一民連看帶猜，費了好大工夫，總算把這封「留書」的內容，給猜了個八九不離十。開頭兒是一些「感恩」的言詞，「多承恩人萍水相逢，搭救了家母一命」等等；中間一段就說到這隻旱煙袋，說它是「家父生前使用之物」，雖然不值什麼錢財，但是，「非偷非盜，絕對清白」，接著還發了一個血淋淋的大咒：「如有虛誑，不得好死！」又說到他留下這隻旱煙袋的意思，「非敢言謝，永以為念也」。最後的一段，又重覆著一些「感恩圖報」的話：「大恩大德，今生恐難報答，轉世投胎，作牛作馬……」信就寫到這裏為止，大概是有人催促，來不及收尾，也來不及落下寫信人的名字。

劉一民把這封「留書」和那隻旱煙袋，都拿到前頭舖子裏，送給「劉先生」過目。照劉一民的猜測，他父親多半不會留下這份「禮物」，二百塊現大洋都不肯收，一隻破煙袋又算得了什麼？不料「劉先生」對這封「留書」卻很感興趣，翻來覆去的看了好幾遍，嘴裏唸唸有詞，臉上也流露出幾分讚歎的神色。對那份兒「禮物」，也好像很喜歡的樣子，用兩隻手捧著，摩娑把玩，仔細審視，好像他所得到的，真是一件價值連城的寶貝。

更讓劉一民不解的，他父親本來有一隻使用已久的旱煙袋，雖然是很普遍的東西，卻也十分珍惜，現在有了好的，竟然把那隻舊的收了起來，這種喜新厭舊的行為，很不合他父親的脾氣。

有一天，又看見父親用那隻新得的煙袋抽煙，劉一民忍不住的要問：

「爹，這隻煙袋，真的是好東西麼？」

「劉先生」瞇縫著眼睛，一邊用鼻孔噴出煙霧，一邊抿嘴咂舌的，彷彿在品評著那袋煙袋的滋味，向小兒子解釋說：

「嗯，東西的確是好東西，桿兒是『湘妃竹』做的，嘴兒是上等翡翠，就連這個白銅的煙窩兒，小牛皮的煙包兒，也都是濟寧州丁家老店特製。這隻煙袋，一望即知是有錢人家使用的，平常人那有這麼考究？不過，它的價值並不在此，而是在那『朱大善人』由一個富家子弟，淪落成土匪頭目，人在江湖，還能保存著先人遺物，又把它送了給我，這份兒孝心，這份兒『有恩必報』的俠情，才真真是難能，才真真是可貴！但願他能及早回頭，走上正路，不要辱沒了他的先人，連累了他的老母……」

那段「土匪請醫」的故事，全部的過程就是如此。倘若那段故事就到此為止，只有人得福受益，沒有人惹禍被累，這可以算得是一齣喜劇；然而，故事並不是就這樣結束了的，四年過後，平地忽起風波，「劉先生」幾乎因此之故而遭受殺身滅門的慘禍！事情是由「朱大善人」而起，可是，那興風作浪、綁架勒贖的，卻是另一群住在城裏、穿著軍裝的土匪！

第三章

「山上一群土匪，城裏一群土匪！」

這兩句話，是民國初年北方農村那些善良百姓說來洩恨的。所謂「城裏一群土匪」，指的就是袁世凱訓練的那些「北洋軍」，以及再由「北洋軍」孵化出來的各派各系的軍閥們。這些人穿上一身「老虎皮」，盤據在城市裏，明火執仗，無所不為，比山上的土匪更凶惡十倍！

軍閥，軍閥，究竟「軍閥」二字的定義應該如何下法？恐怕很多人的心裏都會有這個問題。有一次，下課走出教室，劉一民被學生在走廊上攔住，就要求他作這樣的解答：

「老師，所謂軍閥，究竟指的是那些人呀？」

劉一民知道那學生的意思，並不是想知道那一大串軍閥的名字。時過境遷，幾十年前會嚇得小孩夜哭的那些惡魔，在今日，對一個十七八歲的少女，已經沒有多少意義。那學生的意思，是請老師對「軍閥」一詞，作一個概括的解釋。他稍作思慮，回答如下：

「所謂軍閥，就是指那批擁兵自重、割地稱雄、樹立派系、殘民以逞，又喜歡用武力干涉政治、控制政局的軍事頭目。不限於中國，也不限於民初，凡是合乎這種情況的，就叫作軍閥。」

那學生喃喃的複誦一遍，點頭會意而去。

其實，如果不是回答學生的問題，他大可不必如此費詞，在他的家鄉，那些沒有學問也不擅言詞的「鄉愚」，由於身受其害，體會深刻，卻能作出更簡潔、更明白的注釋：

「軍閥，就是穿軍裝的土匪！」

他記不得第一次是聽誰這麼說的，其後他又聽過不知有多少次，可見這種說法已經是眾人一辭，有口皆碑，而不限於一人一家，一鄉一地。

當然，他所以對軍閥恨之入骨，除了公議，還有私仇。不過，在這幾十年之後，他又有了這麼大的歲數，再想起當年那件「家難」，早已經心平氣和，只是就事論理，並不參雜多少感情的成分在內。

那件「家難」，發生在劉一民十二歲的那一年。劉一民也是在那年春天剛剛考進縣城裏高等小學讀書的。如果事情早發生幾個月，也許劉一民就不可能到縣城裏升學，他一生的命運也將是另一個樣子了。

當時教育很不普及，以劉一民的家世，應該是讀幾年私塾，會寫寫信，記記賬目，然後就廢書不讀，跟在父親身邊，「作一個小學徒」，經過十幾二十年的歷練，到他三十歲左右，郜鼎集就又多了一個中醫師。那條路是他父親「劉先生」早就設計好了的，偏偏他有一個愛管閒事的小叔，硬說這位賢侄頭角崢嶸，天賦很高，是一塊讀書的材料，非得逼著

「劉先生」把小兒子送去唸書不可。劉一民對這位小叔本來是很服氣的，唯獨這件事情，他當時卻不知道感激，甚至還怨怪小叔多事呢。

郜鼎集那所小學，規模不如一座私塾，整所小學只有一位老師——不，應該稱作校長吧，反正上上下下都是他，校長兼老師，還兼著搖鈴的工友，一個人唱獨腳戲：生旦淨末丑，神仙老虎狗。最可笑的是，這位老師不是別個，正是原先就在郜鼎集開學館的王秀才，只因為「五四」運動以後，教育上有許多改革，五經四書被看作落伍的東西，開學館似乎也成了犯禁的事兒，正當王秀才走投無路，幸虧有一位親戚在教育科當科員。得到這位貴人的照顧，替他弄到了一張派令，這才化私為公，老冬烘變成了新人物。校址仍在原處，是向宋家祠堂借的三間廂房，只不過在祠堂的門首，掛上一面木頭牌子，上面寫著「城武縣立郜鼎集初級小學」十來個黑字，也是王秀才親筆書寫。經過這麼一改，最大的好處是按月有薪水可領，不必再論季向學生收「束脩」，而學生的人數卻並沒有增加多少，包括劉一民在內，總共二十幾個小毛頭，被按照各人的學力，編成四個年級，卻又集中在一起上課。教室裏也貼著「功課表」，可是，有些課程，連老師自己也莫名其妙，可教他怎樣傳授？也只好揀他會的教，於是，幾乎每一節都是在上「國文」課，情況和他教私塾的時候差不多，服務的熱誠可就大不如從前了。反正薪水是向縣衙門領的，而「查學的」一年也來不了三兩回，王秀才認清這種情勢，人就改了脾氣，上課是隨他興之所至，一年當中還有國曆、農曆許多個假日，平時遇到老師有事，不管是為公為私，都堂堂皇皇的掛牌「休息」。老師教得不帶勁兒，學生們自然也就提不起興趣，經常是你曠課，我缺席，或遲到，或早退，王秀才也一概寬容，不予深責。

劉一民是十歲那年進入這所初級小學的，由於他會背「三字經」和打算盤「九歸」的口訣，被王秀才編入三年級。所好的是，就因為這所學校很「自由」，還不大影響劉一民的正務，上課期間，他還是一樣的能跟著父親下鄉行醫，從前是早出晚歸，現在改成「半日制」，王秀才已經對他十分滿意，每次考試都穩拿第一。這樣混過兩年，他唸完了四年級，初級小學就算是畢業了的，要想繼續「深造」，只有到縣城裏考高等小學，也是由於小叔的堅持，他才「離鄉背井」的去應試，居然一試就中，成了「縣立第一高等小學」五年級的新生。

他的名字，也是這時候被他小叔改過來的。報名的時候，他小叔已經替他把名字寫妥，又忽然皺起眉頭，一筆畫掉，自言自語的說：

「什麼名字不好叫？偏要取這些卿呀臣呀的，封建！專制！俗氣！」

劉一臣，這名字是他出生之前，父親就替他想好了的，一直使用到十二歲，叫起來順口，聽著也入耳。過去沒有人挑毛病，實在不覺得它有什麼不合適，現在看到小叔那副深惡痛絕的臉色，才想到這個「臣」字果然有著不好的涵義，竟然使用了十二年之久都沒有發覺，叫這個名字的人也實在夠「俗氣」的了！他感到自己臉上一陣陣發燒，也恨不得立刻把這個名字改掉才好。

小叔略作思索，替他在紙上另寫了一個，用很響亮的聲音對他宣告：

「你給我記牢，往後，你不叫『劉一臣』了，改名兒叫作『劉一民』，中華民國的『民』！記住了沒有？回家去你爹問你，就說是我替你改的！」

就這樣，他有了一個新名字。好在那個時代還沒有戶籍和「出生證明書」之類，報考學校也不一定要審查畢業文憑，改名字是一件最方便不過的事情，父母對子女，老師對學生，覺得有誰的名字不中聽，靈機一動，說改就改，既不必驚動官廳，也無須登報聲明。他小叔帶著他來報考「一高」，在私的方面說，是他的家長，而在公的方面，小叔又剛剛接下「一高」的聘書，已經算是這個學校的老師，憑這雙重身分，自然就有著無可置疑的權力，大筆一揮，他這個新名字就算是登了記、註了冊。

至於他父親「劉先生」那裏，只要聽他小叔說話的口氣：「回家去你爹問你，就說是我替你改的！」即可想而知，他父親那裏不會有什麼問題。父親和小叔是一母同胞的親兄弟，年紀卻相差著二十歲，小叔出世不久，祖父母就先後謝世，留下這個「老生子」，是由「劉先生」夫婦撫養成人的。小叔和劉一民的大哥劉一卿同歲，生日似乎還小著幾個月，小時候抱在大嫂的懷裏，還跟大侄子搶奶吃呢。從前有所謂「長兄若父，長嫂若母」的說法，所指就是「劉先生」夫婦和幼弟的這種關係。不過，「劉先生」倫常的觀念很重，父子和兄弟分得清清楚楚，兩個差不多大的孩子，從他那裏所受的待遇卻完全不同，對兒子十分嚴厲，對幼弟則近乎縱容，兩個孩子也因此而養成完全不同的個性：大兒老實懦弱，一切唯父命是聽；小弟飛揚跋扈，對「劉先生」也不是不尊重，卻處處有他自己的主張。奇怪的是，「劉先生」對這位幼弟的性情，竟然十分欣賞，每當幼弟提出什麼要求，幾乎到了有求必應的地步，很少「打回票」。像替劉一民改名字這類的小事，自然就更不必說了。

倒是劉一民自己，開始使用新名字，是有一陣子感到很不習慣的。雖然只改動了一個字，而這個「民」字比那個「臣」字還少了兩筆，寫起來卻不太順手。那個「臣」字幾乎是四面都有框框的，只要寫的時候一筆不苟，看上去總是方方正正，穩穩當當，不會出什麼紕漏；這個「民」字可就不同了，論字畫只有寥寥五筆，講骨架卻很難搭配。上面的字頭，不是太扁，就是太大；底下的兩個鉤，順著一個方向往上踢，就像武術招數中的「連環腿」，既不能踢得太高，也不能踢得太低，太低沒有氣勢，太高不合規矩。劉一民十歲以前，在父親的督促之下，也曾經描紅、臨帖，對寫毛筆字下過一番工夫，這是因為中醫師是要開藥方子的，毛筆字總不能太不像樣兒。

「劉先生」既然有心讓小兒子繼承父業，寫字就成了「課子」的項目之一，再加上劉一民本人對寫字也挺有興趣，不把研墨濡筆看作是件苦差事，鋪紙臨池，就有著差強人意的成績。唯獨對這個「民」字，他覺得真是難以下筆，認真練習了多少次，看上去還是不大像個樣子，不是縮頭縮腦，委委屈屈；就是飛腳踢腿，歪歪扭扭的。小叔偏要在他姓名當中嵌進這個難寫的字，往後這一生一世，天長地久，不知道要寫它多少回，豈不是存心要他出醜麼？

有一天，他向小叔訴說這個煩惱，小叔瞅了他一陣子，正著臉色，沉甸甸的說出一篇大道理：

「噢，你以為這個『民』就是那麼容易當的？真要是那麼容易，民國成立十三年，又何至於前有袁世凱想當皇帝，後有張勳復辟，直至今日，政權還是操縱在一群壞人手裏，多少軍閥興風作浪，多少政客翻雲覆雨，把國家蹧蹋成這個樣子！你知道這些事情是怎麼發生的？我告訴你，追根究底的只有一個字：愚！中國的老百姓知識太低，百分之九十幾是不識字的睜眼瞎子，不知道自己享有什麼權利，不知道自己該盡什麼義務，所以才這麼任人壓迫，任人欺辱，任人牽著鼻子走，像一群不知死活的笨牛！你爹一心要你作醫生，醫生能治得好的，不過是些小病小痛，遇到國破家亡的大災大難，連醫生自己都活不成，他還能去救人麼？所以，我要你升學，我要你多讀書，將來也走我這條路，作一個小學老師，喚醒國魂，啟發民智，這才是救國救民的根本大計！你，一民，你已經十二歲，不再是個小孩子，叔叔說的這些道理，你能體會麼？叔叔對你的期望，你能做到麼？」

劉一民向小叔訴苦，其實心裏並沒有什麼目的，不是埋怨這名字改得不好，也不是想小叔替他另換一個，只是隨口發了幾句牢騷，不料他小叔肚裏的牢騷更多，劈頭蓋臉的往下倒，倒把劉一民嚇得呆住了。

在劉一民的心目中，小叔本來就是一個很特殊的人物，論年紀比劉一民的大哥還小，論輩分和父親一樣高，到城裏堂伯父家裏，也是平起平坐，想說什麼就說什麼，堂伯父拿他也無可奈何。由於年歲有一段距離，過去他和這位小叔接觸的機會很少，從他有了記憶，小叔就一直在外地讀書，先是在縣城裏唸小學，其後又到府城裏唸中學，只有假期裏才回家住一陣子，見了人冷冷落落、愛答不理的。儘管如此，他對這位小叔還是很仰慕、很佩服，每當小叔不在家的時候，常常摸進小叔住的屋子，像挖寶似的去偷看小叔從外地帶回來的書。很多書是他看不懂的，看得懂的只有幾部小說，也足夠他大開眼界的了。一直到他十歲那年，小叔好像才注意到他的存在，也只是把他看作一個剛斷奶的孩子，說話是說不到一塊兒去的。他十二歲這一年，小叔恰好是高中畢業，先接下「一高」的聘書，又從鄉下把他帶來升學，從此叔侄倆都住在學校裏，這才有了比較多的接觸。今天為了一個「民」字，引發出小叔一大篇「讀書救國論」，這些話都是他聞所未聞，自然也就似懂非懂，當時聽了只會發愣，過後卻越想越有理，也越想越高興。從這些話裏，劉一民聽得出小叔對他的期許，「讀書救國」的大計，是要他也來參加一份兒的。受到這番知遇，他真是又惶恐、又感激，便暗暗下定決心：今生今世，亦步亦趨，就沿著小叔走過的這條路走下去，做一個「喚醒國魂、啟發民智」的小學老師。

他記得很清楚，就在他小叔對他說過這番話的第二週，國文老師在「作文」課上出了「我的志願」這個題目，他心有所感，大加發揮，洋洋灑灑的寫了七八百字，實際上只是把小叔的話作了一次複述，沒有增加多少自己的意思。這篇作文，被國文老師圈圈點點，張貼在布告欄裏，很讓他出了一陣子風頭。後來，他果然在教育崗位上，工作了大半世，不管收穫多少，總算盡心竭力的耕耘過了，沒有忘記小叔當年的囑告。至於他的小叔，雖然胸懷大志，卻受到外力的擠迫，不能安於其位，而走到另一條道路上去。

小叔的離家出走，當然是和那次「家難」事件有關。事情發生的時候，學校才放了暑假不久，小叔還留在縣城裏，和幾位老師合辦「民眾識字班」，劉一民自己回到郜鼎集家裏，正想趁著暑假期間，多幫著父親做些事情，以彌補這幾個月的疏懶，不料想他放假回家的第三天，就發生了那次「家難」——

那天中午，「劉先生」剛剛下鄉行醫回來，在大太陽底下趕路，烤得滿臉冒油。兩個兒子迎上去，劉一卿去打了大半盆涼水，給父親抹臉擦汗，劉一民就站在父親身邊，用一柄大芭蕉扇，撲塌撲塌的搧。汗消了以後，「劉先生」從腰間取出那隻煙袋，打著火紙抽煙，這是他一日之間最大的享受。就在這時候，一輛從城裏來的馬車，咕哩骨碌，停在「葆和堂」中藥舖的門口。

從車上走下來的，是縣衙門裏的一個「班頭」，還有兩名穿制服的巡警在後面跟隨著。這三個人都是縣城裏的混混兒，雖然平素沒有打過什麼交道，不過，既然是本鄉本土的人，看上去總有些面熟，也知道他們是幹什麼的，夜貓子進門，準沒有好事兒。這種人到什麼地方都不受歡迎，但也沒有誰敢公然得罪，心裏頭巴不得像攆蒼蠅一樣把他們攆飛，表面上還得客客氣氣的。

那「班頭」走進藥舖，大模大樣的往櫃臺前頭一坐，皮笑肉不笑的說：

「喝，真巧，這不就是『劉先生』麼？聽人說你是在家的時候少，出外行醫的時候多，還怕這一趟碰不著，沒想到一來就撞上了，這一趟沒白跑。」

「劉先生」感到很詫異：

「諸位是專為了找我來的？」

那「班頭」笑得更放肆：

「不錯，我們哥兒三個，冒著這大熱的天兒，走了這大老遠的路，從縣城裏來到這部鼎集，就是專為了來找『劉先生』你！」

「劉先生」心裏怪納悶：

「找我，有什麼事情呢？請諸位明說。」

那「班頭」就想藉機勒索：

「忙什麼？既然到了這裏，總得讓我們休息休息，有話待會兒再說不遲。噯，我說『劉先生』，久聞你醫道高明，施藥濟貧，也是場面上的人，今天我們哥兒三個，奉命出這趟苦差，又熱又累，又渴又餓，你不叫家裏準備準備，沒的就讓我們這麼乾坐著？」

可憐「劉先生」醫道雖精，到底是一個鄉下的土醫生，應付這種場面，他還真是毫無經驗。幸虧這時候消息已經傳開，部鼎集當地幾個有頭有臉的人物都趕了來，其中有「團總」，有「保正」，都是經常走動官府的人，有他們出面安排，這才把僵局打開，那「班頭」

得了好處，臉色才和緩了些。

一邊陪他們吃喝，一邊陪他們說笑，拿話套話，才漸漸從那「班頭」的嘴裏，透露出一些消息：

「是縣太爺跟前的大紅人兒『錢師爺』派我們來的，要我們把『劉先生』請進城去，說是有一件什麼事情，需要『劉先生』去印證印證。『錢師爺』只交代這麼多，究竟是什麼因由兒，我們底下人可弄不清楚啦。──咦，『劉先生』，你自己心裏該有個譜兒呀？」

「劉先生」依然是懵懵懂懂：

「我不認識這位『錢師爺』，怎麼會得罪了他？會不會是你們找錯了人呢？」

那「班頭」被這個鄉下老土逗得直想笑，笑得直打嗝兒，幾乎被一大口醬牛肉給噎死：

「哎喲，我的『劉先生』，你怎麼心眼兒這樣直呀？當然你不認識『錢師爺』，認識他倒好說話啦！我是提醒你，好好的忖思一下，過去，有沒有得罪過什麼人呢？賊咬一口，入骨三分，監獄裏有很多人都是這樣屈死了！」

「劉先生」聽得膽戰心驚：

「什麼？你是說有人『咬』了我？一進城就會把我關進了監獄？」

那「班頭」唯恐自己說漏了嘴，把已經辦好的事兒再弄得節外生枝，趕緊的安撫著：

「不，不，不！我剛才說的，那只是個比喻。也許，『錢師爺』請你去，根本沒有什麼大事，三言兩語，就把你飭回，也不是不可能的。」

酒足飯飽，該塞的東西也都接在手裏，那「班頭」不肯再耽擱，就要把「劉先生」帶上馬車。這時候，中藥舖門口圍著上百人，裏三層，外三層，都是些鄉親近鄰。那「班頭」被圍在人叢中，就拿出他三班六房的威風，大聲的喳呼著：

「怎麼？你們想聚眾生事，打劫官差呀？閃開！閃開！」

還是「團總」和「保正」出面向大家解釋，說這樣圍著沒有用，不但救不了「劉先生」，反倒會加重罪名，那些傻傻愣愣的鄉鄰，才順從的往後退，讓出一條小胡同。那「班頭」手腳快捷，把「劉先生」推上了馬車。

劉一民也想跟了上去，被後面那個巡警一把推落倒地。馬車開動，人群中才有了動靜，七嘴八舌，說的都是些做不到的事情。劉一民擠回藥舖裏，看到他大哥劉一卿，已經是二十出頭的大男人，卻像嚇病了似的，臉色慘白，渾身抽搐，倚在櫃臺上動彈不得。從店舖通向內宅的屏風背後，傳出好幾個女人哭泣的聲音，其中之一是他的母親，另外的不知道是誰，大概是附近街坊鄰居家的嬸子大娘們，正陪著母親同聲一慟。

能替劉一民出主意的，只有「團總」和「保正」兩位老者，他們作著手勢，把劉一民調了出來，很懇切的對他說：

「孩子，騎上你爹的驢，往城裏跑一趟吧。你哥哥是個老實沒用的人，到了城裏頭，他也沒有你熟。進了城，先去找你小叔，再去找你堂伯父。現在最要緊的，就是打聽出確實的消息，看看他們按在你爹頭上的，究竟是什麼罪，然後再想法子。」

這正是劉一民準備要做的事。於是，他騎上驢子，出郜鼎集北門，轉上那條古老的官道。那是通往縣城的路，近來他已經一個人走過好多次了。

一路上，他讓那匹大草驢放出最快的腳力，還以為會追上父親的，可是，他一路急馳，跨上護城堤，拐進東南隅，始終沒有望見那輛馬車的影子。

東南隅是東城門外的一條大街，是從東關正街岔出來的，卻比正街還要長些，也更熱鬧些。因為是在縣城外的東南角上，所以這整條街就叫作「東南隅」。有些鄉下人需要採辦東西而又怕進城的，來到這裏，差不多也就可以採辦齊備，不必再鑽進那座黑漆漆的城門洞裏去。

大街上人多，劉一民怕驢子撒野，就從驢背上跳下來，牽著驢，急匆匆的趕路。經過一家茶館門口，忽然有人坐在屋簷底下向他打招呼：

「喂，你不就是『劉先生』的小兒子麼？郜鼎集人那麼多，怎麼只派了一個小孩子來？」

劉一民抬頭一看，原來跟他打招呼的，就是剛才把他父親帶走的那個「班頭」。他以為他父親也坐在茶館裏，可是，他伸著頭往裏瞅，沒有。

「我爹呢？你們把我爹怎麼樣啦？」

那「班頭」塌拉著眼皮說：

「你放心，『劉先生』已經進了城，現在大概正和『錢師爺』說話呢。我坐在這裏，就是因為『劉先生』人不錯，特地在這裏等著，好指點你們一條明路。怎麼沒有大人來？小孩子辦不成什麼事呀！」

劉一民從那「班頭」身上聞到一股子邪惡的氣味，比他四年前在清涼寺那群土匪身上聞到的，還要更加的嗆喉嚨，刺鼻子。真想也照著四年前對付癩痢頭的那個老架勢，不管他三七二十一，先對準那張佞嘴，狠狠的擂上一捶。可是，他也知道這些人比土匪還難惹，真要是一捶擂下去，不知道會招惹多大的禍事，爹落在他們手裏，豈不是罪上加罪？

「我，」劉一民盡力的把呼吸調順，把聲音放穩：「我是到城裏找我叔叔的。」

那「班頭」對劉家的家庭狀況，似乎已經作了一番調查，刨根兒，摸底兒，一切都弄得清清楚楚的。

「找你叔叔？就是在學堂裏當老師的那一位？人倒是挺有學問，可是，到底還年輕，辦這種事情，恐怕就不管用。城裏也有一位劉醫生，好像和令尊是堂兄弟，對不對？」

劉一民老老實實的回答：

「對，那是我堂伯父。」

那「班頭」好心的建議：

「我勸你，找你叔叔，不如找你這位堂伯父。這位劉醫生雖然和『錢師爺』也沒有多大交情，總是城裏人，頭碰頭、臉碰臉的，話就比較能說到一塊兒去。」

劉一民趕緊答應著：

「好，我就去找。」

說著，就拉著驢要走，那「班頭」又把他叫住了。

「別忙呀，我還有話沒說完哪。『錢師爺』是個大忙人，在縣衙門裏，除了縣太爺，就數著他啦。身分高，架子大，我要是不指點你，你到那裏去找他？我索性好人做到底，告訴你一個去處，你找到你的堂伯父，就到那裏去等候，一定能等得著。」

劉一民勒住韁繩，站穩了腳：

「好，你說。」

「衙門口有一家賣羊肉湯的館子，你知道嗎？——對，就是那一家。『錢師爺』說那家的羊肉湯做得好，不羶不膩，一年四季都能吃。他是那家館子的老主顧，後院上房有特別替他留的雅座，每天吃晚飯的時刻，他準到。這些話，你都聽清啦？」

劉一民點點頭，又拉著驢上路，那「班頭」從背後丟過來幾句話：

「小孩子，你可不要嘴上無毛，辦事不牢，耽誤了你爹的一條命啊！」

這幾句話的口氣很惡，把劉一民嚇得臉都白了。他拉著驢繞了一個圈子，又回到原處，向那「班頭」哀聲求告：

「好大叔，請您告訴我，我爹究竟犯了什麼法、什麼罪呀？」

那「班頭」很油滑的擺擺手：

「這個嘛，我也不清楚，反正罪名不輕就是囉。你不用求我，再怎麼求，我也不能多說。剛才指點你那條明路，已經是熱心的過了頭，要是被『錢師爺』知道，我可就要吃不了兜著走。──好啦，你快去辦事吧，記好地點，拿準時刻，可不能耽誤囉！」

說罷，那「班頭」站起身來，走進茶館裏面去了。

劉一民急得淚眼模糊，幾乎看不清腳下的道路。兩條腿也瘦瘦軟軟的不聽使喚，好像他從郜鼎集來到城裏，這十五里路不是騎著驢子來的，而是把驢子扛在肩上，才會把他累成這個樣子！偏偏那頭大草驢這時候又發起驢脾氣，四隻蹄子著地，像四根木樁似的，任憑小主人拉牠拽牠，牠打定主意，寸步不移。大概是剛才那陣子時走時停，弄擰了驢的性子，平時是那樣溫馴、那樣聽話的，在這緊要關頭，卻跟小主人鬧起了彆扭。求牠罵牠，牠佯佯不睬；踢牠打牠，牠也仗著肉硬皮粗，毫不在乎。城裏的閒人真多，都站在街道兩旁走廊底下看熱鬧，有人嘻嘻哈哈的傻笑，有人鼓掌叫好。劉一民心裏又急、又怒、又羞、又惱，他一再的告訴自己：不能哭！不能哭！不能哭！可是，那不爭氣的眼淚就撲塌撲塌的往下掉，把他娘新做的一件月白色對襟小褂都給弄濕了。

一位老伯伯從對面「孫家老店」裏走出來，到了近處，對著驢細看了一下，點著頭說：

「唔，果然是牠。——這不是郜鼎集『劉先生』的驢麼？你這個小娃兒是誰？哦，我認出來啦，你是『劉先生家的老二』，對不對？我告訴你，人不能跟畜生嘔氣，牠不走，你就讓牠在這裏歇一會兒，也不過一袋煙的工夫，牠自己覺得沒意思，自然就乖乖的跟著你去。你越是這麼硬拉，牠就算跟你彆扭上啦，這頭驢個子又大，你那能拉得動牠？」

這位老伯伯說的是好話，劉一民不是不懂，也不是摸不清驢性，可是，讓驢在這裏歇一會兒，誰曉得這一會兒是多久呢？現在，他看看天色，太陽已經斜斜的掛在城頭，不多久就到了吃晚飯的時候，他要趕快的去找到他叔叔，再去找他的堂伯父，心急如火燒，那有時間跟這個畜生窮耗？他恨不得把繮繩一丟，甩腿就跑，就算這頭驢被人撿了去剝皮吃肉，那是牠自作自受，他也顧不得了。

老伯伯察言觀色，懂了這孩子的心事，就上前幾步，把繮繩接在手裏：

「你是急著要進城，對不對？好，把驢子交給我，我替你守著，等牠願意動彈了，就把牠牽到客棧裏，等你辦完了事情，再到這裏來騎牠回去。——哦，忘了告訴你，我姓孫，是這家客棧的店東，你放心不放心呢？」

劉一民也顧不得講禮貌，甚至連一個「謝」字都忘了說，把繮繩遞給老伯伯，轉身就往城裏跑。

進了東城門，街的北首就是孔廟。他叔叔和幾位老師合辦的「民眾識字班」，就借用孔廟的一座偏殿上課。他跑進「欞星門」，跑過「月牙河」，順著那長長的甬道，一直跑，一直跑，忽然聽見有人在叫：

「一民！你是不是在找我？」

轉頭一瞧，幾位老師正坐在「杏壇」的石欄杆上閒聊，他叔叔一邊叫著，一邊從矮樹叢裏分花拂柳的向他走過來了。

看到小叔，他再也矜持不住，往叔叔身上一撲，就嚎啕大哭，想說的話，一句也說不出。

小叔把他的身體扶直，很有耐心的問他：

「怎麼啦，一民？你怎麼來到城裏？是什麼人欺負了你？男子漢大丈夫，有冤報冤，有仇報仇，你淨是哭什麼？」

他知道這不是哭的時候，可是，這半日發生的許多事，使他有滿腹的委屈、焦慮和恐懼，這時候都混合在一起，變成一大桶一大桶的苦水，不但從眼睛裏洶湧而出，也在他心頭翻滾不已，漫過了他的咽喉，封住了他的嘴，他感到呼吸急促，上氣不接下氣。他盡最大的努力，要把話說明白，說出來的話仍然是脫脫落落，一些零零碎碎的單字，沒有一句話是完整的。

最後，小叔總算聽懂了他的意思。聽是聽懂了，卻又半信半疑，不能認定這孩子的話都是真事。小叔抓住劉一民的肩膀猛搖，好像是想用自己的「法力」，把附在孩子身上、支使著他胡說八道的鬼怪給搖掉，孩子就會清醒過來，他說的那些胡話也就不算數了。

一邊猛搖，一邊厲聲喝斥著：

「你在胡說些什麼？呃？你知道自己在說些什麼話嗎？咱們劉家世代清白，你爹除了行醫，又從來不關心別的事，怎麼會有人把他抓了去？我不相信這是真的！怎麼可能呢？怎麼可能呢？」

劉一民漸漸穩住情緒，說話的聲音也變得比較清晰：

「是真的，叔。快些吧，我還要去請堂伯父，請他到衙門口那家飯館去見錢師爺，萬一去得遲了，那『班頭』說——」

他小叔性情暴烈，對城裏的堂伯父又一向不大瞧得起，怒氣沖沖的說：

「自己的事情自己來解決，找別人做什麼？走！咱們現在就去會會那個姓錢的，我倒要看看，一個縣衙門的師爺，能有多大的威風！」

那幾位老師早就圍了過來，把他們叔侄的話聽了個大概，一個個唉聲歎氣，扼腕不置，看樣子，他們對這件事情也幫不了什麼忙的。

一位比較年長的老師，見聞也比較多，向劉一民的叔叔提供情報：

「你可別把他看得太簡單，這個姓錢的等於是咱們城武縣的縣太爺，事無大小，他一手包辦。這種在縣衙門裏當師爺的，都是些老狐狸。有的是從滿清年間，一直幹到今日，是一項父子相傳的專業，玩法弄權，一手遮天，是他們的看家本事。這個姓錢的更厲害，不但是隻老狐狸，還是那種老得已經成了精的，你那能鬥得過他呢？而且，人已經落在他手裏，你可不能再意氣用事，那會對令兄格外的不利！」

人家說得那麼熱心，小叔心急如焚，根本就聽不進去，只是為了禮貌，才勉勉強強的敷衍著，一邊點頭說好，一邊就挪動著腳步，說話的人語音未落，聽話的人已經走出去一大截路了。劉一民急忙快步跟隨，他才跑上「月牙河」的拱橋，小叔那件紡綢大褂的背影，已經飄出了孔廟。

從孔廟到衙門口，雖然是同一條直直的街道，還差不多有一里路。小叔在前面飛，劉一民在後頭跟，叔侄倆就像在大街上賽跑似的，不多時，就到了那家飯館裏。

跑堂的迎上來招呼著，小叔面色鐵青的說：

「我們不吃不喝，是來找一個姓錢的！」

那跑堂的依然滿臉帶笑，躬身哈腰的在前頭引路：

「二位是找縣衙門裏錢師爺談事情的？那算找對地方囉。我們後院裏有錢師爺常年包用的雅座，二位先在那裏候著，錢師爺是一會兒必到。」

這家飯館，在縣城裏要算是規模最大的，前邊是三大間的門面，後邊是一座四合院，就和一般住家是同樣的格局，只是把房子隔成一小間一小間的，院子裏有花、有樹、有養魚池、房間也收拾得明窗淨几，沒有一點兒煙薰火燎的氣味。

跑堂的把他們叔侄帶到走廊拐角處一個房間的門口，掀開簾子，請他們進去，給他們斟了兩碗茶，然後就鞠躬而退。

等了約摸有半個小時，只聽得外面一聲吆喝：

「錢師爺到！」

走廊上靴聲橐橐，來的人似乎不只一個，都在這個房間門口停住了。竹簾啟處，進來的卻是一個乾乾癟癟、五短身材的老頭兒，年歲大約在六十歲左右。身上倒是穿了一套很華貴的衣服，藍綢子的長衫，外罩著一件黑緞子的馬褂，腿上還吊著套褲。這種天氣，真難為他不怕熱，也算得是修養深厚。腳下是布襪布鞋，走起路來拿捏著身架，八字腳往兩邊划動，落地無聲。這老頭兒進來之後，竹簾靜悄悄的垂下，最少有兩個穿皮靴的，都留在屋門以外，那大概是「錢師爺」的保鑣、或者長隨之類的人物。一個縣衙門的師爺，氣派倒是不小。

「錢師爺」進屋落坐，拿眼角往屋裏兩個人的臉上一瞄，溫吞吞的說：

「怎麼只有你們兩個？劉醫生呢？」

這一問，問得好怪，連劉一民都弄不清是怎麼回事情：莫非爹不是這個錢師爺派人抓來的？還是抓來以後發現了不對又放走了呢？他小叔也瞪大眼睛：

「劉醫生？劉醫生不是被你抓進城來了嗎？我是聽到消息才趕來的，是不是這中間有什麼誤會？」

那「錢師爺」面無表情，說話也慢條斯理：

「哦，我說的是城裏的劉醫生。不是說，這城裏的劉醫生和郜鼎集的劉醫生是堂兄弟麼？所以，我以為他會來的。你們兩個又是什麼人呢？」

小叔也把聲音放得四平八穩，很鄭重的介紹著自己：

「我叫劉大德，是城裏『一高』的老師。我是郜鼎集劉醫生的胞弟，他是郜鼎集劉醫生的兒子。有人教我們來這裏見你，說是——」

「錢師爺」把他那雞爪子似的左手輕輕一揮，嘴裏吐出三個字：

「沒有用！」

小叔被人把話岔斷，憋住一肚子氣：

「沒有用？你這是什麼意思？」

「錢師爺」豎起左手，翹著一根手指頭，向小叔指指點點的：

「我是說你。人年輕，沒有用，有些話說給你聽，只怕你聽也聽不懂。你說你是『一高』的老師？老師能當得了什麼呢？很多學問都不是書本上的。我看，你還是趕緊回去，換城裏的劉醫生來見我，他還算是個明白人，話才容易說清楚。」

這麼說過，就算是把眼前的兩個人打發掉了。接著，他拍拍手，簾子縫裏立刻伸進一顆戴軍帽的頭，他對著那顆頭吩咐道：

「可以把我吃的東西送過來了，一切照老樣兒。」

那顆頭答應一聲，就縮了回去，在外頭大聲的嚷嚷。然後是一波一波的傳話，就像回聲一樣。飯館裏的茶房，都有一副受過訓練的好嗓子，喊起來有腔有韻，又清楚，又響亮。

等到這一陣回聲響過之後，那「錢師爺」靠著椅子上養神，眼睛半睜半閉的說：

「你們兩個怎麼不走？還矗在這裏蘑菇什麼？趕快找城裏的劉醫生來見我，過了這個時刻，再找我可就不容易囉。」

劉一民扯扯小叔的衣角，小叔卻把兩條長腿挺得直直的，根本沒有要走的意思。只聽到他悶著嗓子，向那「錢師爺」說：

「我還有一句話問你，只一句。」

那「錢師爺」兩眼緊閉，人像是快要睡著了似的：

「好吧，你問。」

小叔先倒吸了一口氣，聲音仍然有些顫慄：

「我大哥他——他究竟犯了什麼罪？」

「錢師爺」把左眼睜開一條縫，那張死人面孔也有了比較生動的表情：

「真想知道麼？好，我就告訴你，他犯的是——死罪！」

劉一民嚇得失聲驚呼，小叔的臉色也一下子變得慘白。「錢師爺」看過他倆的反應，很滿意的咂咂嘴，那左眼裂開的一條細縫緊緊閉起，人又成了活殭屍。

「死罪？那總得有個說法吧？我大哥犯的是那一條、那一款呀？」

對小叔的質問，那「錢師爺」似乎是聽而無聞，不但兩眼緊閉，甚至眼皮底下的眼珠子也動都不動，好像人真的沉沉睡去。小叔握住拳頭，向前邁出兩步，大概他自己也不知道將要做出些什麼。就在這時候，那「錢師爺」忽然把兩眼睜開，人也一下子還醒過來。

「你這個當老師的還真難纏呢。看樣子，不對你說個青紅皂白，你是不肯走的。好吧，我索性就原原本本的都告訴了你，你大哥的罪名是——通匪！你可懂得這兩個字的意思？那就是說，他和土匪有勾結，有來往，窩藏要犯，坐地分贓……你說吧，犯這種罪名的，該不該死罪？」

不必他來解釋，十二歲的劉一民也懂得這兩個字的意義，凡是被戴上這頂帽子的，都是該砍頭，該槍斃，該關在「站籠」裏活活的站死！在縣城裏住了這一個學期，從那縣衙門外八字排列的粉白牆上，這樣的布告他看過不少次，總以為那些罪犯是咎由自取，死有餘辜，誰想到這項罪名也會落到爹的頭上？這怎麼可能呢？這怎麼可能呢？劉一民覺得自己頭腦昏昏的，眼前正遮天蓋地的漲起了黑水，什麼都看不清，什麼都想不起，只有那「錢師爺」和小叔說話的聲音，還一聲聲響在耳際。

「這怎麼可能呢？這怎麼可能呢？」小叔在憤怒的叫著：「以我大哥的為人，這是絕對不可能的事！」

那「錢師爺」冷冷的說：

「雖然是親兄弟，他住鄉下，你在城裏，他的所作所為，你也未必完全知道，對不對？你也就不必這麼大驚小怪了！」

「我知道！我知道！我大哥做的事情，我全部都知道！你要是准許我，我願意用我的性命作保！……」

那「錢師爺」的聲音更冷如堅冰：

「你要是真知道，那你也是同謀了！你保他，誰保你呢？我告訴你，這件案子，我本來也不願意辦的，只因為最近土匪鬧得太凶，就在兩個月以前，臨城發生了大劫車案，津浦路的火車被土匪搶劫，幾百個肉票綁上了山寨，其中還有不少是外國人，事情鬧得驚天動地，幾乎引起另一次『八國聯軍』，你說那些土匪狠不狠？」

小叔插嘴說：

「你說的是孫美瑤！這跟我大哥有什麼關係？」

「敢情你也知道這件事兒，知道了就更好說。怎麼會沒有關係呢？那臨城離這裏只有二百里路，直直的往東走，過了魚臺縣，就只隔著微山湖。那裏發生這麼大的案子，能說對這邊沒有影響麼？特別是那些黑道上的朋友，都把孫美瑤看成英雄人物，也都想大大的幹一票，又有財帛，又出風頭，來一個名利雙收，所以，最近兩個月，搶案就越來越多。為了一個孫美瑤，許多大官都弄得焦頭爛額，我們督軍也幾乎受到撤職查辦的處分！……」

「哦，你說的是田中玉！這跟我大哥又有什麼關係呢？」

「田中玉這名諱，豈是你能叫得的？本縣的縣太爺，是督軍大人的親侄子，我，也和田督軍是鄉親，還是幾代世交的情分。田中玉這名諱，豈是你能叫得的？」

小叔低頭認錯：

「好嘛，我就不叫。可是，你們的督軍被撤職，這干我大哥什麼事？難道你要說我大哥認識孫美瑤？那就太可笑了！」

這時候，跑堂的把酒菜送到，那「錢師爺」一邊吃喝，一邊陰惻惻的說：

「不是孫美瑤，是一個匪號叫作『朱大善人』的，你可曾聽說過？」

「朱大善人」這個匪號，小叔一定是聽說過的：至於四年以前那段「土匪請醫」的故事，恐怕小叔就一無所知了。倒是劉一民在旁邊聽到那「錢師爺」說起這個名字，心頭不禁一懍，才相信這隻老狐狸果然是成了精的，四年前發生在郜鼎集間的一段舊事，當時知道真象的就沒有幾人，事後更是塵封土掩，風吹雲散，沒有任何可疑的痕跡落在別人眼裏，這隻老狐狸是怎樣知道這件事的？難道說他真是學會妖法，練成邪術，還長著一對「千里眼」和「順風耳」？不過，就算他已經全部知道，知道得清清楚楚，毫無遺漏，而劉一民的父親「劉先生」也完全承認，替一個土匪頭子的老娘治病，是不是就得落下「通匪」的罪名？這一點，別說十二歲的劉一民懵懂無知，就連他父親——四十幾歲的「劉先生」，恐怕也所知有限，很難替自己的作為下個判斷，有罪還是無罪，那就全憑別人一言而決了。

小叔理直氣壯的說：

「不錯，我聽說過。『朱大善人』是這幾年新起來的一個大桿子頭兒，在魯西南這七八個縣份，他的名氣，幾乎是人人皆知。這總不能叫作『通匪』吧？我也聽說過，這個『朱大善人』的手下，一向是在單縣、魚臺縣活動，有時候還進入江蘇省界，到達碭山、沛縣那一帶，他活動的地盤，離我們郜鼎集遠得很，這跟我大哥又能拉得上什麼關係？」

那「錢師爺」擱下筷子，變臉變色的：

「哼，你說的還是前幾年的事，最近這個『朱大善人』更成了氣候啦，活動的地盤也越來越大，就連城武縣以西以北，定陶、鉅野這些地區，也都有他犯下的案子，真個是膽大妄為，目無法紀，根本不把官軍放在眼裏。我們田督軍幾次下令緝捕，官軍也奈何他不得，有時候還會吃了他的虧，真教人頭疼哪！」

小叔自以為逮住機會，找到一項很有利的證據：

「可是，這幾年來，我們郜鼎集一帶，方圓二三十里路以內，根本就沒有鬧過土匪，那『朱大善人』的手下，更沒有在這一帶作過案子。」

「錢師爺」把兩隻雞爪子一拍，完全表示同意：

「對，就是這麼回事兒！話是你說出來的，可以把它列入證詞。不過，我得提醒你，這些話對令兄可不一定有利。你想想看，四鄉都在鬧土匪，就只有郜鼎集一帶太太平平的，這不是太可疑了麼？」

小叔才警覺到那老狐狸耍出來的繩索，到處都是活套，一不小心就被他綑了手、綁了腳，卻一時還不能領會其中的奧妙：

「這話是怎麼說，難道——」

「怎麼說？這叫作『兔子不吃窩邊草』，你懂不懂？把那些草吃掉，牠就藏不住自己了！」

那「錢師爺」捋著鬍子，很得意的賣弄著口舌：「你不用提醒我，我知道那『朱大善人』

不是部鼎集的人氏，這表示另外還有一隻兔子，而且是和那『朱大善人』很有交情，也得過好處的，才能約束住那股子土匪，不在部鼎集地區作案子。這隻兔子究竟是誰？我早就有些懷疑，只是無憑無據，最近有人告密，指名道姓的，我當然也不能相信那一面之詞，所以才派了人去，把令兄請來城裏，當面查對查對。現在呢，事情已經弄得很明白，令兄等於是已經認了罪的，就是把他按律處死，他也沒有什麼冤屈。」

這番話，那「錢師爺」一邊吃，一邊說，說得清爽鬆軟，毫不費力，就像他正吃著的羊肉湯泡饅頭似的，似乎他說的只是一件稀鬆平常的小事，和他、和聽他說話的人都沒有多大關係。

小叔氣極怒極，再也壓制不住自己，駢著手指，指著那「錢師爺」的額角，破口大罵：「你，你，你這完全是『莫須有』的手法！欲加之罪，何患無辭？判處一個人的死罪，就這麼容易麼？難道也不需要一點點證據？」

劉大德的嗓門兒越來越高，就驚動了門外的兩個保鑣，一左一右，兩顆人頭，把竹簾高高挑起，四隻眼睛向屋裏窺視。看樣子，大概只要「錢師爺」使一個眼色，那兩個保鑣就會一擁而入，來護駕救主。「錢師爺」卻把對方估得很低，認定小叔不過是一個書生而已，人雖然很難纏，卻沒有多大本事，罵人都帶不出髒字，那還有耍粗動武的份兒？可以說對他一點兒威脅都沒有。他擺擺手，竹簾輕輕落下，兩顆人頭又縮了回去。

「你想要證據？老實告訴你，這本來是不需要什麼證據的，現在呢，倒湊巧有了一件在這裏，就給你瞧瞧也不礙事。」

說著，「錢師爺」放下杯箸，站起身來，伸一隻向衣襟底下掏摸，摸出一隻小小的布包，往桌子上一擱，向劉一民努努嘴說：

「來，小孩兒，來把它打開，看看你們倆誰認得這樣東西？」

劉一民上前幾步，對著那隻布包審視，猜不透這老狐狸在玩的什麼把戲，竟然猶猶疑疑的不敢伸手。終於鼓足勇氣，把布包拿在手裏，就那麼一摸，他已經知道布包裏是什麼東西了。打開一看，果然就是，劉一民失聲喊道：

「這是我爹的旱煙袋！你把它取了來，我爹可拿什麼抽煙呢？」

那「錢師爺」把臉轉向另一側，問劉一民的小叔：

「這樣東西，你也認識？」

劉大德氣沖沖的說：

「我當然認識！這是我大哥的東西，他已經使用了好幾年的！」

「錢師爺」很陰險的豎起兩根手指，說：

「好，現在又多了兩個證人，一個是弟弟，一個是兒子。你說你大哥使用了好幾年？最多也不過四年吧，對不對？你可知道它原先是誰的東西？有人指證，這根旱煙袋是『朱大善人』他爹的！他爹已經去世，煙袋卻落在你大哥的手裏，可見他們兩個人的交情非尋常可比，你說，這算不算是證據？」

這根旱煙袋的來歷，劉大德也是說不清楚的，他大哥「劉先生」使用的時間，卻能隱隱約約的記得，不錯，是只有四年。難道真如那「錢師爺」所說，這根旱煙袋竟然成為「通匪」的物證了麼？他知道這一定是設詞構陷，其中有重重的內幕，可是，一時之間，他卻提不出有力的反駁。「錢師爺」實在是很厲害的人物，和這樣的人物交手，就是小心防備著，也躲不過預先佈置的圈套。處處都是陷阱，處處都是網羅。劉大德感到自己很笨拙，很無用，就像一隻關進籠子裏的鳥，是老鷹也好，是大鵬也好，不能把牢籠衝破，就沒有多少空間讓他飛躍縱跳，到最後也只有任人架弄、任人掌握了。

也不知道是誰通風報信，正當劉大德進退維谷，成了一隻困獸，他堂哥——城裏的劉醫生匆匆趕到，不待通報，逕自走入，看樣子和「錢師爺」廝混得很熟，已經到了勾肩搭背、稱兄道弟的程度。可是，說他們是朋友，可又和一般的朋友不大相似，堂伯父對那「錢師爺」，正因為態度上太親熱，就顯得有幾分巴結；而那「錢師爺」對堂伯父，雖然也像一般朋友那樣你你我我的熟不拘禮，在神情上和聲音裏，總透著他的身材比對方高，腰圍比對方粗，倆人穿的衣服不是一個「碼了」，有幾分屈尊俯就的意思。

一看到這位「城裏的劉醫生」，那「錢師爺」扳緊了的面孔驟然一鬆，招招手，就算是打過了招呼，如釋重負的說：

「咳，你可來啦！我當你裝聾作啞，不想伸手管這檔子事了哪！要不是別人多嘴，說部鼎集那個姓劉的和你是本家兄弟，我公事公辦，該怎麼的，就怎麼的，省了多少力氣！偏偏你還要端身分，擺架子，倒派來這個年輕的跟我扯皮，鬧得我一頓飯也不能安安靜靜的吃，你說說看，該不該罰你？」

堂伯父連聲應諾：

「該！該！該！這個年輕的也是我堂弟，剛出來做事，不懂得規矩，要是言差語錯的冒犯了你，你教訓他就是！誰教你跟我劉某人是好朋友呢？說不得，看我的面子，你總得擔待一二！」

那「錢師爺」也斜著眼睛往劉大德身上瞅，皮笑肉不笑的說：

「得了吧，老劉，你也別往自己臉上貼金啦！這位小老弟年歲不大，人可厲害著哪，你也未必能降服得住他！你以為他是幹什麼來的？他是來向我興師問罪，我越是讓著他，他越是張牙舞爪、上頭撲臉的！有一句話是怎麼說的來著？哦，是了，『初生之犢不畏虎』，剛才他就狠狠的觝了我幾頭，要不是我早有準備，恐怕就招架不住！不過，話都挑到了明處，再想遮著蓋著，誰有那麼大的手？也只好公事公辦了！」

堂伯父沒口子的向「錢師爺」道歉，又回過頭來責備著劉一民和他的小叔：

「出了這麼大的事情，怎麼不去找我？就憑你們這一叔一侄，加起來才多大年紀？又能有多大的本事？還自以為挺有能耐的！幸而人家『錢師爺』大人大量，不跟你們一般見識，否則，事情就會壞在你們手裏！現在，你們兩個給我聽好，都回到我家去好好的等著，不准再到處亂跑，到處去闖禍！」

劉一民不敢違抗堂伯父的意旨，正想掀簾子出去，又聽見小叔很執拗的說：

「好，我走。不過，我要看看我大哥去，如今他在那裏？」

那「錢師爺」哼哼的冷笑著：

「這還用問麼？一個犯了死罪的人，你想他是在那裏呢？當然是監獄！想看他去？現在可不是時機，將來，不管好歹，總會看得到的！」

小叔還想說些什麼，被堂伯父推著搡著，把他從那個房間硬拽了出來。拉到一個僻靜的角落裡，堂伯父氣急敗壞，叫著小叔的乳名說：

「小石頭兒，你知道你是在做什麼嗎？真想把你大哥害死啊？這件事情可大可小，可輕可重，你大哥的一條命就握在『錢師爺』手掌心裡，巴結都來不及，你倒想跟他玩硬的！你是石頭，人家是大鐵錘！就算你不在乎死活，你大哥的一條命還要不要？當然咧，你們是親兄弟，我到底是遠了一層的，這件事情究竟要不要我插手，你說一句話吧，要是信不過我，我現在撒手不遲，有什麼本事，你儘管和那姓錢的鬥去！可憐你大哥的一條命，就斷送在你手裡！」

劉一民趕緊向堂伯父下跪：

「大爺，你一定要救救我爹！我爹是冤枉的！」

小叔跺著腳說：

「好，我走！那姓錢的是你的好朋友，就請你盡力搭救，只要救得了我大哥，我也給你磕頭！」

說著，一把扯起小侄子，就往大街上衝了出去。

這家飯館正對著縣衙門。劉大德牽著小侄子的手，出了飯館，轉身向西，那是往堂伯父家裡去的路。往前走了幾步，忽然又停住身子，向小侄子說：

「你先走，我要去監獄——」

劉一民拉緊小叔的手不放鬆：

「叔，你說要去那裡？」

小叔別過臉說：

「我要去看大哥，也許能看得到。」

劉一民雀躍著：

「能看到爹麼？叔，我也要去！」

小叔卻顯出一副茫然無助的樣子，喃喃的說：

「好，咱們就一塊兒去。也許是看不到的，不過，總應該試試。我認識一個看守監獄的人，姓紀，當我在『一高』作學生的時候，他是學堂的工友，後來才投在這裏。他不一定作得了主，不過，總應該試試。」

一邊說著，一邊就領著小侄子，往衙門裏走進去。

三等小縣，卻有著一座相當堂皇的縣衙門，不知道是已經建造了多少年代的。「八字衙門向南開，有理無錢莫進來」，正是這種傳統的格式。衙門左右那成八字排列的兩道高牆，從大街上向裏凹入，像兩條手臂，把住一片半圓形的廣場。進大門之後，有一條長長的通道，三百公尺以外才是「大堂」。通道左廂，有許多間號房，那是老百姓繳糧納稅完銀子的地方；右側，就是那座監獄。

夏季裏天長，雖然已經到了吃晚飯的時刻，太陽還沒有沉落，只是那監獄的圍牆太高，投下一大片陰影，籠罩住整條通道，就顯得昏昏沉沉，比別處天黑得早。

到了監獄門外，鐵柵欄裏面有一間小室，劉大德冒叫了一聲，走出來的那個禁卒，正是他的相識。

「老紀，我是劉大德啊，你還認得我嗎？」

雖然幹的這種差事，那老紀倒是挺念舊、也挺和氣的，隔著鐵柵欄門兒，已經認出了來者是誰，熱熱火火的跟劉大德寒暄著：

「喲嗬，我當是誰，這不是郜鼎集的劉少爺麼？幾年不見，長成大人囉。怎麼會逛到了這裏？」

劉大德向他說明來意，卻把他難為得直搔頭皮：

「不錯，『劉先生』是關在這裏，剛剛才送過來的。我不知道他就是你大哥，不過，『劉先生』的大名我是久仰了的，怎麼會攤上這種事兒？但凡能幫得上忙的，我是無不盡力，可是，劉少爺，你是知道的，我這份兒差事是小到不能再小，低到不能再低，我能夠盡力的，也就只是在暗中維護，不教『劉先生』吃額外的苦，受額外的罪。這探監有探監的規矩，一來是現在時間不對，二來是像『劉先生』這樣剛送進來的人，照規矩是不准探望的，除非是得到特別的准許。不錯，這鐵門的鑰匙就在我手裏，可是，有什麼用呢？我要是徇情營私，那就無私有弊，犯了一行大罪，輕了撤職，重了也許還會吃官司，都是我擔當不起的。」

既然有這麼大的干係，劉大德當然不能強人所難，只好請老紀指點門路：

「你說要得到特別的准許，請問，那應該去找誰？」

「不妨託個人情，去求求錢師爺——」

「我是說，除他之外。」

「那就只有去找縣太爺了。」老紀搓著手說，卻又緊接著加上一句：「不過，你可不要真的去找，找也找不到。」

「這話怎麼說的？縣太爺不在縣衙門裏？」

「在是一定在的，找也一定是白找。」老紀很神秘的說：「我在這裏當差五年多，現任的縣太爺也到職了兩年零幾個月，不瞞你說，這位縣太爺是什麼長相，我還從來沒有見過。也不止是我，縣衙門裏上上下下幾十號人，任誰都一樣的見不到。就是他上任的那一天，大家在衙門口列隊迎接，也只看到一頂大轎，連門帘兒都沒有打開，就直接抬進了內衙，從那以後，縣太爺就再也沒有露過面兒，只有一個人能看得到他。」

「這個人是誰？」

「那還用問嗎？當然就是他帶來的錢師爺啦！」

問來問去，問出了這樁「奇事」。劉大德感到自己兩手抓空，兩腳懸地，就好像掉進一座無底的黑洞裏，徒然有一身氣力，卻完全使不出去。他仰臉望天，忿忿的問著：

「這麼說，城武縣幾十萬老百姓的父母官，就等於是那個姓錢的了？」

對於這種情勢，老紀大概也感到很困惑：

「差不多，就可以這樣說吧。表面上，錢師爺是打著縣太爺的旗號行事，下公文、貼布告，也都落著縣太爺的名字，可是，在衙門裏當差任職的人，大家都曉得，那個看不見的縣太爺只是個牌位，錢師爺才是這座廟的主持，裏裏外外一把抓，上上下下都是他。我說劉少爺啊，你什麼人都能得罪，可千萬別招惹這個姓錢的，能躲就躲，能避就避，他整人的法子可多得很哪！」

劉大德握緊右拳，往自己左手心裏狠狠的打了一捶，嘴裏在自言自語：

「竟然有這種事！竟然有這種事！」

人就像瘋魔了似的，不理會老紀，也忘了一直緊隨在他身邊的小侄子，在監獄門外呆呆的站了一陣，突然發腳狂奔，踉踉蹌蹌的跑出了縣衙門。

劉一民也趕緊跟著往外跑，心裏驚慌失措，幾乎又哭出聲來。這時候，天色已經全黑，縣衙門裏也沒有多少燈火，幾十步以外，就只能望見小叔那件紡綢大褂模模糊糊的白影子。縣衙門這塊「凶地」，他平時是很少來的，城裏的同學幾次邀他來這裏看審案子，看「站籠」裏奄奄一息的犯人，看「出紅差」的……他只跟著他們來過一次，就看得口乾心悸，好幾日神思恍惚，魂不附體。同學們還因此笑他是「土包子」，笑他是「膽小鬼」。他承認自己膽小，也並沒有怯懦到如此不堪的地步，而是他牢牢記住父親的叮囑，要他好好讀書，要他少在外面亂跑，尤其是像縣衙門這樣的地方，要離它越遠越好。也許就是自幼從父親那裏受到了影響，總把進衙門、打官司都看作十分恐怖的事，才使他產生一種不太健康的心理，甚至當他從衙門口那段街道上走過，心裏都不免有些虛虛的、惴惴的。現在，父親被關在監獄，小叔又狂奔而去，把他撇在這裏，他覺得自己好孤單，好無依，雖然是本鄉本土，卻像是流落異地；雖然是城區鬧市，卻像是荒山古寺……

他一邊跑著，一邊聽到有人欷欷歔歔的在哭。仔細再聽，才發覺那聲音是自己弄出來的，不是哭泣，而是身上在顫慄，喉嚨裏有不均勻的喘息，臉上也縱橫著涼津津的汗水。跑到堂伯父家裏，還沒有走進屋子，就聽見小叔正在和堂伯父吵嘴。

小叔氣咻咻的嚷著：

「怎麼叫作亂跑？怎麼叫作闖禍？我想去監獄裏看看我大哥，這就是亂跑麼？禍已經落在身上，還用得著我去闖？你說我的法子不對，會把我大哥害死，那麼，你的法子又怎樣呢？既然你和那姓錢的是好朋友，就不能在他面前作個保人麼？我還以為你神通廣大，已經把我大哥給保出來了哪！」

堂伯父也提高了嗓子：

「保出來？你以為事情就那麼容易？那錢師爺給你大哥按的罪名是通匪，按照他們的法律，通匪犯的是死罪，要是那麼容易就能保了出來，我早就畫押具結，還用得著你來說麼？誰告訴你那姓錢的和我是好朋友？我這是薙頭挑子一頭熱，人家可並不拿我當朋友看待，不然的話，他明知道你大哥是我的堂弟，又怎麼會一點兒情面不顧，抹了我這一鼻子的灰？其實，為了搭救你大哥，我也並沒有什麼好法子，無非是，拚著我這老臉厚皮，去摸清楚那姓錢的是什麼意思，他怎麼說，咱們就怎麼做，那敢說半個『不』字？這是你大哥僅有的一條活路，真要是把事情弄擰了，別說是我，再多找幾位有頭有臉的人出面兒，還是一點兒用處都沒有，你大哥可就死定了！」

劉一民已經到了房門口，正碰上兩位長輩吵嘴，不好冒然闖入，現在聽堂伯父說得這麼嚴重，心裏一急，進了房門就雙膝落地，嗚咽不止。

堂伯父把他拉住，很焦急的說：

「孩子，你別哭，只要咱們好好的應付，你爹的命還有救。前幾年你小叔在府城裏唸書，有些事情，大概他還不如你知道得清楚。我問你的話，你可要照實回答，不能瞞住我。」

劉一民說不出話來，只是連連的點頭。

「那『錢師爺』說的，你爹四年前替土匪頭子『朱大善人』的老娘治過病，還招待『朱大善人』住在家裏，這事情真不真呢？」

十二歲的劉一民還沒有學會說謊的本事，自幼所受的教誨，都是要小孩子誠實，尤其是在尊長面前，更不准白嘴紅舌，胡吹亂蓋。可是，唯獨這件事情，是他和父親共有的一樁秘密，連母親那裏都不曾透露一個字，如今堂伯父當面問起，這可教他怎樣回答呢？而且，他父親就是為著這件事情被那「錢師爺」抓起來的，堂伯父雖然是自家的長輩，但是，如小叔所說，他也是那個「錢師爺」的「好朋友」，要是對他完全吐實，那不等於是替父親招了供麼？劉一民一邊抽抽搭搭的，一邊在心底尋思，越想越不知道該如何是好，索性就哼哼嗤嗤的哭出聲來了。

堂伯父這一回倒很像個長輩的樣子，很體貼的說：

「這樣吧，你說不出話，那就由我來說給你聽。我說的，都是那『錢師爺』告訴我的，他說是有人向他告密，說的那些話有根有梢，也不像是亂編的。咱們現在就來研究一下，看看他那些話，究竟有幾分真，又摻了幾分假。你不要光顧得哭，可要把話聽清楚，要是他說的對頭呢，你也不用說什麼；遇到不實在的地方，你再拿話駁他。」

於是，堂伯父就慢條斯理的，把他從「錢師爺」那裏聽來的「故事」從頭到尾，說得明明白白。「故事」是從「清涼寺」說起的，接著就說到「葆和堂」藥鋪後面的菜園子，甚至連「故事」裏重要回目的年月日時，都說得準準的，比劉一民自己記得的還要更詳細。一路聽下去，越聽越不敢吭氣兒，劉一民的心裏就窩著一大團驚疑恐懼，而且，就像過年時節上籠蒸發糕似的，原先還只是稀稀溜溜的一塊麵，後來就越漲越大，也越漲越堅實，直漲到滿滿的一屜子，塞得他心頭發慌，幾乎不能呼吸，哭聲也就漸漸停止，兩隻眼睛瞪得大大的，把心底的隱秘，都反映到臉上去。

堂伯父每當說到一個段落，就停下來瞅他一會兒，看他不作聲，再接著往下說。他的反應，自然都落在堂伯父的眼裏了。

一直聽到最後，堂伯父複述道：

「那『錢師爺』說，告密人向他檢舉，說你爹醫術很高，把『朱大善人』母子藏在自己家裏，足足住了半個月，用的都是極貴重的藥，終於把那老太婆的病治好。那土匪頭子對你爹十分感激，特別送了一份兒謝醫的厚禮，現大洋一千元整，裝在一隻大麻袋裏，是兩個大漢抬著送到藥舖去的。這件事兒，到底是有沒有呢？」

劉一民又氣又惱，這才發話反駁：

「簡直是胡說八道！那『朱大善人』臨走的時節，倒是也想拿出錢來，一隻小布袋，裏面裝著兩百個『袁大頭』，給爹，爹不收；給我，我也沒要；他怎麼拿出來的，又怎麼收回去了。什麼現大洋一千元整，還要兩個人才抬得動？都是些沒影子的事情！」

堂伯父表示懷疑：

「看病抓藥，付錢是應該的呀。你爹既然敢把一個土匪領回家裏，一筆到手的財帛，怎麼又往外推？」

不等劉一民開口解釋，小叔氣呼呼的說：

「這有什麼好問的？我大哥的脾氣，你又不是不知道，施醫捨藥，他不知道做過多少次了！」

堂伯父也斜著眼說：

「那不同呀。施醫捨藥，是因為有些人實在太窮，要也要不到，全當是行善積德了。

這『朱大善人』是個土匪頭子，他那錢也不是好來的，對他還用得著施捨麼？不要也是白不要，說出去還沒有人能信得過。」

劉一民解釋說：

「就是因為他那錢不乾淨，我爹才不肯收的。」

堂伯父竟然笑出聲來：

「這不是太古怪？既然嫌他的錢不乾淨，就不該替他那老娘看病，到口的肥羊肉吃不成，倒惹了這一身腥！你爹要是肯早些聽我的話，不在那窮鄉惡地跑來跑去，又何至於被人抓住小辮子，判下這一行『通匪』的大罪？而且，那『錢師爺』硬說你爹是收了錢的，還有那根旱煙袋作為證據，又怎麼能洗刷得清楚？解釋得明白？」

小叔坐得遠遠的，把他面前的茶几用力一拍：

「有什麼難解釋？就算我大哥承認他給『朱大善人』的母親看過病，也落不下『通匪』的罪名！」

堂伯父沉吟著：

「算不算『通匪』，這要『錢師爺』說了才算數兒！咱們是嘴上抹石灰，說了也是白說！不過，這件事情，我已經看出些門道，那『錢師爺』找了我去，就不是真心要治你大哥的罪，一千塊現大洋，是他開出來的價碼子，恐怕是沒有多大折扣的……」

小叔一臉的困惑：

「價碼子？什麼價碼子？」

堂伯父的口氣，像牲口市場的經紀人似的：

「就是你大哥的贖命錢啊！本來呢，『錢師爺』那裏有個『行市』，凡是判了死罪，沒有三千五千，是買不出命來的；大概他也打聽過你大哥的身價，知道沒有那麼多的油水，所以才故意說咱們收過『朱大善人』的謝禮，其實，這一千塊現大洋，他也曉得並無其事，不然哪，既是喊出『通匪』的罪名，又有人證物證，應該會要個高價的，那會這麼便宜？」

這番話，劉一民聽是聽得懂的，卻不能完全瞭解話裏的含意，就扭著頭往小叔的臉上望過去，而小叔聽話的能力似乎還不如他呢，一對大眼瞪得圓圓的，兩道濃眉擰得緊緊的，張著嘴，皺著鼻子，那神氣，好像聽到的是一件既不合人情、也違反天理、而又不得不相信的奇事，驚異、困惑、憤怒、憂慮，兼而有之，還外帶著一副作嘔要吐的樣子，彷彿被人塞了一嘴髒東西，吐不出來又嚥不下去，就那樣不上不下的卡在喉嚨裏。

過了一陣子，小叔希律律的大喘了一口氣，才騰出了喉嚨，試探的向堂伯父問道：

「你是說，只要拿出一千塊現大洋，我大哥就會無罪釋放，是不是這個意思？」

堂伯父的嗓子也有些不清爽：

「差不多，呃，就是這麼回事兒。一千塊現大洋，是那『錢師爺』開出來的價碼子，聽他的口氣，打量也沒有多少討價還價的餘地……」

小叔又釘了一句：

「要是我們拿不出這筆錢呢？」

堂伯父回答得更艱澀：

「那還用說麼？通匪，這是死罪！多少人把錢看得比性命還重，不懂得這個破財消災、花錢買命的道理，結果呢，有在『站籠』裏站死的，也有熬不過各種刑罰，在『老虎凳』上嚥了氣，更有的被依法論罪，按律處死，五花大綁的架到刑場去，作了斷頭之鬼！……」

劉一民聽得驚心動魄，他小叔卻在哼哼的冷笑著：

「通匪？哼，真好笑！究竟誰是土匪呢？像姓錢的這種做法，不就是綁票勒贖嗎？這和鄉下那些打家劫舍的土匪，又有什麼差別？」

堂伯父也有很多的感慨：

「不錯，都一樣是土匪的性子，可是，差別還是有的。城裏這幫人是『公』，鄉下那些土匪是『私』，『公』的比『私』的更厲害！我在城裏行醫，經常和這幫人混在一起，你以為我心裏好受麼？這叫作：『人在矮簷下，怎敢不低頭』？活在這種亂世，又有什麼法子？事情落在誰的頭上，誰就得自認倒楣！……」

小叔站起身來，向堂伯父鞠了一大躬，說：

「是的，我懂得，這就是逆來順受、明哲保身的道理，對不對？——好吧，大堂哥，我領受您的教誨，現在就趕回郜鼎集張羅錢去，城裏的事就託付給您。一千塊銀元不是小數目，典押借貸，我總會把它湊足。時間就很難預估，也許三日五日，也許十天半個月的。請您在貴友『錢師爺』那裏多多關照，別讓我大哥再零零碎碎的受苦，我就感激不盡了！」

在堂伯父的面前，小叔一向是無拘無束慣了的，如今忽然做出這麼一副恭順的樣子，連劉一民都感覺得出小叔似乎是不懷好意，堂伯父生受之餘，更不免疑神疑鬼，唯恐這個小兄弟一時糊塗，另有所謀，闖下滔天的禍事，連他這「遠了一層的」也受到牽累。

小叔轉身要走，被堂伯父一把扯住，急急切切的叮囑著：

「兄弟，你是聰明人，又讀過不少書，可不要把主意想差了！那『錢師爺』誠然可惡，不過，惡人自有惡人磨，他將來總不會有好結果，咱們等著瞧就是了！這筆贖命錢，你盡量的湊，真要是湊不夠，回到城裏，咱們再想法子。我近來雖然手頭不便，一百兩百的還拿得出。兄弟，你聽我的勸告，小不忍則亂大謀，忍字心頭一把刀，該忍的時候，一定要忍得住，可千萬不能逞強賭氣，那是划不來的！……」

堂伯父年近六十，比小叔要大著三十幾歲，雖然是同一位祖父的堂兄弟，論年紀，卻是相差了一代的。一個已經老邁，另一個則正當「血氣方剛」的時期，又生就一副暴烈的性子，小叔往前猛掙，堂伯父就在後面硬拽，兩個人較上了勁兒，自然是老的吃虧，偏偏他又不肯放手，一路踉踉蹌蹌的走，一路急急切切的說，完全失去他平日加意培養的「紳士」派頭，人都快喘不過氣來了。

從內宅的堂屋，就那樣一路拖拉著，把堂伯父拖到了院門口，再往前走就是那座鄰街的藥舖，小叔才在那影門牆的旁邊停住腳步，回頭對堂伯父說：

「大堂哥，你在擔心些什麼？是怕我也學那『朱大善人』的榜樣，殺人劫獄，鬧它個天翻地覆，然後就落草為寇，專門和北洋軍作對，是不是？你如果擔心這個，那真是把小弟我高看了！可惜咱們多讀了幾年書的人，遇事畏首畏尾，出門又怕風怕雨，都是些百無一用的窩囊廢，那有人家江湖豪俠，綠林好漢的那一身本事？所以，你放心，我成不了什麼事的，更不會連累到你！」

堂伯父把體力用盡，軟答答的說：

「那就好，那就好。你能想得這樣周到，我也就放心了！」

劉一民跟著他小叔從堂伯父家裏出來，已經是天黑了一個時辰之後。街道上，大部份店舖都打了烊，只留著一道門縫出入，像潑水一樣流出幾道燈光，在路面上搖搖晃晃，卻把夜色染得更黑了。好在這條大街並不很長，叔侄倆走得又急，不多時，就到了東門裏。

城門已經關閉，劉一民正感到進退失據，沒有想到小叔和那看城門的很熟，三言兩語，就把他們放了出去。到了東南隅，劉一民才想起他的驢來，幸好那「孫家老店」的門還開著，而且，驢就拴在店門裏的槽頭上，好草好料，正在那裏用牠的晚餐呢。

老店東坐在櫃臺裏頭，看見劉一民，點點頭說：

「合計著你今天非回去不可，我一直在等你，怎麼耽擱到這個時辰？」

小叔管老店東喊「孫老伯」，原來他有個小兒子和小叔是府城裏「六中」的同學。老店東對小叔說：

「郜鼎集的『劉先生』是你大哥？一位人人稱讚的好醫生，也會攤上這場冤枉官司，可真是沒有天理了！」

看小叔的神氣，本來是不想多說話的，人家已經知道這件事，便不得不應付幾句：

「老伯怎麼也得到消息？我大哥還關在監獄裏……真能把人氣死！」

老店東擺擺手說：

「不必生氣，也不能著急。這種事情，誰都可能碰上的。只要自己問心無愧，就全當是流年不利，走了一步壞運，沒有什麼了不得。剛才吃晚飯的時候，郜鼎集有人來過，打聽到確實的消息，人就回去了。你們也早些回去才好，免得家裏的人焦慮。」

劉一民向老店東謝過，就牽著驢，上了路。

出了東南隅，叔侄倆跨上驢背。郊野寂寂，蹄聲得得，星光幽微，夜色如墨。好在驢是有「夜眼」的，路又是一條走慣了的大官道，放鬆轡頭，任由那頭大草驢不緊不慢的走，牠也能把他們馱回郜鼎集去。

一路上，小叔保持著沉默，沒有一聲歎息，沒有一句詛咒，不知道他心裏在盤算些什麼。

這一天裏頭，劉一民只在早晨喝過兩碗糊塗粥。以他當時的年歲，胃口好而消化力強，「就像直腸子的驢一樣」，兩碗糊塗粥撐不過半晌，應該是到不了中午就已經餓得發慌。而現在快二更天了，他卻並不感到飢餓，只覺得肚子裏疙疸磅突，裝滿了許多問題，都是他驅逐不去而又消化不了的。

悶了幾里路，他終於忍耐不住，就把最緊要的一個問題向小叔提出：

「叔，一千塊銀元，可以買幾十座菜園子，咱們家那有這麼多錢呢？」

小叔像吃了火藥似的，一開口就連罵帶訓：

「錢的事，有大人們去解決，你一個小孩子發的什麼愁？閉嘴！」

又悶了一陣，劉一民再提出第二個問題：

「叔，要是咱們繳不上錢去，是不是我爹就會死在監獄裏？」

他小叔打了一個冷顫，猛然旋轉著身體，伸長著手臂往後一揮，那意思大概是想往小侄兒的臉上甩一個大耳刮子，可是，驢背上那麼窄逼的去處，兩個騎驢的人挨得緊緊的，那有旋身的餘地？忽然來了這麼一個大動作，倒幾乎把自己摔到地下去。

打人不順手，就只好罵人來出氣：

「你給我閉嘴！把這些話放在心裏，難道會把你給憋死？要是你再說出這種話來，我可真的要打你！」

劉一民看小叔氣成那個樣子，也想忍住不說，無奈他的「問題」是套在一起的，說了前兩個，第三個就非說不可，就是在此挨小叔一頓狠揍，他也認了。

「不是的呀，叔，我的意思是——」

第三個「問題」才剛開了頭兒，他小叔果然令出法隨，先是「噢——」的一聲把驢子止住，人就一跳落地，伸手抓住小侄兒的胳臂，把他也扯下地去，另一隻手高高揚起，就要在這半路上施行家規。

劉一民不閃不避，只是很平靜的說：

「叔，等我把話說了，你再打我，好不好？」

他小叔惡狠狠的罵道：

「十二歲，還是個吃屎的孩子麼？你那張臭嘴，那會說得出什麼好話？」

罵儘管罵，揚起的手卻一直沒有落下。劉一民趕緊抓住機會，把要說的話傾吐無餘：

「我的意思是，如果咱們家沒有錢，去把我爹贖出來，那也不要緊的，我可以去替爹坐牢，去替爹死！古時候，不是有人這樣做過麼？好像那還是個女孩子，她爹犯了死罪，她就寫信給皇帝，要替她爹受刑，皇帝也答應了她的請求……我為什麼不可以這樣做呢？不管他們怎麼樣整治我，千刀萬剮，我都不在乎！」

這些話，聽起來很傻，劉一民心裏卻真是存著這種想法，而且翻來覆去的想了許多次，越想越覺得這是行得通的。一個十二歲的孩子，雖然還不很明白死亡究竟是怎麼一回事，但已經對死亡懷有莫名的恐懼，而當他拿定這個「替父一死」的主意，那些恐懼也並沒有消失，只是暫時把它逼在一個角隅，內心裏正被另一種更大的力量所盤據，使他鼓足勇氣，浩然無畏。至於他向小叔舉出的那則古人舊例，所指大概就是「緹縈救父」的故事，不知道他是在書本上讀到的，還是從戲文中看來的，故事的情節，他只能記得一個大概，並不十分真切，甚至他當時連「緹」這個字的讀音，都不一定讀得對，卻能接受它的啟示，把主意拿得穩穩的，只是還不知道該如何做法而已，所以才說了這些傻話，希望小叔能指點他。

小叔那隻高舉的手掌，軟軟的落下來，沒有打在他臉上，卻輕輕撫著他的肩膀，說話的聲音也變得低低柔柔的：

「傻孩子，不是叔叔要罵你、要打你，你平時也挺聰明，怎麼遇上這種事情，就淨想這些糊塗主意、淨說這些糊塗話呢？你知道麼？你說的這些話，一點子用處都沒有，只是教人聽了難過！」

劉一民堅決的說：

「叔，我是真心的！」

小叔拍拍他的肩膀，摸摸他的頭：

「我知道，我知道。可是，城裏那夥強盜，還比不上鄉下的土匪，他們敢這樣橫行無忌，目的是為了勒索錢財，你的一條小命兒，在他們眼裏，又能值得幾文錢呢？你的孝心，也許能感動天地，可感動不了那個姓錢的！一民，你記住叔叔的話，寧可向好人磕頭，也不能向惡人下跪，那只會換來更多的羞辱，一點兒用處都沒有，反而壓低了好人的志氣，助長了惡人的勢力！」

劉一民對小叔說的話完全同意，可是，如今爹被關在監獄裏，人家給安的罪名是「通匪」，眼前只有兩條路可走，他堂伯父分析得清清楚楚：一條是破財消災，花錢買命；另一條呢？「依法論罪，按律處死」，那就是說往後永遠看不見爹了。在這種情況之下，只有一件事情可做，那就是不管用什麼法子，先把爹的一條命保住。他想出「替父一死」的主意，被小叔批駁得「一文不值」，其實，小叔說的這些狠話，又何嘗有一點兒用處？白白的損舌磨牙費唾沫，到頭來還恐怕會把爹的一條命給耽誤了！

「叔，」他叫著：「現在可不是講道理的時候，總得想一個管用的法子才好……」

小叔還是一副不耐煩的口氣：

「不是告訴過你？錢的事，有大人們去解決，輪不到你一個小孩子發愁！——好吧，為了你不再絮叨我，我就向你說說我的辦法，錢，咱們家裏還有一些，都窖在我屋子裏的床底下，已經窖在那裏十幾年啦。多少數目，我不清楚，給你爹贖命，也許夠，也許不夠。不夠的話，咱們還有些老親戚、好朋友，我就是沿街乞討，也一定把數目湊足。現在，你可以放心了吧？咱們快些趕路，最好是祖先保佑，那筆錢不多不少，恰好是一千塊『袁大頭』，就不必去求人了。那樣的話，我明兒一早，就帶著錢去『贖票』，也免得你爹在監獄裏受苦！」

說罷，拉過了驢子，一跨腿就上了驢背。劉一民也趕忙爬了上去，閉緊嘴巴，不敢再多說一句話。

第四章

深更半夜才回到了家。藥舖的木板門已經上緊，從門縫裏，卻看得見裏面的燈影，也聽得到人聲，敢情是娘和大哥都還沒有睡呢。叫開了門，才發現屋子裏有很多客人，兩位出嫁的姑姑，竟然也得到消息，都趕回娘家來陪伴嫂子；另外，還有好幾位遠親近鄰的內眷，大概都是白天來慰問的，晚上也沒有回去。人多，卻不顯得熱鬧，一個個愁眉苦臉，說話也輕聲細語，眼睛都紅紅腫腫的，看得出她們止住了不哭，才不過一會兒的工夫。

盼到他們叔侄倆進門，都圍過來問訊，小叔似乎已經有了防備，裝出一副輕鬆自若的樣子：

「沒什麼嚴重的，只不過要繳幾個罰金，明天一早把錢送到，人就放回來了。」

有些客人就信以為真，臉上愁容頓消，嘴裏也宣起了佛號。

劉一民的娘平時不言不語，原是很容易瞞哄的，今天這場滔天大禍毫無防備的落將下來，就像一場大風掀走了屋頂，屋裏人也就一改常態，不再怕風吹日曬，也不再說什麼就聽什麼，聽什麼就信什麼。她排開眾人，向小叔子走過去，疑慮重重的說：

「就這樣容易麼？人家按給他的罪名是『通匪』，還說這『通匪』是一項重罪，花幾個錢就能夠了事？兄弟，你是吃嫂子的奶長大的，這件事情，關係著你大哥的生死，你可得有一句、說一句，不能瞞哄著嫂子。瞞得過今日，瞞不過明日！」

小叔有些招架不住，就往小侄子的身上推：

「有什麼好瞞的？事情本來就是這個樣子。不信？你就問一民，自己的兒子總不會騙你！」

一邊說，一邊向小侄子遞過眼色，那意思是要劉一民幫他「圓」幾句。劉一民連連點著頭說：

「娘，叔沒有騙您，事情就是這樣的。城裏那批狗東西，其實都是些土匪，什麼死罪活罪，那只是他們開出來的價碼子，只要有錢繳上去，拿錢買命，人就沒事兒；要是繳不上錢呢，那可就——」

他娘怯怯的問道：

「拿錢買命？這麼說，你爹犯的是死罪囉？那要繳很多很多的錢吧？咱們家出得起嗎？」

小叔在娘的背後直發急，使眼色，比手勢，教劉一民不要說出那個數字。劉一民只當是看不懂小叔的示意，把頭一低，把心一橫，那個數字就脫口而出：

「要——要繳一千個『袁大頭』！」

說出來之後，他才發現這個數字可怕到什麼程度，人群中一片驚呼，娘的身子本來就顫巍巍的，幾乎就昏了過去。幸虧娘的背後就有一把椅子，他和小叔一左一右把娘的身子架住，人就軟癱在椅子上。兩位姑姑急忙過來救護，掐人中，捶後背，好大一陣子，才緩過那口氣。人剛剛清醒，就呼天喚地的大放悲聲。那些女眷們團團圍攏，也都一邊勸，一邊哭，倒把三個男的給擠在外頭，說話也聽不清楚。

小叔氣得直跺腳，提高了聲音說：

「嫂子，您別儘是哭，該去歇息歇息了。不要緊，我屋子裏還窖著些錢的，您記得不記得？我現在就去挖掘，也許已經夠了。不夠的話，典田賣屋，傾家蕩產，我也會把大哥救回來！在這種緊急的時候，您要保重自己，別哭壞了身子！」

話是喊著說的，也不知道娘聽清了沒有。哭聲並沒有停止，一聲高，一聲低，悽悽慘慘，哭得人好不心煩。

小叔向兩個侄子比著手勢，要他們找出合用的工具，到他屋裏挖「寶」去。

一拐到屏風背後，劉一民就被小叔摟頭搧了一個大耳刮子。他知道這一記是為什麼挨的，心裏也並不叫屈。小叔一定是嫌他笨，嫌他不夠機伶，那麼明白的暗示，他竟然看不懂。其實，笨孩子偶然也會有他自己的主意，不能事事都聽小叔的。他覺得，還是娘說的對：「瞞得了今日，瞞不過明日！」這也根本不是一件應該瞞人的事。小叔也說過，如果埋在地底下的錢數目不夠，少不得的要麻煩親戚，連累朋友，何不趁著許多親友都在這裏，把這件難處說得明明白白？人有個親疏遠近，事有個輕重緩急，如今大禍臨門，事關著爹的生死，那還能再存著許多顧忌？別說只是這一個耳刮子，就是爹從城裏回來，——只要他老人家能安然無事，事後追究，再給他幾頓狠的，他也甘心領受。

到了小叔屋裏，先要把那張笨重無比的頂子床挪開，三個人合手，就費了九牛二虎之力。老一輩的人做事，有很多是不可理解的，用這種法子藏錢，也許是很安全，可是，自己要取用的時候，還不是一樣的麻煩？床底下是泥地，卻像石頭一樣堅實；用三根齒兒的抓鎬往下猛刨，一下子能震起幾尺高，手都給震麻了。

三個人輪番掘地，一直到天色濛濛亮的時刻，才掘到那兩隻小口巨腹的土罈子，人已經累了個半死。兩隻土罈子都有一尺多高，就是醣坊用來裝酒的那一種，一罈子酒大約是十斤左右，銀元比酒重得多，估計著數目不少，足夠替爹「花錢買命」的了。

把兩隻土罈子都提溜上來，罈口是密封著的，小叔性子急，懶得慢條斯理的開啟，就一抓鎬把它敲破，稀里晃郎的，銀元和大銅板流了一地。

看上去很多，尤其是在小孩子眼裏，正因為從來不曾見過這麼多的錢，越發是眼花撩亂，心裏有一種想叫想跳的狂喜。小叔指揮著兩兄弟，先把錢聚在一起，再把銀元和銅板分作兩類，然後，不管銅板，專數銀元，每二十枚放成一堆，數來數去，總共只有二十四堆而已，外加不成堆的九大枚。看上去那麼多，敢情還不到一千塊的半數。至於那些「當二十文」的大銅板，要兩百多枚才能折合一塊銀元，算也不必算，差得太遠了。

小叔往土堆上一坐，廢然長嘆，滿臉是失望——絕望的神情，用很輕微的聲音告訴自己說：

「這可怎麼好？這可怎麼好？」

劉一民更是半點兒主意都沒有。原先，一千塊銀元不過是一個數目，只曉得那是很多很多的錢，實際上幾乎是毫無概念，現在，這麼多的銀元堆在眼前，是生平見所未見，卻還不到那數目的一半，這才約略的能計算得出，一千塊銀元究竟是多大的體積，多重的份量，也才隱約的感覺得到，那不足的半數，籌措起來將是多麼艱難了！

他無情無緒的擺弄著那些銀元，在不經意之間，忽然有一個發現，那些銀幣雖然表面灰濛濛的，有一層醭子般的東西，究竟是入土未久，又加上地高土燥，沒有什麼侵蝕，銀幣上的圖案和文字，都還十分清晰，他發現那些銀幣圖案都很怪異，和當時市面上流通的「袁大頭」極不相似，最多的是龍形，也有些是鷹，有些是帆船，還有少數是一個站立著的外國女人……再看文字，有些是中國的，上面有「大清光緒」的年號，也有的是洋文，劉一民根本就認不得。發現了這樁奇事，他不禁大驚小怪，失聲的喊叫起來。

「叔，這些銀元，都不是『袁大頭』！送到城裏去，那姓錢的肯不肯收？」

小叔心情正惡，皺著眉頭，不知道在盤算些什麼，被他這麼一攪和，幾乎又要發作，繼而又勉強忍住，只冷漠的說：

「這些錢，已經窖下去十幾年，那時候，『袁大頭』還沒有出世呢！」

說過，又繼續思索著，一邊想，一邊用手指往空中寫字，加加減減的，好像在計算著賬目。

這時候，大姑姑忽然走進來了，向小叔說：

「大嫂想起來一件事，要我來問你，昨天你在城裏，有沒有安排什麼人給大哥送牢飯？」

小叔瞪大了眼睛：

「牢飯？什麼叫——」

大姑姑說：

「你看你有多糊塗！坐牢的人，都要家屬送飯去，不送就沒得吃！你讀書識字的，怎麼連這點子小事都不懂呢？」

小叔滿臉都是慚愧懊惱的神色，慚愧的是自己缺乏常識，懊惱自己做事不周到，害得大哥在監獄裏還要挨餓！大姑姑說話雖然有幾分責備的意思，態度還是很溫和的，小叔卻像是受了極大的刺激，完全失去控制，從土堆上聳身而起，向大姑姑又喊又叫的：

「讀書識字能當得了什麼？你以為書本裏淨寫著這些事？其實，我是一個一無所知的白癡！一個一無所用的窩囊廢！書是白唸了的！飯是白吃了的！人是白活了的！……」

說著，竟然噓噓唏唏的放聲大哭，人也立腳不牢，和身向床上撲倒，越哭越慟，一發難收。

劉一民看得愣住了。在他的心目中，小叔不但是一個智者，而且是一個強者，他以為，不論小叔遭遇到什麼情況，都能應付得過去，也絕對不會哭泣。卻沒有想到，不管多大的船，負載都有一個極限，到達這個極限之後，如果再往上增添一點點重量，船就會翻覆沉沒，——人就會完全崩潰。也許，這是任何人都避免不了的，只不過船有大小，人有強弱，負荷量和忍受的限度各有不同而已。

大姑姑是最疼愛小叔的，現在卻沒有心情去安慰這個受不得委屈的小弟弟，她拭著眼淚，把目標向小侄子轉移：

「孩子，你不吃不睡，還能不能支持得住？」

劉一民應聲說：

「能。」

大姑姑向他深深的注視：

「真難為你了，孩子。我知道你是又餓又睏又累，現在也都顧不得。還是你再往城裏跑一趟吧，去安排一下給你爹送飯的事。再帶幾件替換的衣服，看能不能送得進去。」

劉一民跟著大姑姑到了娘的屋裏，娘在床上躺著，看上去又老又弱，已經掙扎不起來了。娘的勤儉賢德，在親戚鄰里間是出了名兒的，一年三百六十五日，總是起早睡遲，不停的操作，把家務事治理得井井有條，她自己也總是衣履整潔，容光煥發，連一場小病都不曾害過，像今天這般光景，還是頭一次看到。

娘的枕頭旁邊，已經收拾好了一隻小包袱。遞給他的時候，娘抓住他的手，千叮嚀，萬囑咐，無非是要他小心在意，到了城裏，要能忍辱，要能受氣，不可說一句得罪人的話，不可露出一絲不服的臉色。然後，又從枕頭底下摸出一塊銀元，和十幾枚大銅板，要劉一民放在身上穩當的地方，這是給爹買飯的錢，千萬不要弄丟了。

「到城裏買東西，不要嫌貴，不要怕花錢。只要你爹能吃到嘴裏，花再多的錢也值得。」

臨走，娘又特別吩咐了這幾句。一邊說，一邊撲簌簌的流淚。

已經出了屋門，劉一民又忽然想起一件事，回頭去向母親查問，從抽屜裏找出父親的舊煙袋，塞在包袱裏。他打算經過東南隅大街的時候，用三枚大銅板買一包父親愛抽的「玫瑰煙絲」，一塊兒送到監牢裏去。抽煙，這是父親唯一的享受。「朱大善人」留下的那隻煙袋，被「錢師爺」沒收，當作了「贓物」，一定不會再還給爹的，正好用這根舊煙袋替補。就是跪下來哀求，他也要求得「老紀」幫忙，把這些東西交到爹的手裏。

在街口的燒餅店裏，他用一枚大銅板，買了一隻剛出爐的熱燒餅，一邊走，一邊吃。他家鄉的燒餅，式樣和別處不同，是圓形的，像六寸的盤子那樣大小，像他這種年紀的半樁小子，一隻燒餅當早飯是足夠了。前兩年，他在郜鼎集上小學，就常常這樣一邊吃著，一邊走著，走到學校，也剛好嚥下最後的一口。這本來是他最愛吃的東西，今天卻覺得滋味不對，肚皮是早已經騰空了的，咬下來的燒餅卻滿嘴打滾兒，就是嚥不下去。

那天的路也特別難走。長到十二歲，他還從來沒有熬過夜，就是在大年除夕，守歲也頂多守到半夜子時，嘴裏嚷著不肯睡，最後還是熬不下去，始終不知道「年」是怎麼來的。現在他也不是真的睏倦，只是眼皮發澀，兩腿發軟，走路有些不大得勁兒。從縣城裏到郜鼎集，說是十五里，那是從縣衙門口算起的，要是從東南隅起步，最多不多十二里路左右。過去這一個學期，每逢周末假日，他從學校回家，在城裏大街上還得拿捏著「洋學生」的派頭，走得斯斯文文的，一出東南隅，他就再也忍耐不住，走路變成了跑步，從東南隅首到他的家門口，大概要不了一個鐘頭。那天，他費了加倍的時間，出部鼎集北門的時候，太陽才剛剛露臉，走了一半路，就已經是日上三竿。

在東南隅買了煙絲，他就直接到監獄去，也很容易的找到了老紀，卻還是不讓他進去。包袱倒是肯接，也檢查的很仔細，把那根舊煙袋退回，說是坐牢的人不能有火石、紙媒這些東西，那是犯禁的。

看著孩子難過得要哭，那老紀安慰他說：

「你爹抽煙不是？這也有個法子，你到衙門口的煙攤兒上，買一包洋煙捲兒，放在我這裏，逮住機會，我就給他送一根過去，也一樣能過癮的。」

問起「送牢飯」的事，那老紀說已經有人安排好了，每天兩頓，由「錢師爺」經常光臨的那家飯館負責供應，飯食也挺不錯，每餐都是一大碗羊肉湯泡饃，包管比在自己家裏吃的還好，只不過價錢貴著點兒就是了。

劉一民聽到這些情形，倒是很高興，知道父親坐牢的時候沒有挨餓，回去向母親稟告，也可以放心不少。他順口問道：

「只要我爹能吃到嘴裏，貴著點兒也不要緊，——一碗羊肉湯泡饃多少錢呢？」

那老紀支撒著一隻手：

「大洋五角。我知道你會嚇一跳，這價錢，夠買整腔肥羊的了。可是，價碼是『錢師爺』定的，『送牢飯』又是這家飯館的專利，你要是嫌貴，坐牢的人就只有挨餓的份兒，沒有其他什麼變通的法子。算了吧，小兄弟，你回家對長輩說，這件事兒不必太計較，已經被老虎咬，還怕這蚊子叮麼？」

一碗羊肉湯泡饃，正常的價格，大概只要一百文——就是兩分錢，也就儘夠了，這裏卻要大洋五角，劉一民的確被嚇了一大跳。不過，他也懂得這行市是不能還價的，而且，老紀說得對，一個被老虎咬傷的人，又何必在乎再被蚊子叮幾口呢？

他很難為情的說：

「紀伯伯，我不是嫌貴，是帶的錢太少。娘只給了我一塊『袁大頭』，光是付昨兒今兒兩天的飯錢都不夠。」

老紀向他解釋著：

「不要緊，現在不付也可以，到時候飯館裏會派人到府上結賬去，也不怕你會少了他的。——你回去對你小叔說，人家畫出道兒來，咱們不能不走。不管怎麼的，得趕快把你爹弄出去。多住一日就多受一日的罪，多住一日就多耗一日的開支。別的不提，單說這一項，就像漏底壺一樣，日子久了，多少水也會漏光！……」

劉一民依照那「紀伯伯」的指示，到衙門口的煙攤兒上，買了兩盒「哈德門」牌的洋煙捲兒，再跑回去交在「紀伯伯」手裏。然後，他在城裏轉悠了一陣子，發現自己再沒有什麼可做的事。本來想到堂伯父家裏打上一轉的，又想到錢一時還湊不齊，去了也是白去，人已經到了門口，過門不入，立即回頭，沿著大街往東城門走，決定還是早些回家的好。

這時候日已近午，溫度越來越高，在那條兩旁種著柳樹的官道上走著，漸漸的，他覺得又渴又餓，又睏又累，飢渴還是小事，要緊的是找個什麼地方先睡上一覺，他的上眼皮越來越重，連腳底下的路都看不清了。他知道這不是睡覺的時候，就勉強掙扎著往前挪步，離郜鼎集一步近似一步了。

過了幾座村莊，又到了一座莊頭上，不用睜眼去瞧，他也知道這座村莊是「趙樓」，離郜鼎集還有四里路。忽然，他聽到一陣鑼聲，有人在一面敲著鑼，一面宣告著什麼。這事情也不稀奇，每逢遇到什麼「公事」，當地的鄉約保正，都是用這種方式來「公告周知」的，所以，起初他也不曾留神去聽。後來，敲鑼的人到了近處，喊的話也越來越清楚，他才聽出來那個人吆喝的言語，竟然和他家有很大的關係——

「噹！噹！噹！各位鄉親，各位貴鄉，現在有一樁大事，要與各位說知，郜鼎集的『劉先生』，攤上了一場冤枉官司，要有一千塊『袁大頭』，才能把他的性命贖回！各位鄉親，各位貴鄰，咱們大家都知道的，『劉先生』一向是只顧別人，不顧自己，他那能拿得出這筆錢呢？這是要大家幫忙、大家出力的！各位鄉親，各位貴鄰，你有沒有請『劉先生』看過病？你有沒有在『葆和堂』抓過藥？這是你還錢報恩的時候了！事不宜遲，越快越好！噹！噹！噹！」

這一陣鑼，這一陣吆喝，把糾纏著劉一民的「瞌睡蟲」趕跑，也不睏了，也不累了。

自從爹被那個「班頭」帶到城裏，關進監獄，在感覺上似乎很長久，其實就發生在昨日，算來才不過一個對時。而就在這短短的一晝夜之內，十二歲的劉一民所經歷的、所感受的，都在他內心造成極強烈的震盪，極猛銳的衝擊，使他由一個愚昧無知的童子，而變成一個飽經世故的「小老頭兒」。最可怕的是，他在這一晝夜之內所接觸到的人物，全是他過去想都不曾想到的，對他來說，一向是光亮溫暖的人世，突然變成黑暗荒寒的地獄，到處是陰風習習，到處是鬼聲啾啾。不要說那個鬼卒一樣的「班頭」、和那個殭屍一樣的「錢師爺」了，就連昨天在東南隅大街向他鼓譟怪笑的那些閒雜人等，看上去也都是心腸冷酷，面目可憎；甚至「孫家老店」的店東，明明是一位慈祥仁厚的長者，好心好意的出來替他解圍，而當他把驢子的繮繩交給那老人手裏，他是拚得受騙上當，把那頭驢捨掉不要了的；再說那個看守監獄的老紀，和小叔原是舊日相識，待人也挺誠懇、挺溫和，劉一民卻覺那個人不可能這麼好，也許是帶著面具，深藏不露，實際上卻是十分的陰險，加倍的惡毒！尤其使他惶惑的，是他那位「城裏的堂伯父」，自從發生這次事件之後，他心底有一種無法袪除的疑慮，總覺得堂伯父在這次事件中扮演著「兩面人」的角色，如非為虎作倀，助紂為虐；就是和那姓錢的狼狽為奸，沆瀣一氣，設下圈套來陷害自家人的。他知道堂伯父不會做出這種事，絕對不會！可是，想想堂伯父平時和當日的所作所為，又不能不覺得這位長輩態度曖昧，形跡可疑……在本鄉本土，一個十二歲的孩子，竟然感到自己的處境是如此險惡，如此孤立無助，幾乎是每一個接觸到的人都不可信賴，而可信賴的人卻又都像自己一樣小，一樣弱，可信賴而又不可倚靠。這種感覺實在太惱人了！一晝夜之內，他受盡煎熬，受盡折磨，幾乎使他到了對整個人世灰心絕望的地步，彷彿他所熟悉的一切人事都擾亂了秩序，一切景物都顛倒了位置。

這一陣鑼，這一陣吆喝，把他從噩夢中喚醒，又回到熟悉的世界裏來了。這一陣鑼，這一陣吆喝，都在告訴他說：這世界裏雖然惡人得勢，畢竟是惡人少而好人多，有這些「鄉親貴鄰」和他站在一起，縱然在實質上不能有多大的助力，在精神上也已經獲得支持，而不再感到孤獨無依，這正是他最需要的。也許正因為他有生以來一直不曾真正的孤獨過，他好害怕這種感覺，只要知道自己身邊有許多休戚相關的人，再大的災禍，也比較容易忍受了。

賸下的這幾里路，他走得很快速，精神振作起來，體力也似乎完全恢復，三步併作兩步走，他要把他所聽到的這一陣鑼和這一陣吆喝，說給娘、說給小叔、說給家裏的每一個人知道。

當他走進郜鼎集的街道，卻發現「葆和堂」藥舖門口正聚集著許多人，心裏一驚，以為他離開這半天工夫，莫非家裏又發生了什麼事情？腳步也變得怯怯的，不敢走上前去。一步一步的挪到門口，才發現藥舖裏頭更熱鬧，他小叔、他大哥、還有兩位近鄰，都在櫃臺裏外忙碌，而櫃臺上堆著不少的錢，少數是銀元，多數是大銅板。他定了定神，在人牆外站了一陣，才弄懂了這些人在做什麼，原來被敲響的不只是一面鑼，郜鼎集本地聽到「宣告」的時間比較早，鄉親們對「劉先生」支援的行動已經開始了。

一連幾日，「葆和堂」中藥舖門庭若市，鄉親們為了搭救「劉先生」，真是盡心竭力。表面上，他們是「還債」來的，過去，請醫生不要診金，配藥也付不出藥資，他們自己心裏都有個數兒的，現在「劉先生」出了禍事，情況十分緊急，這筆賬再也不能「賴」下去。原先捨不得拿出來賣錢的東西，如今都顧不得，有的賣羊、賣豬，有的糶糧食，更有的把一生積蓄留著作棺材本兒的幾枚「袁大頭」都從隱密的所在挖了出來，那怕將來沒有棺材睡，也要先還清五年前、十年前欠下的這筆舊債，「也免得從今生拖到來世，死了才能心安些」。「葆和堂」也有幾本賬簿子，記下的卻不是全部的賬目，有些當時就被遺漏，有些記下來了卻又一筆勾銷，其中的緣故，大概只有「劉先生」和當事人才說得清楚，如今「劉先生」不在場，那就只賸下當事人的一面之詞了。遇上來「還債」而賬簿上沒有記載的，或者是賬簿上記的少而還出來的錢卻多了幾倍，雙方就不免發生爭執，還得旁邊的人出面調解，費盡唇舌，最後也只好「暫時」收了下來。

在附近地區，郜鼎集是一個大鎮市，每逢單日，一、三、五、七、九，是趕集的日子。最近幾個集期，市況特別熱鬧，因為賣家畜、糶糧食的人太多，把行市都給壓低了，遠處的一些生意人聞風而至，撿了不少便宜，鄉親們也就吃了不少的虧。在他們，這是心甘情願的；劉一民看在眼裏，記在心裏，對這些憨厚樸實的鄉親們十分感激，便暗暗的起了一個誓：這番高情厚誼，無論如何是要報答的，不管世界變成什麼樣子，都不能輕易離開這片土地，總要多替它出些力，多替它做些事。

不到十天，就把那一千塊「袁大頭」湊齊。其中有半數是從小叔床下挖出來的，據母親說，這筆錢是祖母留給小叔的「體己」。祖母臨終之際，最難割捨的就是這個小兒子，把她幾十年前從娘家帶來的這份兒「賠嫁」，都記在小兒子的名下。父親遵從遺命，就把它窖在小叔的屋子裏，一分一厘都不曾動用。不料竟然發生這件事情，娘說：「把這筆錢禍敗掉，你爹心裏不知道有多難過呢！」另外的半數，幾家親戚大約拿出了三分之一，其他的三分之二，就全靠鄉親們幫襯濟助了。

在這十天裏頭，劉一民幾乎天天往城裏跑，有時候和他小叔同出同歸，有時候是他一個人獨來獨往。其實，去了也和不去一樣，不管怎麼哀求，得不到「錢師爺」的准許，那監獄的鐵柵門是打不開的，也就根本沒有和爹見上一面的機會。

錢湊夠了數兒，賸下的就是交錢贖人了。為了把這一千塊銀元運到城裏去，郜鼎集的幾位長者聚在一起商議，最後決定由「鄉團」裏派出二十幾名壯丁，銀元裝在一輛馬車上，前呼後擁，那陣勢，就像鏢局子押解鏢銀似的。其實，論重量，一千塊銀元也不過六十來斤，只用劉家那頭大草驢，馱起來也並不費力，那用得著這麼勞師動眾呢？劉一民的小叔就表示過「謝謝」的意思，「團總」和「保正」兩位老人家卻堅持如此辦理，他們說，一千塊錢是一汪子大財帛，而這十來天為了籌錢的事，鬧得風風雨雨，四鄉皆知，難保沒有壞人打這筆錢的主意，由「鄉團」派人護送，這才是萬全之策。

拒絕不得，只好遵照兩位老人家的意旨行事。被選派出來的諸位鄉親，一個個抬頭挺胸、拖槍拽棒的，擺出一副行俠仗義的氣勢。劉一民還能夠記得，在民國十二年，那些從外國買進來的洋槍洋炮各種火器，經由官軍之手流落民間，已經相當普遍，連土匪也都有這一類的新裝備，只有「鄉團」比較保守，看家護院，用的還是紅纓槍和大刀片兒，儘管諸位鄉親都練的有一身工夫，畢竟還沒有練到刀槍不入的程度，這一路之上，真要是遇上幾個帶火器的，人多又頂什麼用呢？事後回想，唯一的用處是，這樣人多勢眾，等於向那些壞人擺明，這回交錢贖人，不是「劉先生」一家的事情，真有人不睜眼、不開竅兒，要把這筆救命錢給劫了去，那就等於是跟部鼎集和附近幾十座村莊作對，所謂「眾怒難犯」，要那些壞人曉得，這筆錢是不好亂動的。也許就是這點子俠膽義氣，使得公理伸張，宵小斂跡，從部鼎集到縣城裏、浩浩蕩蕩的走過這十五里路，一路上安然無事。

到了東南隅，先按照預定計畫，把馬車趕進「孫家老店」，諸位鄉親就留在那裏守護，劉一民跟著小叔，先進城裏去見他的堂伯父。

一見面兒，堂伯父就查問著：

「十天過去了，錢，籌到了多少？」

小叔耐住性子說：

「不是說好了的一千塊銀元麼？多承幾家親戚和所有的鄉鄰幫忙，已經湊足了。」

堂伯父點點頭，給了幾句好評語：

「我也聽說了的，許多人知道你大哥出了事，都自動的結清欠賬，把錢送到藥舖裏去。

看起來，那些鄉下人還算是有點兒良心的！」

小叔的嘴角扯動了一下，不知道他本意想說些什麼話，話到唇邊，又嚥了回去，而經過修改的言語，依然是十分犀利：

「城裏人呢？希望城裏人也都說話算話，不要再節外生枝。請你跟那姓錢的接一下頭，看看他教我們把這些『贓款』交到那裏去。最好是一手交錢，一手交人，該不會還有什麼花樣兒吧？」

堂伯父拿出一派「經紀人」的口氣：

「你放心，這一點他們倒是挺守規矩的，以往還沒有過收錢不放人的事。——你是說，一千塊銀元，都已經到了城裏？」

小叔氣咻咻的：

「在東南隅『孫家老店』裡。有些話，請你對那姓錢的說明白，他這次敲詐的，不只是我們這一家，郜鼎集和附近地區幾十座村子，都受了我們的連累，賣光典盡，再也沒有什麼油水了！」

對小叔這種話裡帶刺的口氣，堂伯父倒是也不大理會，反而推心置腹的，出了一個主意：

「這麼辦，我現在就去找『錢師爺』，你們先回到『孫家老店』，把錢送到衙門前那家飯館子裡。不要全送去，先扣下一百，也許那『錢師爺』會賣我個面子，這一百塊錢就算是撿來的——」

小叔不打算領受這份兒好意：

「怎麼？還可以打折嗎？那不必！既然籌齊了，全給他們就是。一千塊都出得起，就不在乎這一百！」

堂伯父很冷靜的分析著：

「你不懂，這裡頭還有個計較。他們要多少，咱們給多少，錢籌得太容易，會使得這幫傢伙見錢眼開，把咱們當作方便主子，這一回逃過去，難保沒有下一回。我告訴你，這幫傢伙的心腸才狠哪，除了錢就再也不認得別的。過去就有這種事，鄉下冤大頭，犯在他手裡，按著葫蘆摳子兒，監獄裡進進出出好幾次，不弄到山窮水盡，油乾燈枯，他們是不會罷手的！先扣下這一百，表示咱們的能力就到此為止，再把可憐話多說幾句，讓他知道那九百塊都是從骨頭縫兒搜括出來的，從此一了百了，事情就揭了過去。你懂了我的意思？」

小叔一臉迷惑，似懂非懂的，說話也顯得有些猶豫：

「我——」

堂伯父很爽快的說：

「別這麼難為了，聽我的，沒錯兒！兄弟猶如手足，我還會害你麼？」

小叔低著頭，搓著手：

「只要我大哥能放出來就好。不過，我這個人嘴太笨，尤其是當著那些我看了就有氣的人，求情告饒的話，我可不會說！」

堂伯父把這個難題也攬在自家身上：

「你不會說，我替你說，這總行了吧？或許，待會兒把錢送到那家飯館裡，索性你不必進去，也免得言差語錯，臨末了兒，又把事情弄得不可收拾。好吧，就這麼說定啦，咱們分頭行事，快些把你大哥救出去。記住，一切按照我的話做，你回到『孫家老店』，就取出一百塊錢收好，可不要把數目弄錯嘍。」

小叔顧慮著：

「要是那姓錢的不答應呢？」

堂伯父大包大攬的拍著胸脯：

「一切有我！要是他不給面子，頂多我出面給他打一張欠條。就算是非得把這筆錢補足不可，那也得拖它一個月兩個月的再說。你放心，和那個『錢師爺』打交道，這不是頭一遭。」

看樣子，堂伯父是真心幫忙，而且是出了大力的。在他的安排下，這樁「花錢買命」的案件，果然就以九百塊錢的價格成交。而成交的地點，就在縣衙門口的那家飯館裏，離那兩排高牆上所寫的「清廉方正，保境安民」八個大字，相距不過數十尺。而且，收錢的時候，那「錢師爺」指揮著兩個長隨，大模大樣、一五一十的數，就像收繳錢糧一樣的堂而皇之，一點兒避忌都沒有。小叔不肯進來，只有劉一民單身獨自，畏畏縮縮的跟隨在堂伯父的背後，把這個場面看得清清楚楚，印象深刻極了。

清數完畢，正確無誤。那「錢師爺」揮揮手，教那兩個長隨把一箱子銀元抬走，他本人也在後面緊緊跟隨。就這樣，向縣衙門昂然而入，走過衙門裏那條長長的甬道，一直抬進內衙裏去。

堂伯父也跟著走出那家飯館子，向劉一民示意，要他去把站在遠處的小叔喊了過來，還有隨車進城的幾位鄉親，都一齊走進縣衙門。

經過監獄的門口，那「錢師爺」稍作勾留，喊出了老紀，低聲的吩咐些什麼，那老紀面露喜色，轉身走入，照「錢師爺」的命令辦事去了。

那「錢師爺」向劉一民的堂伯父賣著人情。

「老劉，這可都是看你的面子。」

堂伯父唯唯諾諾，打恭作揖：

「是，是，我感激，我感激。」

「錢師爺」又打著官腔說：

「告訴你那堂弟，回到鄉下，可要安分守己，少惹是非，如果再鬧出事來，就沒有這麼便宜！」

堂伯父連聲承諾：

「是，是，我會告誡他的。一朝被蛇咬，十年怕草繩，他那有這麼大的膽子？多承教誨，感激之至。」

話還沒有說完，那「錢師爺」已經轉身而去，最後兩句話是喊著說的。等那「錢師爺」走遠，堂伯父收斂起笑容，「呸」的一聲，往地下吐著口水，露出一臉厭惡的神色。

然後，堂伯父向小叔說：

「好啦，事情已經辦妥，你們在這裏等著，我還有事，要先走一步。等你大哥出來，就在縣城裏，薙個頭，洗個澡，換身衣服，別把霉氣帶回家裏去。在十天半個月之內，也不宜探親訪友串門子，有那該感激、該謝承的人，過一陣子再去不遲。這是多年的老規矩，但凡是坐過牢、新出獄的，人人如此。你這上過學堂、唸過洋書的，也不要不信這一套。」

說罷，揚長去了。望著堂伯父的背影，小叔也連連的吐了幾大口唾沫、臉上的神情是又氣又惱，好像他把堂伯父看作「錢師爺」了。

劉一民手攀著那道鐵柵欄門，目不轉睛的往裏張望著。也許他們等候的時間並不長久，卻覺得像受刑一樣難熬，腳也站痠了，脖子也扭疼了。

忽然，他聽到一個聲音在身旁說：

「恭喜啦，各位。『劉先生』在這裏住了九天，一切茶水酒飯，都是小號照料，有不周到的地方，請各位多包涵。斗膽的請問一句，這筆錢，是現在付呢，還是過些時候到府上結算？」

劉一民回頭一看，原來是那家飯館的堂倌。幾位鄉親相視愕然，不知道這傢伙在說些什麼。他小叔心有所思，聽而無聞，也是一點兒反應都沒有。

那堂倌本來是一臉諂笑，看看沒有人答話，那笑容就越來越冷，聲音裡也加了一些佐料：

「各位，該怎麼個辦法，倒是交代一下呀？」

劉一民過去扯扯小叔的衣服：

「叔，人家在要賬哪！」

一碗羊肉湯泡饃要大洋五角，劉一民對小叔說過，應該還記得這件事。小叔定了定神，問道：

「多少？」

那堂倌用手指比著碼子，說：

「不多，一共是十三塊五角。我把賬摺子帶來啦，請您過目。」

小叔搖搖頭：

「那不必！你就是再多要上幾倍，我也給！」

說著，就向一位鄉親肩膀上抗著的褡褳裏掏摸，摸出十幾塊「袁大頭」，也不知道是有意還是失手，豁朗朗的掉了一地。那堂倌倒是並不介意，一邊道謝，一邊蹲著身子撿拾。

就在這時候，劉一民看見父親從監獄裏走出來。他向那鐵柵欄門撲過去，忘情的喊了一聲：

「爹！」

淚眼模糊，也看不清爹的形貌改變了多少。那老紀掏出鑰匙，把鐵柵欄門開得大大的，等「劉先生」一步跨出，鐵柵欄就在他背後緊緊關閉。

那老紀站在鐵柵欄門裏，聲音朗朗的說：

「回頭路不走，回頭草不吃。『劉先生』，您好生走著，我不送您。」

「劉先生」走出監獄，就呆呆的站在那裏，昂著頭，向雲天注視，臉色顯得有幾分憔悴，有幾分癡迷。聽到那老紀說話，慢慢的轉過身去，嘴唇蠕動著，好像說些什麼，卻沒有吐出聲音。

小叔向父親靠近，很關心的詢問：

「大哥，您受苦了沒有？」

「劉先生」緩緩的搖頭，還是沒說什麼。

幾位好鄉親，也都七嘴八舌的向「劉先生」表示慰問。「劉先生」被圍在中間，幾乎是應接不暇，跟這個拉拉手，向那個點點頭，並沒有因為自己的不幸而忽略了禮數，看上去身體似乎也沒有什麼不對勁兒，卻就是冷著臉子不開口。

劉一民有些怕起來：爹怎麼就是不說話呢？原本是一個性情隨和、愛說愛笑的人，坐了這十天牢，竟然像改換了性情，臉上僵僵木木的，彷彿戴了一副紙製的面具，兩片嘴唇也緊緊的閉著，似乎他忘記怎樣說，也忘記怎樣笑了。

被眾人簇擁著，走過縣衙門裏那條長長的甬道，「劉先生」在走了幾步路之後，關節漸漸靈活，體力依然很好，行動也沒有什麼不俐落。劉一民擠在人堆裏，儘量的貼近父親，細心的打量著。看到父親兩腮濃濃密密的鬍子碴兒，臉好像都變小了似的；又看到父親一身褲褂也髒髒綹綹的，而且冒出一股子酸酸臭臭的氣味。劉一民忽然記起堂伯父剛才說過的話：「……薙個頭，洗個澡，換身衣服，別把霉氣帶回家裏去！……」這是多年的老規矩，但凡是坐過牢、新出獄的，人人如此。」想向父親提醒一下，又覺得那些話不應該由作兒子的來說，於是就擠到小叔身旁，小聲的嘀咕著。

大概他說話的聲音並不很小，小叔那裏沒有什麼反應，偏偏被爹聽見了。

「不，咱們回家！」

這是「劉先生」出獄之後第一次開口說話。話說得很清楚，卻由於太用力的緣故，有些變腔變調，尾音也抖抖縮縮，不像他平時說話那樣平和。

出了縣衙門，馬車就停在附近，還有那頭大草驢，也在車尾巴上拴著。拴驢的人故意把繮繩吊得高高的，好讓牠臥不下去，牠只好就學著馬的樣子，挺直了四條腿睡覺，卻睡得很不寧靜，兩隻長耳朵一豎一倒，地下遺留著一大堆屎尿。看見老主人，那頭大草驢忽然長了精神，舒活著筋骨，抖擻著皮毛，有一陣子大興奮。

「劉先生」本來是向那頭大草驢走過去的，卻被一位鄉親架住胳臂，非要他坐車不可，

「劉先生」也就無可無不可的接受了。而當他被攙扶著上車的時候，他回頭淒然一笑，向諸位鄉親說：

「多少世代，我們劉家沒有人打過官司，更別說坐牢，我這可真是替祖先露了臉嘍！」

當「劉先生」在車上坐好，鄉親們都紛紛擠上車去，不但把車廂裏塞得滿滿的，車頭車尾，都有人彎臂曲腿的「掛」在那裏，劉一民也想往上擠，繞前繞後，再找不到一處容身之地。這些鄉親們可真是不講理，只顧得顯露他們的鄉情，表現他們的義氣，卻把劉大德和劉一民這兩叔侄給排開在外圍，難道說他們和「劉先生」的關係，比父子還親麼？比兄弟還近麼？

擠不上車去，劉一民和小叔只好還騎上那頭大草驢，嘴裏就不免嘀嘀嘟嘟的。那頭驢似乎也很不樂意，牠曉得老主人是在前面那輛馬車裏，就甩開四隻蹄子，和那拉車的三匹馬較上了腳力。在十幾二十里路以內，驢腿比不過馬腿，這點子常識，幾乎是盡人皆知，不知道的大概只有驢子，當牠發起了驢脾氣，牠簡直就像拚了老命似的，一路啣尾直追，好幾回奮力爭先，馬和驢扯了個平直，在那條古老的大官道上並駕齊驅。那趕車的「車把式」，看出那頭大草驢的心意，也不禁頑心大起，每當那頭驢辛辛苦苦的追了上去，他就輕輕的旋著鞭花兒，要那三匹馬稍稍的放大步子，一下子又拉大了距離。就這樣忽遠忽近、忽緊忽慢的，像是在進行一項追逐的遊戲，不消一頓飯的工夫，驢和馬車幾乎同時回到了郜鼎集。

有人在郜鼎集的北寨門上掛了一串炮仗，驢和馬車剛剛進了圩子，背後就霹靂啪啦爆起一片繁響，耳邊還有人喊著「恭喜」，好像是在過年一樣。這種儀式，大概也是替「劉先生」袪除霉氣的意思。

「葆和堂」中藥舖門口聚集著更多的人，「劉先生」下車的時候，很亂鬨了一陣。人多，大家有說有笑，又喊又叫，「劉先生」從人群中走過，兩片嘴唇哆嗦著，卻聽不清他在說些什麼。

過了大半個時辰，人群漸漸散盡，「劉先生」才有機會和自己的家人相聚，望著太太、弟弟和兩個兒子，他很慚愧的低下頭去，像是在自言自語，又像是向每一個人表示著歉意：

「多少世代以來，咱們劉家的人都是安分守己，循規蹈矩，就是受了冤屈，也不會跟人打官司。被官府捉去坐牢，更是從來沒有過的事！這一回，我可真是替祖先露了臉嘍！」

坐了十天牢，每天盤旋在「劉先生」心頭的，反反覆覆，大概就只有這幾句話。在他看來，打官司和坐牢都是天大的羞恥，倒並不在於官司是贏是輸，也不論坐牢的人是有罪還是無辜，但凡留下這份兒「不良紀錄」，就足以讓祖宗蒙羞，使兒孫受辱，也教他自己一輩子不能抬頭！而且，從今以後，他就是一個黥了面、刺了字的罪人，用任何法子也不能把這個污點去除……

對他這種想法，年輕人都不會同意。兩個兒子不敢多嘴，能跟他抬槓的，就只有他的小弟劉大德：

「大哥，你想的不對！坐牢不一定是壞事，咱們中國上有許多忠臣烈士都是坐過牢的，後人還替他們造廟立碑，當神靈一樣供奉著呢！有罪的是這些軍閥政客，貪官污吏，不把他們打倒，中國人不會有好日子過！」

小弟的這種論調，年長的「劉先生」也一樣聽不進去。以後一連多日，每逢有親戚朋友來探望他，他的「開場白」總是這幾句：「我可真是替祖先露了臉嘍！」說的時候含羞帶愧，彷彿他真是做過什麼罪有應得的壞事，那樣的自怨自責，垂頭喪氣。

一直到半個月過後，上回來抓他的那個「班頭」，又忽然出現在「葆和堂」中藥舖，說是縣太爺害了重病，城裏的幾位名醫輪番診治，有的不敢下藥，有的開了藥方，吃下去也無效，都一致舉薦郜鼎集的「劉先生」，也許能救得那縣太爺的性命。所以，那「班頭」一再的解釋，這一回，他是真正的奉命請醫，別無他事，但求「劉先生」寬宏大度，既往不究，無論是去還是不去，都請相信他這一回是真心實意，和上一次的情勢是大不相同的。

為了表明心跡，那「班頭」大吐苦水：

「說實話，今天『錢師爺』派下這件差事，我本想推掉不來的，可是，這身在公門，奉命當差，又那能由得了自己？來呢，可真是覺得自家臉上沒有那麼厚的臉皮！上次把您誆進城裏，一去就被下到大牢裏，害得您又破財，又受罪，這事情過去才有幾日？今天又來奉命請醫，就算我這張臉是象皮做的，也會覺得不好意思。俗話說得好哇，『王八怕翻身，光棍怕調個兒。』換了你是我，我是你，像今天這種情勢，我對你也拿不出什麼好臉色！這樣吧，『劉先生』，您要是不肯去，我也不敢逼您，就隨便編個理由給我，能讓我回去交差就好。縱然那『錢師爺』怪罪，落了不是，我也只好擔待著。」

照說呢，倘若「劉先生」真是度量窄小，記恨在心，第一個記恨的就應該是「班頭」這個狗腿子。剛剛上演過的「冤獄十日，贖金九百」那齣戲，這個狗腿子是首先登場的，雖然只是個小角色，卻也會狗仗人勢，作威作福，就像蜈蚣、蝎子一類的毒物，看上去體形很小，毒性不重，可是，真要是被牠咬著螫著，也一樣會教人害疼，甚至能要了人的性命。今天他上門求告，擺出這麼一副前倨後恭的姿勢，也許這只是一副姿勢而已，像他這種在公門中混飯吃的老衙役，都有一套祖傳師授的真本事，那就是察言觀色，揣摩對方的心理；更練就一套「軟骨功」，能大能小，能伸能屈，大的時候他比祖宗還大，小的時候他又成了灰孫子，高低俯仰，宛轉如意，他那姿勢是可以隨時調整的。

「劉先生」洞達世情，不是不瞭解這些技倆，無奈生就了一副菩薩心腸，寧可受騙被誑，也不肯遇事總往壞處想。剛才那「班頭」所下的一番說辭，在「劉先生」聽來，都是言出由衷，合情入理，而眼前這個狗腿子，誠然算不得好人，但在他許多惡跡、許多壞習氣之中，還能保存著一二分泯滅不了的良知，也算難能可貴。就看在這一項，「劉先生」不但曲予原諒，既往不咎，而且對他的請求，也在多方的思考顧慮之後，勉強的接受，決定跟隨他進一趟縣城，不一定能治得好縣太爺的病，只為了讓這個「班頭」向上司交差，以免他在「錢師爺」面前落下不是，受了責備。

和上次一樣，那「班頭」是坐馬車而來。大概他料定了這是一趟苦差，本來準備好要下一番水磨工夫的，所以他下車之後，就教車伕卸下拉車的馬，牽到樹蔭底下飲水休息，回城恐怕要在後半日。沒想到，這鄉下醫生很容易哄弄，準備好的甜言蜜語，才說了不到十分之一，「劉先生」那裏已經點頭答應，這使得他有些措手不及，趕緊衝出門去，找他的車伕拉馬套車，好回城交差，向他的上司「錢師爺」邀功求賞，最少總能落下個「精明幹練」的評語，那對他的前程也是大有好處的。

「劉先生」既然答應了要去，也就在藥舖裏略作準備。當時在他眼前的，只有一大一小兩個兒子，大兒子一向沒有主意，小兒子卻最喜歡追根究底，剛才當著那個狗腿子，不好向父親獻言建議，現在有了機會，就竭力向父親勸阻著：

「爹，我看這是去不得的！」

雖然是一番好意，卻也是小孩子的見識，只知其一，不知其二。「劉先生」嘆了一口氣說：

「不能去，又能躲得掉麼？他是本縣的縣太爺，咱們是他治下的百姓，又不能捨了這個家不要，闔家老幼，遷移到別處去，那就只有受他的管轄，聽他的處置！這就應了咱們常說的那兩句話了，『是福不是禍，是禍躲不過！』真要是瘟神臨門，煞星照命，那也是無可奈何的事！——記住，你們兩個，可不要大驚小怪，庸人自擾，你娘害病剛好，身子還弱，別再把她嚇住了！我去了城裏，你娘若是問起，就說我到鄰近村子裏給人看病去了，別的話不准多說。記住了沒有，你們兩個？」

說到這裏，那「班頭」已經回來，笑嘻嘻的請「劉先生」移駕上車。

劉一民追上幾步，問道：

「爹，我也跟您去，好不好？」

「劉先生」還沒有開口，就被那「班頭」攔住：

「你不必去，小兄弟，這一回是請『劉先生』去看病，用馬車接，還用馬車送，比騎
著你家那頭不聽話的大毛驢可舒服多啦，你就萬事望安，專等著『劉先生』回家吃晚飯吧。」
當時才過年不久，要真是進城去看病的話，車接車送，是應該在吃晚飯以前就回到了
家。這麼看起來，那「班頭」今大真是來請醫生的，劉一民心裏就安穩了些。可是，當他
目送著他爹坐上了馬車，腦海裏浮現出二十幾天以前的那一幕，心頭像燒著一把火，越來
越燥，越來越熱，漸漸的心煩意亂，坐立不安，終於他決定也進城去看看，強似這麼在自
己家裏打轉。

他和他大哥劉一卿商議著：

「我看，還是我進城把爹接回來吧。以往我在家的時節，爹下鄉行醫，都是我跟了去
的，對不對？如果娘查問起來，發現爹不在家，我在，豈不是很古怪？再說嘛，爹只要出
門，不管路遠路近，總要騎著驢子去的，今天忽然不騎，也會教人感到可疑，是不是？所
以，還是我騎著大草驢進城去，待會兒和爹一起回來；爹要是被別的事情耽誤了呢，在城
裡也容易打探消息，大哥，你說好不好呢？」

和大哥商議，那是他做弟弟的守禮，其實，他大哥忠厚有餘，智謀不足，不管什麼時
候，什麼因由兒，凡是弟弟提出來的要求，大哥只會點頭，只會說「好」，從來沒有批駁過。

今天也是如此，弟弟問：「是不是？」哥哥說：「是！」事情就是這樣商議好了的。然後，他就悄悄的牽出那頭大草驢，轉過街口，再跨上驢背，直奔縣城而去。

到了縣衙門口，一人一驢，在那裡縮頭縮腦的，等了總有兩個小時，還是望不見爹的影子。這時候，太陽離地很高，他知道時辰還早，是自己心裡急，沉不住氣，才覺得好像等了很久似的。

剛好大街上轉過來一個賣「糖葫蘆兒」的，他並不是嘴饞貪吃，只覺得這時候如果有些東西咬在嘴裏，裝進肚皮，可以壓壓腸胃，壯壯膽子；也剛好他發現自己口袋裏還有一枚大銅板，於是就買了一串。五顆核桃般大小的「山裏紅」，用一根筷子般長短的木棒串連，看著真是好看，吃著卻不如想像中的好吃，也許是自己已經長大了的關係，不像前幾年，一聽到吆喝：「買冰糖葫蘆喲！」就止不住的流口水，沒錢買就得趕緊的躲開，免得看到別人吃，自己就抿嘴咂舌的出盡醜態。現在，他只是拿它當作消遣而已，吃在嘴裏，也是食而不知其味。

當他吃到第四顆，他看見從大堂旁邊的側門裏，有兩個人影走出來了。距離很遠，那裏的光線又比較暗，可是，父子連心，他已經認出其中有一人是他的父親。另外那個人影，看上去也有些眼熟，好像在那裏見過的，卻一時之間認不出那是誰。

人影漸漸走近，他從那人一身奇異的裝束，以及走路時那一搖三擺的身架，終於認出——原來就是那個「錢師爺」。認是認清了，但有些不相信自己的眼睛。那天在飯館裏見到的，是一個從百年古墓中爬出來作怪的活殭屍，今天雖然還聞得到殭屍的氣味，卻比較更像一個活人，臉上的笑紋很生動，說話的腔調也不那麼陰冷，而且，對「劉先生」恭恭敬敬，簡直客氣得要死，……看上去，分明是一位文質彬彬的君子！

劉一民看得兩眼發直，也忘記及早把手裏的「糖葫蘆兒」丟掉，就那樣高高的舉著，落在那「錢師爺」的眼裏，大概他更像一個不懂事、不知禮的頑童了。

在衙門口，「劉先生」和「錢師爺」有一場禮貌比賽，情形十分熱烈。「劉先生」請「錢師爺」留步，「錢師爺」期期不可、一定要送「劉先生」上車。兩個人拉拉扯扯，互不妥協。

「劉先生」堅持的說：

「小犬來接，不必套車。隆情厚意，我這裏謝謝。」

「錢師爺」的態度也十分堅決：

「不可，不可，那成個什麼禮數？剛才吩咐下去，馬車已經套好，立刻就趕過來了。請『劉先生』務必坐車，不然的話，就顯不出敝東翁對醫生的敬意了。」

正說著，那輛馬車果然適時出現，從大街上繞了一個大圈子，在衙門口停了下來。

可是，任憑「錢師爺」如何勸說，「劉先生」就是不肯讓步，雙方僵持了有半個鐘頭，仍然不能解決，太陽就越來越低，時間也越來越遲了。

最後，「劉先生」再也顧不得客套，堅定的表明了態度：

「對不起，我騎慣了我的驢，坐不慣你的車。如果你一定要車接車送，往後我就不敢再來，縣太爺的病，你只好另請高明。」

「劉先生」遞出的這一招，那「錢師爺」無法破解，只好連聲答應，結束了這場「戰爭」。這一仗，「錢師爺」顯然落敗，「劉先生」占了上風。

「錢師爺」擺擺下頦，把那輛馬車撵開。接著是「告辭」和「送別」的儀式，雙方都很懂禮節，演練起來，動作十分明快，先是相對鞠躬，然後趨前握手，又各自後退三步，再遙遙作揖，儀式才算完畢。「錢師爺」站在那裏，看著「劉先生」跨上驢子，才轉過身往裏走，回到內衙去。

大概是這一陣子周旋肆應，把「劉先生」累得不輕，上了驢背，一路保持靜默，好養精神，恢復元氣，劉一民有話要問，也知道這不是時機，就暫時悶在心裏。

出了東南隅，走上那條古老的官道，劉一民忽然聽到有人「噗哧」一笑。四顧無人，官道上就只有他們爺兒兩個，那來的笑聲呢？劉一民以為自己聽錯了，也許是田裏的「蛐蛐兒」，也許是樹上的「知了」。

走了一程，又聽到「噗哧」一聲。這次他聽得很清楚，不錯，是他爹在笑，卻把劉一民笑得迷惑了。

「爹，您在笑什麼？」

「劉先生」硬不認賬，還把兒子訓了一頓：

「沒有哇。大人的事情，小孩子少問！」

說著，很用力的清了清喉嚨，好像他喉嚨裏有些教人發癢的東西，要把它清理出去，他才能控制自己。

安靜的過了一陣，「劉先生」終於忍無可忍，先是「噗噗哧哧」，接著「嘻嘻嘿嘿」，最後「呵呵哈哈」，笑聲越來越大。這動靜，就像有一隻裝滿了豆子的口袋，先是口袋底下有一個小洞，豆子一粒一粒的往外拋撒；後來，袋裏的豆子在發脹，口袋又不甚結實，小洞變成個大口子，豆子就一湧而出，希里嘩啦，完全失去了控制。

「劉先生」的個性，原是忠厚而又有些拘謹的，平時雖然有說有笑，總是嚴守尺度，都不會太火爆。像今天這種笑法，還從來不曾有過。不但劉一民聽得又驚又怕、擔心著父親是遇邪中祟、或者是受了什麼大刺激；就連他胯下的坐騎——那頭大草驢、也被老主人的笑聲，逗弄得很不安靜，扭著脖子，向後注視，想來看一個究竟，以至於牠走路分心，好幾次把蹄子踩進那半尺多深的車輸溝裏去，幾乎扭斷了驢腿。

呵呵，哈哈，「劉先生」笑聲不止。他兒子劉一民越聽越不對勁兒，就從驢屁股的一側縱身落地，繞到前頭，勒住繮繩，要那頭大草驢止步，昂著頭問道：

「爹，您不要緊吧？」

「劉先生」本來正在努力的克制著自己，被小兒子這一問，不知道觸動了他身上的那一根筋，笑聲又從低處一下子翻高，大概也忘了自己坐在什麼地方，就在驢背上拍手打掌，捧腹踹腳，東歪西倒，縱聲大笑，一發而不可收拾了。

好端端的一個人，怎麼會忽然犯了瘋病，成了「魔道」？笑得太狂，也笑得太多，不但劉一民聽得心驚肉跳，不知道父親到底是怎麼樣了？就連「劉先生」自己，也是越笑越難過，心都震疼了，腰都伸不直了，氣兒都喘不過來了，一邊還是止不住的要笑，一邊就「哎喲哎喲」的呻吟著。

劉一民快要嚇哭了，像叫魂似的喊道：

「爹！爹！您到底是怎麼了？」

「劉先生」笑得說不出話來，向小兒子示意，把他從驢背上攙扶下地。費了好大氣力，劉一民才把渾身癱軟了的父親架到路邊去。正好路邊上有一根樹樁子，像磨盤般粗細，來往行人常在這裏歇腿兒，磨得光光平平的，是一個很舒服的座位。「劉先生」斜坐在那裏，又是咳嗽，又是抹眼淚，好不容易的才壓低了笑聲，一大口一大口的喘著粗氣。

劉一民從驢背上摘下藥囊，那裏頭裝著瓶瓶罐罐，各種各樣的膏丹丸散，隨身帶著，原是專為了替病人救急的。這些年來，劉一民跟著父親到處行醫，對父親自家配製的這些成藥，早已經耳熟能詳，牢記不忘，不只是記住了一些藥名，也記得什麼藥治什麼病，遇到需要的時候，父親那裏還沒有吩咐，他這裏已經準備齊妥，從來不會出過差錯。今天卻把他難為住了，把那些瓶瓶罐罐翻弄了一遍，卻想不起有什麼藥是可以用來治這種「笑病」的，心裏就越發的惶惶然了。

這時候，「劉先生」終於把笑聲止住，坐直了身子，向小兒子招招手說：

「不用找了。爹不是有病，是遇上了好笑的事情。剛才，是不是把你嚇著了？」

劉一民向父親走近，上上下下的打量，看父親面色紅潤，目光明亮，一切都很正常，沒有什麼異樣，這才放了心，不禁向父親抱怨說：

「可不是嘛，從來沒有看到您這樣笑過，真是把我嚇壞嘍！爹，無緣無故的，您到底是在笑什麼呢？」

「劉先生」自己也覺得怪不好意思，倒好像是作父親的故意在惡作劇，裝神扮鬼的嚇唬兒子。本來，今天遇上的這檔子事兒，是不打算對任何人講的，現在卻覺得不應該把小兒子也蒙在鼓裏，如果不說一個明白，自己毫無來由的發了這一陣癲，孩子會怎樣想呢？決定把這檔子事兒說出來之前，先對小兒子告誡了幾句：

「好吧，我告訴你。不過，你聽了以後，可不准到處去說嘴，那是有傷口德的！」

劉一民雖然有些好奇，其實也並沒有多大的興趣。爹這番進城，是替那個貪贓枉法的縣太爺看病，又不是遊山觀景，能遇上什麼「好聽」的事情？就裝出一副不愛聽的樣子，說：

「好嘛，我不對人說就是了。」

「劉先生」卻像在透露一樁大機密，先挪了挪身子，往兒子那邊湊過去；又壓低著聲音，向兒子的耳朵眼兒裏吹氣：

「孩子，我告訴你，原來那人是個殘廢！——」

劉一民聽不出這話裏有什麼趣味：

「殘廢？縣城裏有好幾個殘廢呢，您說的是誰？」

「劉先生」的臉色顯得更神秘：

「我說的是縣衙門裏的那位縣太爺！怪不得他自從上任以來，就向來不曾露個面兒，審官司，問案子，升堂理事，都由著那個『錢師爺』當家主持，胡作非為，敢情他那個樣子：前羅鍋兒，後駝背，底下還生著一長一短的兩條彎腿；……那樣子實在是見不得人的！剛才在內衙裏，我看到他，忽然想起一齣戲，害得我幾乎把舌頭咬破，才沒有當場笑出來，彆得我好難過！」

縣太爺是個殘廢？這倒是第一次聽說，劉一民也並不覺得有什麼好笑，只不過感到很「新鮮」就是了。

「劉先生」繼續說：

「有一年，咱們部鼎集關帝廟唱了三天平安大戲，你記得不記得？……哦，這事兒已經有十年了，那時候你才一兩歲，大概是不記得了。爹本來是不愛看戲的，就因為你又哭又鬧，才抱著你，領著你哥哥，往那戲臺子前頭轉了一回，無巧無不巧的，就剛好看到這齣戲。戲名兒叫什麼來著，我也不知道，只記得戲裏頭有一位縣太爺，名字叫『胡大炮』，是由一個小丑扮演的，那位縣太爺就是這麼一副長相：前羅鍋兒，後駝背，底下是兩條伸不直的彎腿，走起路來像隻鴨子，那樣子真滑稽。當時你那麼小，就已經懂得看戲，笑得咭咭呱呱的。——這事兒，你記得不記得？」

劉一民想了再想，對父親說的那齣戲，根本就毫無印象。十年前，他還是一個吃奶的孩子，又不是那種「生而知之」的神童，一兩歲發生的事情，怎麼可能有記憶呢？實情如此，當然是不能責怪他的。可是，聽父親的口氣，卻似乎很希望他能記得這件事，他只好搖搖頭，用微笑表示歉意。

「不記得了？當時，你笑得可高興著哪！我也一邊笑，一邊想，這些編戲的可真會糟塌人，天底下，那有這種事？從前科舉時期，讀書人下場子應試，不只是文章要作得好，面貌也很要緊的，真要是這種殘廢，想中個秀才都已經不容易，又怎麼會舉人出身、進士及第，幹上縣太爺呢？可見都是亂編的！沒想到，花花世界，無奇不有，十年前看過一齣假扮的戲，今天看到的卻是真人真事，咱們這位縣太爺的模樣兒，和戲臺上那個小丑相比，只差著頭上少一頂圓翅兒的紗帽，腳下穿的也不是那種粉底朝靴，單說兩個人的體形，可實在差不了多少。你說這可笑不可笑？」

說著，笑聲又起。劉一民真害怕父親得了「笑病」，這一笑，又是天翻地覆，沒完沒了。他一時心急，捉住父親的手臂猛搖：

「爹，爹，您不能再笑了！」

「劉先生」也及時警覺，用幾次深呼吸，把即將爆發的一場大笑，硬生生的從舌頭底下逼了回去，自己告誡著自己說：

「不能再笑了，真的不能再笑了！再笑下去的話，我呀，我就真的成了『魔道』！——想想，其實也並不可笑，不過就是一個肢體殘缺、材智低下的可憐人罷了，是別人把他抬舉得太高，叔叔當了督軍，非得封給侄子一個官兒坐坐不可，這就難為他了。一個『十不全』的人，把他放在縣太爺的位置上，他那能坐得穩？還不是教那個姓錢的撿了便宜，全縣幾十萬老百姓都吃了大虧！追根究底，這倒是怪不了他的！」

笑了一回，又感歎了一陣，最後得出這麼個結論，「劉先生」不但止住了笑聲，也去掉了多日以來盤旋在他眉頭額間的羞愧之色和鬱悶之氣，人雖然有些疲累，卻是神清氣爽的一副心安理得的樣子。

他站起來，長了長身子，扯了扯衣襟，跟小兒子商量著：

「休息得差不多啦，咱們回去吧，好不好？剛才在縣衙門裏，他們拿我當作城裏的醫生一樣待承，擺出來許多吃的，我心裏嘔氣，連一口水也沒有喝，這會兒倒是又渴又餓，回到家裏，也該是『喝湯』的時候了。」

上了驢背，劉一民向父親打聽：

「那位縣太爺，得的是什麼病？」

「劉先生」心情轉好，也願意跟兒子講「故事」：

「什麼病？他自己糟塌的！縣太爺還很年輕，約摸著不過是二十三四歲，內衙裏，倒有一大兩小三房太太，還有一堆盤頭大丫鬟，也都是收過房的。聽那個『錢師爺』說，他在家是個獨子，老太爺已經過世，是老太太抱孫心切，所以才這麼安排。殊不知，這生兒育女的事，豈是能強求的？以他那麼一副先天不足的身體，自然是越淘越虛，結果就弄得氣血兩虧，幾乎變成個半透明的瓷人兒，看上去是一撞就折，一碰就碎，又那能不病呢？最近感受些風寒，中了些暑熱，人就賴在床上爬不起來。城裏的那些醫生，用的還是老方子，一味的給他補，這不是火上加油麼？病自然就越來越厲害！」

劉一民又問了一句不該問的話：

「爹，您真能夠治得好他？」

「劉先生」坐在前頭，看不見兒子的臉色，還只當是一番好意，答話中也帶出幾分關切的口氣：

「照說呢，應該是不難治，只要病人聽話，按方吃藥，用心調理，保住一條命是沒有問題的。至於他生兒育女、傳宗接代的事，那要看他先人的陰德，祖墳的風水。」

對父親的這番說話，劉一民頗不滿意，嘴裏就咕咕噥噥的，唸誦了一大堆。聲音很低，顯然不是說給父親聽的。像是在罵誰，又像是在唸咒語。

「劉先生」若有所聞，問道：

「一民，你是在說話麼？」

劉一民忙不迭的加以掩飾，說：

「沒有哇，我是肚子餓啦，咕哩骨碌的直叫喚！」

「劉先生」爽朗的笑起來：

「好，那咱們就馬上加鞭——」

那天回到家裏，雖然還照例是沒有什麼好飯食，「劉先生」卻不待催促，坐下來就吃，而且吃得有滋有味的。自從他攤上官司，被釋放出獄，就一直沒有食慾，吃飯如同吃藥似的，像今天這麼胃口大開，自動的添飯加菜，半個月以來，這還是頭一回。

而且，第二天一大早，劉一民就被父親喚醒，說是今兒天氣很好，想到四鄉去探望幾個「老病號」，問他要不要同去。下鄉行醫，這也是半個月以來的頭一回。在這半個月裏頭，鄉親們體諒「劉先生」的遭遇，有些頭疼發熱、小病小痛的，都拖著挺著，不肯來麻煩「劉先生」；遇上比較嚴重的病症，也都是背著抬著，把病人送到「葆和堂」來，看病抓藥一次辦理，省得「劉先生」跑腿受累。這一天不但是天氣晴朗，「劉先生」的心境也煙消霧散，風和日麗，於是就牽出那頭大草驢，父子同騎，搖搖擺擺的，在郜鼎集附近的幾個村子裏，逍遙了大半日。

劉一民還注意到一件事，坐了十天牢，他父親養成一句口頭語，每逢有人表示慰問，「劉先生」接下對方的好意，最後總少不了那一句：「……我可真是替祖先露了臉嘍！」說話的時候是那樣含羞帶愧，面紅耳赤，讓作兒子的看在眼裏，聽在心裏，都覺得眼睛發潮，心頭長刺。劉一民發現，就從這一天開始，他父親忘了那句口頭語，說話的神情也舒舒展展、坦坦蕩蕩的，這表示「劉先生」重新找回了自己，那「十日冤獄」所留下的後遺症，也已經不藥而癒。

是怎樣好起來的呢？劉一民細心尋繹，只能找出一個比較合理的解釋，那就是，他父親的「心病」，是昨天從縣城裏回家，在驢子背上那一場狂笑給笑好了的。本來，「劉先生」是把坐牢看作一件極嚴重的壞事，不幸而遭此橫逆，就像是害了什麼惡疾，讓祖先蒙羞，使兒孫受辱，自己也人前人後，一輩子不能抬頭！……幸虧被請到城裏替縣太爺看病，卻發現那位管轄著幾十萬縣民的父母官，竟然是一個肢體殘缺、材智低下的「十不全」。這件奇事，對「劉先生」是一個大刺激，完全的不合情理！十分的荒唐滑稽！卻又不得不相信那是自己親眼目睹的事實。所以才會有驢子背上那一場狂笑，笑得死去活來，而心頭的痞塊，也就在狂笑聲中冰消瓦解。

可以這麼說，「劉先生」的心病，是由那位縣太爺給治好了的。在「劉先生」的心裏，大概是這樣認為，對待一個殘廢，只能同情，只能憐憫，就是他有意無意的傷害到你，也不能和他一般兒見識，於是才在一笑之間，前嫌盡釋。至於那位縣太爺的「玉體」，是否也在「劉先生」一片仁心之下，著手回春了呢？這倒是不能確知的。雖然其後「劉先生」又被請到內衙去診察了幾次，而且每一次都看到病人日有起色，這項醫療工作卻沒有持續到底。因為，就在那年中秋節過後不久，當時的山東督軍田中玉，就由於孫美瑤臨城劫車的那樁案子，被駐在北京的各國使節脅迫著，由「豬仔總統」曹錕下令免職。叔叔下臺鞠躬，侄兒的縣太爺自然也就做不成，顧不得治病，就帶著幾房太太和那個「錢師爺」，棄職潛逃，回到他河北原籍去了。

那件「家難」就像龍捲風似的，突如其來，飽掠而去，幾乎釀成一場敗家喪身的悲劇。多虧得「劉先生」根基深厚，人緣兒極好，才能仗賴著親戚支援，鄉鄰濟助，從驚濤駭浪中安然渡過。精神上的損失，固然是影響久遠，難以估計，就說那被勒索去的九百塊「袁大頭」，也不是戔戔之數，要「劉先生」全家省吃儉用，歷有年所，還無法恢復元氣，清償債務。

當事情已經過去，最使劉一民耿耿於懷、感到迷惑的是：這把野火究竟是誰點起來的？那個「錢師爺」口口聲聲，說是有人告密，而照「錢師爺」所提出的一些情節，儘管那是強加罪名，故意曲解，但是，那些被當作罪證而事實上也確鑿有據的「情報」又從何而來？可見「告密者」是真有其人，——這個人究竟是誰呢？

有一陣子，劉一民簡直就像被迷住了心竅一樣，把四年前的那段往事，放在心裏，仔細的咀嚼回味，想過來又想過去，尋思著種種可疑，甚至把最不可能的人也羅織在內，最後還是頂著一頭濃霧，找不出謎底。

「劉先生」發覺到小兒子的心事，還扳起臉來給了他一頓訓斥：

「你這孩子，心眼兒怎麼這樣窄？事情已經過去，你還淨是翻攪它做什麼？那來的什麼告密人？全是那姓錢的胡扯！給你根棒錘你就當了真，這不是自尋煩惱嗎？趕快把你心裏那些稀奇古怪的念頭，統統丟掉，苦惱了自己且不說，要是你總覺得身邊有壞人，總覺得別人有壞心，往後這長長的一世，你還過不過呢？你還活不活呢？」

對父親的寬大仁厚，作兒子的實在很喜歡，也很佩服；而覺得父親的教誨，雖然不是名言，其中卻有至理，更是心悅誠服的接受。不過，他也知道，那「錢師爺」的話有根有梢，不全是胡扯，事實上這個「告密者」必然是有的，只是他心思不夠靈透，一時解不開這則謎語罷了。

後來，他終於還是把這則謎語解開，只不過時間拖得久了些。

第五章

那次「家難」事件發生過後，受影響最大的，是劉一民的小叔。

照說呢，吃冤枉官司的是「劉先生」，不但被提溜去坐了十天的牢，而且，如果錢不湊手，籌不足「錢師爺」開出來的那筆數目，就很可能被按上「通匪」的罪名，不清不白的送掉了性命，當事情過後，痛定思痛，應該是他的冤氣最多，恨意最重。可是，這位鄉下醫生生就一副寬大仁厚的性格，而多年來在亂世、在窮鄉的行醫生涯，又培養出他的一套人生哲學，一套處世之道，有容乃大，無所不包。這副性格不僅能寬諒別人，也同時能把自己防護得很好。一場狂笑，發洩了他的冤氣；對一個殘廢所懷有的悲憫與惻隱之心，又替代了他的恨意；所以，他的精神狀態很快的就恢復正常，而心靈上所受的創傷，隨之也完全痊癒，甚至連一點兒疤痕都不曾留下，乾乾淨淨，平平整整。

至於劉一民的母親，本來就是一位典型的舊式婦女，標準的慈母賢妻，把順從視為天職，把容忍當作美德，只要丈夫和兒子都平安無事，她就一切都心滿意足，沒有她受不了的委屈，沒有她吃不下的苦。當「劉先生」被抓去坐牢的時候，她曾經暈倒過，也幾乎支持不住，表面上看起來，就像是一株最需要保護的小草，風吹就折，雨來就倒，實際上她只是「柔」，不是「弱」，只要能讓她有所攀附，在任何惡劣的氣候下，她都能好好的活著。

本來，她驚嚇過度，心神俱疲，已經在床上躺了多日，而當她聽到丈夫安然返回的消息，卻能折身坐起，不必旁人扶持，就能離床下地。從丈夫回家的第二天開始，她就精神抖擻的操作著家務，忙忙碌碌，好像她根本不曾病過。連她作醫生的丈夫，勸阻無效，都在暗暗擔憂，可是，她卻若有神助，就這樣一逕的支撐下去了。

劉一民和他的哥哥，在大人們眼裏，都還是孩子。那個時代的家庭組織，孩子的地位很低，喜怒哀樂也都不受重視。哭，只能跟隨在大人們的後頭哭；笑，也只能迎合著大人們的心意笑。要是表現得太獨立，太突出，那就不像個孩子了。劉一民的哥哥劉一卿，本來就是一個讓大人們放心的「乖孩子」，不論家裏有事無事，總是躲在角隅裏，藏在陰影裏，靜悄悄的不惹人注意。這次發生「家難」，事情可大可小，弄不好劉家就成了「覆巢」，劉一卿也只是暗暗著急，默默飲泣，沒有人問他，他就不說話；沒有人分派，他就不礙事；儘管他的眼睛一直紅腫著，卻沒有誰聽到他出聲的哭過，除非是旁邊正有大人們在哭，他才會隨著一塊兒嚎啕。父親回來了，他當然是很高興的，也只是把孝心表現在一些小動作上，替父親倒茶，替父親舀水，或者做些諸如此類的小事，而在心裏就拿定了主意，要做一個比從前更乖的「乖孩子」。

比較而言，劉一民自己是一個很特殊的孩子，在大人們面前，說也敢說，做也敢做，處處都比他哥哥顯眼。不過，他所享受到的「優容」也很有限，遇到不該說而說、不該做而做的時候，那就算犯了過錯，所以，他從父母那裏所領受的管教，也比他哥哥要多。由於家裏人丁稀少，在這次「家難」事件當中，需要有人跑腿，需要有人出頭，哥哥不頂用，就都落在他的身上了，他成了一個很重要的「配角」。正因為他事事靠前，不能像哥哥那樣藏著躲著，他所看到的就比較清楚，所感受的也比較深刻。可是，倘若他在這次事件中被燒著、被燙著，血淚斑斑而傷痕累累，影響當然是很久遠的，可能就是他的一生一世，而在當時，一個行動不能自主的孩子，他卻完全沒有表達反映的機會。例如，當事情過去以後，他只不過略略表示疑慮，想找出那「告密者」是誰，就從父親那裏招來一頓訓斥。其實，他找出那個人來又能如何呢？不必說自己年歲還小，既無智，又無力，就算他秉賦特異，想要做出某些行為，也多半得不到父母的准許，不得准許而輕舉妄動，那就是忤逆不孝，罪名未免太大了。所以，他當時所能做的，只是把傷口包紮起來，把賬目記在心裏，報仇雪恥，一切俟諸來日。

劉一民的小叔可就不同了。論年歲，他的小叔劉大德，比他的大哥劉一卿還小著幾個月，論輩分，在劉家卻是一個「長輩」，而且，祖父祖母已經不在世，小叔又是這個家裏最有「學問」的，自然不會再被看作一個孩子。而小叔的行事，又一向是跋扈慣了的，比較好聽的說法，可以在小叔身上運用「意氣飛揚」、「雄姿英發」那一類的話；要是有誰不那麼客氣，索性把「少不更事」、「血氣未定」一類的成語，用到小叔身上去，也沒有什麼不合適。在劉氏家門以內，「劉先生」是「皇帝」，劉大德就是「八千歲」。就連小時候餵過奶的嫂子，平時對小叔也處處依順著，吃的用的，凡是丈夫有的東西，小叔也必有一份兒，或許還會格外照顧，給丈夫的少，給小叔的多。底下的兩個孩子，對小叔更是恭恭敬敬的，稍有不順，不但小叔會大發雷霆，被父親知道了，少不得的又是一頓。就這樣，上頭護著，底下捧著，養成小叔獨斷專行、敢做敢當的脾氣，一家人當中，就數這位年輕的長輩最為嬌貴，吃不下一點兒暗虧，受不得一點兒委屈。

所好的是，小叔秉性正直，遇事講理，對待兩個侄兒，也很有個叔叔的樣子，並不因為自己是個長輩，就擺出「泰山壓頂」之勢。因此，兩個侄兒對這位小叔，也一向是心悅誠服。就拿劉一民來說吧，有時候，對父親的吩咐，還不免偶而陽奉陰違，或者小小的打個折扣，對小叔的話，卻是不折不扣的一體全收，特別是劉一民進城讀書之後，叔侄而兼師生，又有了機會朝夕相處，小叔更成為他立志效法的人物，不止是恭敬，簡直就到了崇拜的程度。

在劉一民的心目中，小叔不但是一個大無畏的強者，而且是一個無所不知、無所不能的智者。雖然小叔只是舊制中學畢業，卻讀過太多的書，知道太多的事，並且擅長各種不同的技藝，別人曾經說小叔是一個「才子」，其實，在劉一民看來，「聖人」也不過如此。經歷過這次「家難」事件，劉一民才發現小叔也有弱點，遇到十分傷心、十分棘手的情勢，也一樣會慟哭失聲，一樣會無計可施。不過，這並不影響劉一民對小叔的崇敬，而是在崇敬之外，更添了幾分同情。「龍游淺灘遭蝦戲，虎落平陽被犬欺。」在劉一民已經讀過的章回小說裏，如《水滸傳》，如《隋唐演義》，多的是這一類的故事，那種悽苦，那種無奈，最能博取讀者的同情之淚。劉一民就把那些故事套在小叔的身上，而認為小叔只是一時的困頓，一時的不得志，以祛除內心的憂疑，維繫小叔的地位。

事實上，自從在這次「家難」事件中受了刺激，小叔的行事，就變得更跋扈，說話也更尖銳，本來就不是多麼容易親近的人，而今更成了一隻刺蝟，看誰都不順眼，誰離得近誰就最倒楣。最倒楣的就是劉一卿和劉一民兩兄弟，一座屋頂底下的親叔侄，總會頭碰頭、臉碰臉的，偶然有一句話說不對，就會惹得小叔生氣，不是招來一頓訓斥，就是劈頭挨上兩耳刮子。劉一卿人老實，又像個沒嘴兒的葫蘆似的、輕易不說一句話，在小叔面前，還不大有挨打挨罵的機會，機會都讓給弟弟啦。劉一民被認為是一個很機靈的孩子，究竟才只有十二歲，摸不準風勢，看不懂天色，而小叔近來的脾性就像玉皇大帝喝醉了酒的那種天氣，正是艷陽高照，晴空萬里，不知道怎麼的，忽然就來了一陣迅雷暴雨，一個躲閃不及，就落得一身水濕。

雨過天青，作叔叔的穩住了情緒、對小侄子也未嘗沒有幾分歉意，劉一民自己倒是並不覺得有什麼委屈，因為，他多少能瞭解小叔的心事，也知道小叔好端端的為什麼會變成這個樣子。

有一回，又是一場雷雨過後，劉大德摸著小侄子的頭，很慈愛的說：

「剛才是不是打痛了你？你這孩子也真是的，看著情形不對，怎麼不趕緊跑開呢？以後遇上這種事，你就趕緊跑，跑得遠遠的，叔叔就打不到你了！」

劉一民挺乖巧的，說的話才教他小叔心痛呢——

「跑什麼跑？叔的手裏，又不是拽著棍、掄著刀，不過就是幾個耳刮子、痛一痛也都過去了。只要叔您能夠消消氣，再多打幾下子我也願意。」

聽得小叔好生慚愧，向小侄子保證著：

「都怪叔不好。《論語》上說的：『君子不遷怒，不貳過。』我算是一樣兒也沒做到。你放心好了，一民，往後叔再也不打你，不管怎麼生氣，叔再也不打你！」

劉一民心裏熱烘烘的，覺得這是一個好機會，就向小叔勸了幾句：

「叔，您打我沒關係，可別把脾氣發到外人頭上去。尤其是縣城裏的那幫土匪，您可千萬要忍著，萬一您跟他們吵鬧，被捉去關在牢裏，咱們可再也沒錢贖了！城裏的堂伯父說得不錯，『人在矮簷下，那敢不低頭？』不低頭的話，會碰破自己的腦袋呀。」

這幾句忠告，不是說得很得體嗎？卻不料又犯了小叔的忌諱，一下子變了臉色，「呸」的一聲，吐了小侄子一臉的口水：

「你才多大年紀？就這樣的沒出息！說什麼『人在矮簷下，那敢不低頭』，你懂不懂這兩句話的意思？一個人低頭低得久了，會變成彎腰，會變成駝背，會變成一輩子治不好的殘廢！要是那屋簷再矮一些呢？難道你就蹲著？跪著？還是你趴在地下裝死狗，一輩子不敢抬頭？這種情勢，你知道不知道？呃？你想過沒想過？」

看小叔氣得臉色蒼白，額頭有青筋暴起，原以為又少不了要挨幾下子的，多虧小叔還記得他剛剛提出的保證，好幾次揚起手掌，又中途改變了方向。打是不曾打，只是像放鞭炮似的，往小侄子臉上丟過這一連串的問題，霹靂啪啦，一句緊似一句，小叔的那張嘴也越來越近，說到最後，離劉一民的額角至多不過三寸，隨著每一個字，唾沫星子向四處迸濺，真像下雨一般。

劉一民鼓足勇氣，向小叔反問了一句：

「可是，不低頭又怎樣呢？」

劉大德也警覺到自己說話的口氣太急，又唯恐一時的收不住手，碰撞到小侄子的頭上臉上去，剛才已經說過「再也不打了」的。於是，他猛然後退幾步，像一匹馬似的在房間裏繞室疾走。

「當然有法子！一定有法子！絕對不能任由這些軍閥頭子胡鬧下去！絕對不能容許這些貪官污吏胡作非為！前有袁世凱稱帝，後有張勳復辟，現在直系軍閥又逼走了黎元洪，曹錕自己妄想當總統，都是些混球加三級，那有一個是為國為民的？如果再由著他們橫行無忌，中國一定會亡在他們手裏！不可以！絕對不可以！否則的話，　孫中山先生領導革命推翻滿清的苦心算是白費啦！那些烈士們鮮血也都算是白流啦！……」

起初像是在回答小侄子提出的問題，隨之就變成了自言自語，聲音越來越大，步伐也越來越急，最後大概就忘記了旁邊還有一個小侄子，也忘了自己身在何地。

劉一民看出再也沒有插嘴的機會，就悄悄的溜了出去。心裏可就十分焦慮，覺得小叔的心事太重，說話和神情也都有些「魔魔道道」的，病症像是不輕。又記得父親曾經說過，「心病還須心藥醫」，這種病不是專靠吃藥就能治得好的。不知道父親所說的「心藥」是什麼，要真是小叔的病無藥可醫，那可怎麼辦呢？

有時候，他背著小叔，也跟他大哥劉一卿討論過這個問題。劉一卿說：

「小弟，你別這麼瞎猜疑，小叔一向如此，又不是現在才這個樣子！」

劉一民向大哥提醒著：

「你不覺得他現在比從前更重了麼？自從把爹接回來，別人都高高興興，滿天烏雲一掃而空，只有小叔的眉頭還是擰得那麼緊，在這許多日子裏，你可曾看到小叔笑過一回？」

劉一卿歪著頭想想，承認弟弟說得很對：

「唔，不錯，他比從前更不愛笑了。」

劉一民向大哥請教：

「依你看，這是什麼緣故？」

劉一卿提出了他的判斷：

「我看小叔是為了那五百塊錢。聽娘說，那五百塊錢是奶奶留下給小叔娶嬸嬸的，現在為了救爹，一下子都拿出去，那能說不心疼呢？」

劉一民不同意大哥的說法：

「你可把小叔看扁啦！小叔又不是守財奴，命就是錢，錢就是命，你幾時看到小叔在乎過錢財的？再說嘛，小叔和爹是親弟兄，又一向比別家的弟兄更有感情，難道說，小叔會把他的錢看得比爹的性命還重？」

「那當然不會，」劉一卿立即表示同意，卻又特別強調說：「可是，那是小叔娶嬸嬸的錢呀！」

劉一民斜睨著大哥，忍不住的挖苦說：

「哦，原來如此！敢情是你自己想娶媳婦兒，不然的話，怎麼我就想不到這一點呢？你是怕小叔不結婚，會把你的親事也壓到後面去，所以心裏才有些著急，對不對？」

劉一卿真像被說中了心病，脹得滿臉通紅，惱羞成怒，就罵了一聲，伸出手臂，張開五根手指，隔著櫃臺，來抓他弟弟的腦袋。劉一民仗著個子矮小，把頭一縮，一溜煙的跑開了。

一連等了多日，暑假即將過去，小叔的情況始終不見好轉。大概是嫌小侄子年幼不懂事，家裏其他人等也不是談話的對象，就常常一個人跑到野外去，到了吃飯的時候也不回來，還得全家人餓著肚子等待，派劉一民到野地裏去喊，去叫，才能把小叔給找著，還往往一擺手說：「不餓！」就把劉一民攆回去了。

儘管找到他也不一定回家，在父親的嚴命之下，劉一民這趟腿還是非跑不可。找倒是也並不難找，因為小叔最近不大理人，卻又對吹笛子有了興趣，在家裏倒是難得一吹，到了野地裏，笛聲就悠然而起，越吹越來勁兒，好像那根笛子是一種寶貝，又解渴，又耐饑。

笛聲嘹亮，特別是在空曠的野地，隔個兩三里路，都能聽得清清楚楚的。有笛聲引導著，所以總能把小叔給找著，不過，小叔喜歡去的地方並不固定，而且南北方向不同，有時候是到郜鼎集西南方「白花河」的河堤上，那地方有成行的柳樹，夏季裏很蔭涼；去的次數更多的，是圩子外頭東北角上的「宋家老林」，這地方就更遠了，出北寨門，橫過那條官道，就可以看到那一大片鬱鬱蒼蒼的翠柏，可是，看是看見了，可還有好幾里路呢。就這樣一南一北來來回回的跑，說不累人那是假的，不過，藉此機會練練腿勁兒，流幾身汗水，回到家裏吃東西，就更有胃口了。

說起那根笛子，可以算得是劉家的「傳家之寶」，在劉一民的祖父手裏，就已經很有名氣，郜鼎集附近地區，凡是愛聽崑曲、或者稍通音樂的，幾乎是無人不知。劉一民是在祖父去世之後好幾年才出世的，關於祖父一生的行誼卻知道得不少，不但父親常對他說，郜鼎集有幾位老者，其中就包括先教私塾、後來又做了小學校長的那位王秀才，對「老劉先生」的故事，也都津津樂道。在眾人的口中，祖父是一位真真正正的儒醫，學問好，醫術高，而且能文能武，多才多藝，武的會打拳、會舞劍；文的則除了會吟詩、會寫一筆很不俗的柳體字，還擅長笙簫笛管各種樂器，最拿手的就是吹笛子。照王秀才的說法，祖父吹笛子的技術已經出神入化，連不懂得音樂的人都聽得如醉如癡，行家們更是推崇備至。

王秀才也會吹笛子，而且，在劉一民聽來，已經相當不錯。可是，有一回，他卻當著劉一民對別人說：

「我？我這能算得了什麼？會吹就是了。要說吹得好，在郜鼎集這一帶，只有葆和堂的『老劉先生』——就是這孩子的爺爺，那真是首屈一指，無人能比。我這是『下里巴人』，人家是『陽春白雪』，相差著一天一地，根本就比不到一塊兒去！還不止是我，就說當年幾個崑曲班子的笛師，是專靠吹笛子吃飯的，都幾次三番的想向『老劉先生』磕頭學藝，無奈『老劉先生』不肯收徒弟，否則，我也是他老人家的弟子之一。不過，就算磕了頭、拜了師，恐怕也學不到『老劉先生』的真本事。——他老人家那本事是天生的，雖在父兄，不能以移子弟。」

最後這兩句話，王秀才是用背書歌子的那種腔調「唱」出來的，想必是那輩古人的金言玉語，被他套在這裏。劉一民後來仔細尋思，這兩句話說得也對也不對。爺爺吹笛子的本事，如果他老人家有心栽培，劉一民他爹倒是來得及學的，可是，「劉先生」卻天生的對這類技藝沒有興趣，除了行醫，從來不去弄那些「不當緊的玩意兒」。要說這種才能不會遺傳呢，那也不見得，劉一民的小叔就是另一個例子。爺爺去世的時候，小叔還只是一個嬰兒，當然不可能從爺爺那裏學到什麼，可是，當小叔漸漸成長，對音樂的興趣卻愈來愈濃厚，發現了爺爺遺留的幾件樂器，就常常把玩摩娑，幾乎到了愛不能釋的程度。特別是對那根沐有先人手澤的笛子，更是坐臥不離，經常放在唇邊比畫著，起初根本就吹不響，後來吹響了也完全不成個曲調，聽的人在背後竊笑，小叔卻不肯放棄，慢慢的就摸到了竅門兒，會吹的曲調越來越多，而且，熟能生巧，技術也越來越高。

小叔吹笛子的本領，完全是無師自通，或者說是「在夢中得了爺爺的傳授」。論技藝，當然還不能和爺爺相比，在年輕人裏頭，已經是出類拔萃，穩穩的坐了第一把交椅。中間有兩三年，小叔的興趣轉移，不常照顧那根笛子，最近大概是情緒很低，心裏有話而又無處告語，就藉著那根笛子，發洩他胸中的悶氣。

有一天，小叔照例大清早就出了門兒，找一處清靜地方吹他的笛子去了。近午時分，「葆和堂」忽然來了一位遠客，自稱是小叔高中的同學。

「劉先生」高高興興的接待這位貴賓，一面吩咐著大兒子張羅茶水，一面向小兒子下達命令：

「去，把你小叔找回來，你就說——」

那位客人正坐得好好兒的，猛然從椅子上一躍而起：

「還是帶我一塊兒去吧，一整年沒見面兒啦，我急於要看到他。」

「劉先生」向客人解釋：

「舍弟一早出門，可能不在近處，大熱的天兒，你又走了老遠的路，再去那野地裏跑什麼？讓孩子去叫，一會兒就回來了。」

那位客人誠誠懇懇的說：

「大哥，您別跟我客氣，我不累。這一回，來到郜鼎集，我打算在府上多盤桓幾日呢！」

「劉先生」也知道這些年輕人都是急性子，況且，人家一見如故，不以客人自居，作主人的就不好再講那些虛禮，於是便不再阻止，把客人交給了小兒子。

劉一民帶著客人，先上了郜鼎集的南寨門。這個節季，正吹著西南風，劉一民在寨門上側耳靜聽，大約有十分鐘，就下了判斷說：

「我小叔不在那河沿兒上，他到東北角『宋家老林』去了。」

那客人向寨門外眺望了一陣，看不出有什麼朕兆，卻聽著劉一民說得這麼有把握，就笑笑，問道：

「怎麼知道你小叔在那裏不在這裏？你會聞麼？」

劉一民回答說：

「不是聞，是聽。我小叔帶著一根笛子，他要是在河沿兒上，這裏能聽得見他吹笛子的聲音，很清楚的。」

那客人覺得很有意思，點點頭說：

「劉大德告訴過我，他有一個很聰明的小侄子，名字叫劉一民，就是你麼？……，好，我姓李，和你小叔是同學，而且是好朋友，你該叫我『李叔叔』。」

劉一民自己估計著，也正該這麼叫。只是和對方第一次見面兒，不好表現得太熱火，怕人家把他看成「黏黏膠」。既然這位「李叔叔」人很爽快，又如此的不見外，他心裏去掉一層顧忌，抓住繩子頭兒就攀上去了。

「李叔叔，您是從那兒來？」

兩個人在郜鼎集的大街上走著，從南寨門走向北寨門，一路走，一路寒暄著。

這位李叔叔不但人很爽快，說起話來也挺詼諧：

「問我的來歷呀？說遠不遠，不過就是從我家來到你家；說近嘛也不近，論路程大約有二百五十里左右，中間還隔著一條黃河。——《水滸傳》上『武松打虎』的故事，你可讀過？我就是陽穀縣的人氏，住的村莊叫『李樓』，離『景陽崗』還不到十里路。」

劉一民聽得很驚異，原來這位「李叔叔」是從《水滸傳》裏走出來的：

「真有個『景陽崗』啊？」

李叔叔笑瞇瞇的說：

「怎麼會沒有？你們這裏不是也有一座『清涼臺』嗎？」

劉一民心有所疑，說話就結結巴巴的：

「我是說，那『景陽崗』——現在——還有沒有——老虎？」

李叔叔收斂起笑容，聲音也變得濁重：

「矮趴趴的去處，那來的老虎？老虎都搬了家嘍！有一篇『苛政猛於虎』的課文，你可讀過？如今的老虎都成了精，搬到城裏頭住著，那山上，反倒是比較安全的地方！——一民，你小叔說你很聰明，我的話，你能不能聽得懂？」

劉一民很肯定的點點頭，表示自己聽話的能力很高，李叔叔所用的「比喻」也已經不新鮮了。心裏同時想著：怪不得這位李叔叔和小叔是好朋友，敢情兩個人有這麼多的相似處。剛才一看到這位李叔叔，就覺得有些眼熟，仔細想想，不是從前在什麼地方見過，而是因為他太像小叔了。也不是那種外貌上的肖似，事實上，兩個人的長相並不一樣，雖然個子差不了多少，都有六尺以上的身高，劉一民的小叔是那種瘦瘦直直的細高條兒，這位李叔叔則是膀寬腰粗，真正的高大魁梧；兩個人的膚色，也是一白一黑，小叔是古人所說「玉樹臨風」那一型，李叔叔就像半截黑鐵塔似的；……而是兩個人的身上，煥發著一樣的神采，播散著一樣的氣味，這比那種外貌上的肖似更「像」得厲害，任何人一眼看過去，都會感受到這兩個人在精神上是屬於同一個族類，在氣質上是有著兄弟一般的關係。還不止如此而已，劉一民又發現兩個人說話也是一個調子，同樣的憤世嫉俗，同樣的不合時宜，唯一的差別只是這位李叔叔比較緩和些，不像劉一民的小叔那般躁急，那般尖銳。

想著這些，劉一民好奇的問道：

「李叔叔，您跑了這麼老遠的路，只是為的來看看我小叔麼？」

當時，兩個人已經出了北寨門，過了官道，那「宋家老林」遙遙在望，而悠揚的笛聲也隱約可聞。

聽劉一民傻傻的這麼一問，李叔叔滿臉的笑容又綻開了：

「怎麼？光是這個理由，你覺得還不夠？夠了！學校裏那麼多同學，就數我和你小叔感情最好，同學期間，除了放寒暑假各自回家，平常的日子裏，就連星期天也計算在內，是很少有一天不見面兒的；忽然之間畢了業，一下子就你東我西，不過才兩百多里路嘛，見一面怎麼就那樣難呢？當初我們分手的時候，本來訂了個約會，你小叔說今年暑假要到我那裏住幾天的，他遲遲不去，那只有我來了。第一天住鄆城，第二天過鉅野，住在你們城武縣的南魯集，今天一早，剛巧碰上一輛順路的馬車，把我帶到縣城裏。說著好像老遠的，走起來倒也挺容易。我不圖別的，只要能看到你小叔那一臉的驚喜，再多走上幾日，我認為也值得！」

快到了「宋家老林」，李叔叔又忽然動了童心，跟劉一民商量著，要他躲在後面，不要去向他小叔通報。劉一民答應了，李叔叔就躡手躡腳的，一個人朝著笛聲摸索了過去，臉上顯出一種全心全意而又帶著幾分頑皮淘氣的神色，就像兩個小孩子在玩著捉迷藏的遊戲。

劉一民在後面遠遠的綴著，心裏很羨慕小叔，能交上李叔叔這樣的朋友。他告訴自己說，等他長大了，這樣的朋友要多交幾個，彼此牽掛，互相支持，一生就不會孤獨、不會寂寞了。

這「宋家老林」是一處很寬廣的所在。所謂「林」，指的就是墓地，因為墓地上總是種著樹的，古木森森，遠遠望去，本來就是一片樹林子，而且，這個「林」字也比「墳」、「塋」之類的字眼兒好聽。宋家是郜鼎集的老戶，族大人多，所以「林」有新舊之分。這座「老林」，占地數十畝，羅列著上百座的墳頭，都是宋家多少世代以前的遠祖。看墓前的石碑，似乎每一位墓中人都是有功名、有官職的，實際上並非如此。從前帝王時期，一輩子做官，三輩子稱爺，官位如果再稍稍大了些，遇到朝廷榮典，往上追封三代，往下的兒孫輩也會受到蔭庇，於是乎，一人得志，闔族升級，寫在墓碑上的爵位官銜，看起來都挺唬人的。

不管外姓人怎麼說，這座「宋家老林」的確是夠氣派，尤其是那幾百棵形貌奇古的老柏樹，遠望著樹葉子是黑色的，走近去卻是一片濃綠，樹齡已老而生機不絕，讓人從心底生出一種莊嚴肅穆的感覺。

也就因為這個緣故，「宋家老林」的氣溫總比別處低了些，儘管林外烈日炎炎，烤得人滿頭大汗，一進入林內，涼風習習，心頭虛虛，汗就再也冒不出來。所以，雖然這裏很涼快，來這裏乘涼的人卻不甚多，不像「白花河」的河堤上那麼熱鬧。小叔把這裏看作他的「避暑勝地」，如果他貪圖的是清靜，這地方是選對了的。

李叔叔進入林內，幾分鐘過後，笛聲戛然而止，這表示兩個好朋友已經照上面兒了。劉一民怕誤了這場好戲，趕忙跑了進去，只見他小叔在一座石碑牌樓裏頭盤腿打坐，隔著一張石几，李叔叔叉腰而立，兩個人面面相對，你望著我，我瞪住你，像兩隻準備觝頭的大綿羊似的，都在蓄著勢子，卻又不言不語。

就這樣過了幾分鐘，小叔才「啊哈」一聲，聳身而起，躍過了那張石几，掄起拳頭，往李叔叔胸膛上狠狠的揍了一捶：

「啊哈，傢伙，果然是你！我還當是胡思亂想的招來了邪魔鬼祟，有什麼精怪在我面前現形了哪！」

然後，兩個人就動起手來，你劈我一掌，我捶你一捶，砰砰磅磅的，都打得很結實。敲打了一陣，這才執手相視，小叔的眼睛裏竟然溢滿著淚水。

「傢伙，你是怎麼冒出來的？」

李叔叔放大了嗓門兒說：

「冒出來？你把我看成『封神榜』裏的『土行孫』了？我可沒有那種本事！告訴你，我是一步一步走著來的，只為著來看看你是病了呢，還是死了呢？既然你沒病沒死，一年前訂好的約會，你怎麼爽約不去？」

小叔一邊擦著眼睛，一邊把淚水往李叔叔身上抹：

「你來的好，你來的好，我正有許多事情要對你說，有許多問題要跟你商量呢！——咦，是誰把你帶到這裏來的？一民！一民！」

其實，劉一民就在他小叔跟前站著，小叔的目光從他的頭頂上漫過去，只顧得向遠處尋覓，對那矗立在眼前的，卻根本不曾留意。

劉一民左遮右擋，好容易才用自己的身體，堵住了小叔的目光，小叔卻抖手給了他一巴掌，罵道：

「這孩子，你是在跟叔玩捉迷藏麼？可惡！」

當著外人，無緣無故的，捱了這麼一下子，劉一民心裏還真是有些委屈，叫著：

「叔，您不是說，往後再也不打了麼？」

小叔完全不理會他的陳情，那一巴掌大概也是出於「慣性作用」，只管展露自己內心的興奮，把小侄子往好朋友面前一推，吩咐說：

「快來，叫『李叔叔』！這是我最要好、最要好的朋友，你見到他，就如同見到我，知道不知道？」

劉一民無可奈何，只好依照大人們平日裏的調教，把一個後生晚輩應該遵守的禮數，再搬出來演練一遭。他恭恭敬敬的在李叔叔面前站好，先深深一鞠躬，才昂起頭來要叫，就被李叔叔一把揪住了。

「好了，好了，剛才到處奔波著找你，一路上不知道叫過多少回啦，你當我們在找到你之前，就一直閉口無言裝啞叭？——哎，對啦，我正要問你，剛才我看這孩子對你有些畏懼，莫非你平時常常打他？」

小叔受到指責，有些不好意思，又明知道賴不過去，索性裝出一副老氣橫秋的樣子，說：

「小孩子嘛，總得有人敲敲打打的，不打不成器。在我家住幾天，你就知道啦，我的大哥大嫂，是那種『以德報怨』的濫好人，別說是自家的孩子，就是那要殺他、要害他的仇家，落在他手裏，他也不會動人一指頭的。所以——」

李叔叔接過話尾：

「所以你就代行父職，常常欺負這個小侄子，對不對？劉大德，你可真是有出息！世界上該打的人儘多，你只拿自己的晚輩出氣，這算是什麼英雄呢？」

這位李叔叔性情溫和，有時候說起話來口氣也挺重的，尤其是他那張大黑臉，笑與不笑，會出現一熱一冷兩種截然不同的神情，笑的時候像彌勒佛，不笑的時候像包公。而劉一民的小叔在這位好朋友面前，也不像平時那樣跋扈，甚至還流露出幾分敬畏的樣子，李叔叔咄咄逼人，小叔也居然不尷不尬的受下來了。

兩位好朋友，見面就吵嘴，而且，事情是因劉一民而起，這使得作侄子的很過意不去，就想出面作證，替小叔解圍。劉一民很委婉的解釋：

「李叔叔，您別生氣，我小叔已經說過往後再也不打了的，剛才，他只是一時的——」

「手癢，對不對？可見他那隻手犯賤，打人已經成了習慣！」李叔叔不但不接受解釋，反倒要替剛見面的小侄子撐腰架勢：「不要緊的，一民，反正我這次來，最少要在府上住一個星期，監督著你小叔把這個壞習慣改過來，要是他自己改不掉呢，我來替他改！」

替他改？怎麼個替法呢？莫非兩個人還得為此較量較量麼？大概是不至於，不過，如果發生那種事，劉一民也不會感到驚異。以小叔和這位李叔叔為例，他發現男人在二十歲左右都有些瘋瘋的，但願自己到了這個年紀，能比較「穩重」些。

有這陣子耽擱，已經過了吃午飯的時刻，今天小叔倒不再推說「不餓」，經劉一民稍作提示，就陪著客人從「宋家老林」回家了。

李叔叔果然是個信人，他說要作客一個星期，到了第八日才萌生歸意。在這一個星期裏頭，他好像成了劉家的一分子，和每一個人都相處得極熟；家裏來了尊親長輩，他也跟著劉大德一樣的稱呼，該叫什麼就叫什麼。看樣子，他和劉大德不是普通的同學或朋友關係，而是敘過年庚、換過蘭譜的異姓兄弟，感情深厚，如手如足。

他對劉大德的影響是十分明顯的，從他來了之後，劉大德的一身硬刺都暫時收起，不再那麼見了人就聳毛示威，或者是獨自悄悄的躲到不見人的野地裏去。他們朝夕相聚，卻有說不完的話，討論不完的題目，有些是今人時事，有些是野史古書。說到慷慨激昂處，他們拍桌子、打板凳，磨拳擦掌，長吁短歎，縱使旁邊有人，他們也視而不見。大多數的時間，劉一民都被准許在場旁聽，可惜他年歲尚小，根基太淺，有很多話題根本就聽不懂，聽了也只如不聽的一般。也有些話題是屬於「機密」性質，他們總能想出理由，把在場的小侄子打發到別處去。這類的話題，劉一民倒是大部分都能聽得懂的，偶然趕前錯後，偷聽得一句半句，卻也零零碎碎的湊不到一塊兒，也就弄不清其中的真義。能夠拼湊起來的，只是一兩個很簡單的回目，好像是說，他們唸中學的時候，有一位「徐老師」，是在滿清年間就參加了革命黨的，革命成功，「徐老師」不騖名利，說什麼「作一個大中華民國的一品百姓於願已足」，就自願在中學裏教書；課堂上，常常對學生分析時局，或是講一些提倡民權、富厚民生的道理，是一位極受學生歡迎尊敬的好老師。好像是，就在他們臨畢業的前夕，這位「徐老師」和府城裏的一個軍閥頭目發生齟齬，幾乎被那軍閥頭目開槍擊斃，多虧了眾弟子出死力的救護，才使「徐老師」躲過了那一劫，又虧得校長先生從中化解，讓「徐老師」連夜出走，逃出了那軍閥頭目的地盤。為了這樁公案，「丘八」和「丘九（學生）」之間，曾經有過好幾次衝突事件，這邊遊行罷課，那廂開槍圍捕，把一座府城鬧得天翻地覆。也真佩服小叔能忍得住，經歷過這麼些轟轟烈烈的大事，他回到家裏，竟然隻字不提，全悶在他自己的心裏。要不是這一回李叔叔來訪，他們在談話中作了一次回顧，劉一民好奇心重，才偷聽了這些「機密」，否則，全家人被瞞得緊緊的，還以為他在府城裏過的是「太平日子」呢。

偷聽到「徐老師」的許多事蹟，雖然只曉得一個姓氏，其他一無所知，劉一民卻對這位好老師莫名其妙的關心起來，很想能對「下文」多聽到一些。隱隱約約的，似乎聽見李叔叔說「徐老師有了消息」，下面的話就變成「附耳密語」，劉一民雖然沒有被打發出去，相距只有幾尺，卻聽得不明不白，聽到的只是個人名、地名而已。提到過「上海」，又提到過「廣州」，這些城市只有在地圖上知道大概的位置，好像都相隔著千里萬里，就如同神話、傳說一樣的不真實。至於那「徐老師」究竟身在何地，更是不得而知，劉一民好幾次想向李叔叔探明此事，又怕一開口就被轟了出去，終於壓在舌底，而在心裏留下一則不知道答案的「謎語」。

事實上，不知道答案的非止這一則「謎語」，劉一民很強烈的感覺到，李叔叔和小叔是在商議著一件什麼大事，那件事不但「機密」，而且還帶些危險性的，怕的是洩漏出去，不能得到家人的支持，所以才瞻前顧後，有許多的難為。當他們討論到一個階段，常常會相對苦笑，一副進退維谷、無可如何的樣子，彷彿他們給自己出的題目超越了能力範圍，想游而沒有舟楫，想飛而沒有羽翼，說來說去，只是一大篇夢話而已。

大概一直到李叔叔告辭回家，他們的事情仍然沒有商量出結果來。臨別前夕，劉一民賴在小叔屋裏不肯早睡，他聽到李叔叔對小叔說：

「大德，你不用急，急也沒有用的。這件事情，只要咱們自己有決心，有勇氣，遲早總會找得出路子。我會想辦法和『徐老師』連繫，一有了消息，就立即寫信通知你。」

小叔聳著肩膀說：

「只好如此。」

李叔叔又對小叔提出忠告：

「對家裏的人，不管是大哥大嫂，還是底下這兩個侄子，你都要改變態度，多親近、少挑剔。想想看，一家團聚，這多難得？現在不好好的把握機會，將來你會後悔莫及！」

小叔也點頭承諾，表示知過，用力拍打著李叔叔的肩膀說：

「好啦，我認錯，你別再婆婆媽媽，好不好？你這個人哪，什麼地方都比我強，就是這一項不如我，一個彪形大漢，卻長了一根女人的舌頭，真教人受不了！」

頭一天晚上，小叔還說不去送行的，第二天早晨，卻又改了主意。而李叔叔也決定不走原路回去，兩個人結伴同行，先到府城，回母校去看看「老地方」，雖然還沒有到開學的時候，學校裏總會有人在的，也許校長和舍監葛老師都還住在學校裏，正可藉此機會，向老師請安問好。如果老師不在呢，那也沒有關係，就去校園逛上一回，看看藏書樓、海棠樹，以及自己使用過的寢室和自修室，也就值得了。兩個人一唱一和，說的比唱的還熱鬧。劉一民在旁邊聽著，卻覺得情勢不妙，怕的是小叔在使用「金蟬脫殼」之計，一去不回。

「劉先生」很熱烈的贊成這個主意，還主張就從郜鼎集雇一輛馬車，把他們二人送到府城去。小叔卻說不必，這條路他已經走熟了的，從城武到定陶，從定陶到曹州府，是一條陽關大道，常常有便車可坐，而且，運氣好的話，連車資都不必付，就是車伕肯收，也要比雇車便宜得多。李叔叔也贊成這麼做，還說這樣一程接一程的趕路，才比較像流浪漢的生活。劉一民聽了，越發覺得這兩個人用心可疑，大概是昨天夜裏哄他入睡之後，兩個人睡而復起，把這些話早就商量好了的。

眼睜睜的看著李叔叔和小叔一同踏上征途，劉一民心裏急得要哭，卻一點兒辦法都沒有。當著小叔的面，他固然不敢向父親檢舉；小叔走後，話就更不好說，說了父親也未必相信。而且，萬一自己料得不對，不但會惹得父親生氣，小叔回來知道了此事，又豈肯輕易放過，他可就有苦頭吃了。

不敢出面檢舉，又放不下這件心事，那兩天裏頭，劉一民真像是熱鍋上的螞蟻，坐臥不安，度日如歲。

兩天過後，出乎意外的，小叔從府城裏安然返回，而且還帶回一些府城的特產：兩瓶木瓜酒，一匣柿餅霜。小叔說，這是李叔叔買的禮物，非要他帶回來不可，兩瓶木瓜酒孝敬大哥大嫂，一匣柿餅霜打發兩個小侄子。

拈一塊又甜又涼、入口就化的柿餅霜放在嘴裏，劉一民自感僥倖，又連呼「慚愧」。父親曾經罵他「心眼兒太窄」，對人不信任，遇事瞎猜疑，幸虧這一回他沉住了氣，把疑慮壓在心底，沒有向任何人表示出來，否則，他豈不是也成了人人厭恨的「告密者」？在父親面前固然會落下壞評語，小叔那裏更看不見好臉色。

而小叔去過一趟府城之後，態度改變了不少，雖然還常常一個人到野地裏去吹笛子，而兩道濃眉也經常是擰得緊緊的，對人卻不再那麼冷硬似冰，尖銳如刺。每天中午，劉一民遵照母親的吩咐，用一隻柳條籃和一口紅陶罐給小叔送茶送飯，小叔搖頭擺手說「不餓」的時候也有，多半都肯伸手接著，也吃也喝，只是不如李叔叔來的那段日子有胃口了。

遇到小叔心情較好，也會暫時放下笛子，和小侄子聊上幾句。不過，對小叔提出的那些問題，劉一民是無從回答的。譬如，當劉一民老遠的把飯菜茶水送了去，滿頭的大汗淋漓，汗水浸到眼睛裏，連眼前的人影子都看不清楚，而就在這時候，小叔猛古丁的甩過來一句：

「一民，你說說看，咱們中國，有任何不能富強的理由麼？」

這算什麼呀？考試嗎？劉一民連擦帶抹的，把汗水都弄到小褂子上去，好容易才能睜開眼皮，磨亮了眼珠子，卻看到小叔正盤著腿坐在一張供桌上，神定氣閒，就像一個參禪打坐的老和尚，問出剛才那句話，兩眼灼灼直視，正在等著要他的答案呢。

這場面，可真有點兒像教室裏的隨堂測驗。劉一民心裏一驚，只覺得頭腦空空，想不出該怎樣回答才好，只能先拿最簡單的答案搪塞著：

「沒有！當然沒有！」

小叔對這個答案完全滿意，用那隻不拿笛子的手往腿上一拍，很興奮的說：

「對！絕對沒有！咱們中國人，——我指的那些普通的、正常的中國人，忠誠，樸實，勤奮，正直……優點太多太多了！咱們縣城裏天主堂有一個德國神父，說話顛顛倒倒，他有一句口頭禪，有時候說：『中國的老百姓最好！』有時候說：『最好的老百姓在中國！』這個洋鬼子是真心喜歡中國人，光緒年間就來到中國傳教，鬧『義和團』的那一陣，幾乎把他宰掉，可是他一點兒都不記恨。……最近我天天在想，除了教育不普及，老百姓又太善良，善良得近乎愚昧，另外，中國人還有些什麼缺點呢？是什麼缺點使得中國人又貧又弱、而淪落到任人欺壓、任人宰割的地步？我研究的結果是：沒有！絕對沒有！就連你爹那種容忍、寬厚、記恩不記仇，說起來也應該算是一種長處。所以，中國變成現在這個樣子，完全是少數人弄糟了的！如果能把這些『人禍』去掉，『天災』也會減到最少，中國就沒有一絲一毫不能富強的理由了。」

嘜，簡直就是一篇「中國必強論」的演講稿，把小侄子當作第一個「聽眾」了。不過，劉一民承認小叔的話很對、很有理，自己是無論如何也想不到、說不出的，欽佩之餘，就一個字一個字的默記在心裏。

過了幾日，這題目又會換一種方式再重考一次：

「一民，你說，漢唐盛世，不見得就不可能再重現於今日，對不對？」

這種問法，十二歲的劉一民更是無從措辭，只有點頭稱是的份兒：

「對！當然對！」

接下去自然又是一篇演說。小叔眉飛色舞，口宣手摹，用那根笛子當筆，往半空裏畫地圖，這一道是長城，那一道是黃河，這裏是玉門關，那裏是「烏孫國」，……大漢、大唐的疆域都刻畫在他胸中了。從漢高祖、唐太宗得天下，說到「文景之治」和「貞觀之治」，如何的安內攘外，如何的開邊拓土，許多的歷史掌故、典章制度，自小叔口中滔滔而出，彷彿那些一千年前、兩千年前的舊事，都是他親眼目睹。

小叔在「一高」教書，是五六年級的科任老師，所擔任的課程，並不是地理和歷史，而當他說起他所嚮往的「漢唐盛世」，竟然比歷史老師更為熟悉，有些「知識」不在課本之內，是劉一民見所未見、聞所未聞的。生而為中國人，大概人人都愛聽這些故事，而且只要聽過一回，就永遠的印在心裏，再也不會忘記。小叔的這第二篇演說，最少是在小侄子身上收到了效果，從那時，至今日，劉一民也像他小叔一樣的成了「戲迷」，迷上了「漢唐盛世」那齣整本大套的「歷史劇」，鑽研不已，頗有心得，也愈來愈相信小叔的說法：「漢唐盛世會再現的！中國不強，實無天理！」

整個暑假，就是這樣過去的。有一陣子，劉一民還一直在擔著心事，總覺得小叔不會老老實實的待在家裏，也許，不定規在那一日，那位李叔叔就會突如其來的把小叔給「拐」了去。一直到開學那天，小叔特別起了個大早，帶他進城上學校，他的一顆心才算是落下了實地，小叔並沒有改變主意，仍然是要做一個「喚醒國魂，啟發民智」的小學教師，過去這一陣子，倒是他多疑了。

一個學期，也就這樣平安無事的過去了。本來，照小叔的性子，這個學期應該是很不平靜的。尤其是剛開學的那段日子，報紙上經常有些讓人生氣的消息，直系的大軍閥頭子曹錕，一心要過當總統的癮，為了達到目的，替曹錕辦事的那些狗腿子們，使出了全套的本事，無所不用其極，索餉、逼宮、劫車、奪印，把黎元洪逼到天津去，最後又公然賄選，或一萬，或五千，用「袁大頭」擺平了那些見錢眼開的「豬仔議員」，終於沐猴而冠，給自己戴上「大總統」的頭銜。奇怪的是，這些醜聞都在報紙上登得清清楚楚的。就連十二歲的劉一民，也把這齣「猴兒戲」的本末首尾，看得明明白白。學校裏的老師們，不分年長年少，人人都怒不可遏，上課的時候，把書本一摔，當著學生就罵上了。小叔原是最愛罵人的，這一回卻顯得很有修養。他不是不生氣，好幾次，劉一民聽見他一邊看報，一邊把牙齒咬得咯咯崩崩的響。當著別人，他卻一句話都不多講。

不止是劉一民感到詫異，和劉大德比較要好的幾位同事，也都覺得這個人有些怪怪的。有一天，劉一民聽見一位年輕的老師向他小叔興師問罪：

「喂，姓劉的，你不是一向挺愛罵人的麼？現在出了這種毀法亂紀的醜事，你怎麼倒不言不語？」

劉大德冷笑著說：

「有什麼用呢？罵人又不能把人罵死！要真是咒罵能夠傷人的話，千夫所指，這幫人早已經落不下全屍，又怎麼能活到今日？白費力氣！沒有用的！」

話是很有道理，卻不像他平時說話的口氣。劉一民心裏猜測，這些話，多半不是小叔自己的意思，而是向他的好朋友——李叔叔那裏學來的。

劉一民作這種猜測，當然是有憑有據。在這個學期裏頭，他小叔變成一個嘴懶手勤的人，常常和那位李叔叔通信。有時候，劉一民半夜裏起來解手，繞過小叔的門口，看到裏面燈火明亮，就故意的找個理由，說是口乾肚餓，要點兒喝的吃的，好去看看小叔在做些什麼。他發現，大多數時間小叔都在和李叔叔寫「情書」，不知道怎麼會有那樣多的話要說。李叔叔的來信也很多、很厚，對小叔似乎是一種很有效的藥物，甚至把小叔對人的態度和說話的腔調都改變了。

快到放寒假的時候，正是漫天風雪，李叔叔忽然到學校裏來了。一對好朋友見了面，都興致很高，有說有笑。大老遠的跑了來，卻不肯多待，第二天又匆匆的走了。當時正在舉行期考，老師清閒，學生忙累不堪，劉一民也就沒有時間多陪陪李叔叔，好在李叔叔並不見怪，只在臨別之際，囑咐他要好好讀書。而身為主人的小叔，也並不曾殷勤留客，言笑晏晏的把李叔叔送到北城門外，就在那白皚皚的雪地上一拱手而別，不像上一次那般的難割難捨。

劉一民也抽空兒跑去送行，聽到李叔叔在走出幾十步之後，扭轉身來大聲的喊話：

「時間，地點，要記好，我在那裏等著，可不要耽誤嘍！」

小叔也高高興興的和李叔叔對叫：

「你放心！我準到！」

怪不得這次離別如此容易，原來兩個人是已經訂好約會的。望著李叔叔的背影漸行漸遠，在雪地裏變成一個小小的黑點子，劉一民猛然想起一件事，問道：

「叔，到李叔叔家裏去，要不要經過『梁山泊』？」

小叔被問得一楞，茫然的說：

「不知道。你問這些做什麼？」

劉一民自以為猜得很準的：

「李叔叔不是約您到他家裏去玩？上次聽他說過，從他家到咱家要經過鄆城縣，想必離那『梁山泊』不遠。還有，李叔叔說他家離『景陽崗』只有幾里路，您去的時候——」

小叔瞪了他一眼，似怒非怒的說：

「好啦，期考又沒有『水滸傳』這一科，你淨說這些不當緊的做什麼？趕快回學校去唸書！」

一下子掐斷他的話頭，他也就不敢再打聽別的了。

期考完畢，學生離校，老師還有事情要做，劉大德打發小侄子先回郜鼎集去，他自己要在學校裏多留幾日。

劉一民算得上是一個用功的好學生，上個學期的成績是全年級第二，這學期大概就能搶到第一，可是，再好的學生也沒有不喜歡放假的，小叔攆他先走，這正合他的心意，就和幾位家住東南鄉的同學，一路上打著雪仗，奔跑跳躍的回到郜鼎集去了。

小叔在「祭灶」的那天才回到家裏，而且還雇了車子，把他留在學校裏的衣物和書籍，皮箱網籃一大堆，全部運回。這個舉動也很怪異，當時卻沒有人想到別處去，小叔本人更是不哼不哈。

回到家裏，小叔似乎對準備過年的事很有興致，好幾次帶著小侄子去趕集趕會，買東買西。這些事情，過去小叔是不屑為的，今年也一反往例，興高采烈，好像又變成一個小孩子。

除夕，小叔自動的拎著提盒，帶著香燭冥紙，去劉家的「新林」祭墳拜墓，到爺爺奶奶的墳前，恭恭敬敬的擺供磕頭，而且，頂著大北風，在墓地前後左右，徘徊瞻顧了許久。

一直到全家歡聚吃團圓飯的時候，劉大德鄭重其事的向大哥大嫂敬過了酒，這才當眾宣布說：

「教書的工作，我已經辭掉。過年破五，我就要離開家鄉，到上海去做生意了。」

這個突如其來的宣告，幾乎把「劉先生」嚇倒，手裏端著半杯殘酒，濺濺拉拉的灑了一桌。

心裏著急，把弟弟的小名兒也給叫出來了：

「你在說什麼呀，小石頭兒？你說你要做生意？做什麼生意呢？你說你要去上海？那個上海啊？」

完全是一副驚嚇過度、張皇失措的樣子，頭腦一下子變得不清晰，話也說得顛三倒四。可見劉大德宣布的這件事情，是自己在暗中進行，大哥、大嫂這裏，也沒有透過半點兒口風。對「劉先生」夫婦來說，想也不曾想到過，實在是太意外了。

而「劉先生」的反應，倒是在劉大德的意料之中，他笑嘻嘻的安慰著大哥說：

「您別慌，大哥，我慢慢的對您講。其實，我也捨不得離開家裏，只是這個機會實在難得，一輩子也許只有一回，錯過了真是可惜！——」

一邊說著，一邊從口袋裏摸出兩張信紙，遞在大哥手裏，很熱心的解釋著：

「哪，大哥，您瞧，寫信的是我的一位老師，在上海開了一家書局，生意很發達，人手不夠用，約我去助他一臂之力。說是做生意，實際上要算是文化事業，我去了，不過是編編寫寫的，跟教書是差不多的性質。薪水嘛，是我小學教員的五倍。錢多錢少沒關係，主要的是我對這工作有興趣。而且，趁著這個機會，到外面去開開眼界，對我也是很有好處的。——大哥，您怎麼說？」

「劉先生」把那封信看得很仔細，翻過來又覆過去，好像那些字句很難瞭解似的。看了足足有一刻鐘，這才把兩張信紙擱在桌子上，猶猶疑疑的說：

「倒是個好機會，也知道我不該攔著你——」

劉大德聽到這兩句話，就像在河裏摸著一條大鯉魚，趕緊的抓住它不放手：

「謝謝大哥，這樣子，我去也去得安心了。」

「劉先生」豎起一隻手掌，表示他的話還沒有說完，接著就把口氣一轉：

「不過，我還是希望你不要去！賺那麼多錢做什麼呢？能一家團聚，本鄉本土的，平平安安過一世，那才是福氣！前幾年，你到府城裏上學，在家的時候少，在外的時候多，為了唸書，那叫作沒奈何。現在你畢了業，也有了工作，是到了該成家的時候了，怎麼還想往外跑？」

大嫂也幫著勸說：

「是呀，你的婚事已經拖了好幾年啦！是人家女方好說話，一切都依著咱們。可是，你打算拖到幾時呢？人家幾次三番派媒婆來問日子，你總是推三阻四的！現在可好，你竟然起心要往外躲！腳上有一根繩子拴著，你能躲得掉麼？」

一說到婚事，劉大德就面紅耳赤，又羞又惱：

「咳，大哥，大嫂，不提這件事兒好不好？你們明明知道，是那個算命瞎子合過八字，說我不能結婚太早，又不是我要拖要躲，幹嘛總想賴我？」

大嫂掐著手指，子丑寅卯的算給他聽：

「你是王寅年出生屬虎的，過年就算二十三了，還能算是早婚麼？你大哥像你這個歲數，已經結婚好幾年了！陳家的二姑娘是丙午年出生屬馬的，今年是十九歲，再一拖就過了二十，人家那能不著急？我是十八歲就生了一卿的！」

劉大德招架不住，只好耍起花槍來：

「咳，大嫂，您淨算這些老賬做什麼？時代不同了哇！您說的這些，都是滿清年間的事情，現在是中華民國，早就改朝換代了呀！」

他大嫂毫不放鬆，咄咄逼人的說：

「你不用發賴！不管朝代怎麼改，中國人還是中國人，這是改不了的，對不對？也只怪你大哥好脾氣，一向都順著你，要是上面有老人家，一切替你作了主，那還有你說的理？等不到你中學畢業，新媳婦已經娶進門來，決不會由著你這麼一年一年的拖下去！男人結了婚，就好比野鳥入了籠，馬駒子上了籠頭，那還能說飛就飛，說走就走？」

說到此處，也不理會小叔子的臉上是什麼表情，就轉過身去，向一家之主建議獻策：

「我看哪，現在最要緊的事情，就是替小弟結婚成家，別的話，都暫時擱下，等辦過喜事再說吧！」

「劉先生」點頭沉吟著：

「這主意很好，事情原該如此做。只不過，時間能夠來得及麼？」

這一陣子，劉大德臉上的表情，就像是一個人在河上辛辛苦苦的架橋，橋還沒有架好，人卻一跤摔在水裏，那樣的進退狼狽，那樣的哭笑不得。聽到大哥的話，就像是有人丟繩子，他趕緊用雙手抓住，全靠這根繩子救命了。

「來不及！當然來不及！我已經給我老師寫了回信的，答應去幫他一個時期，過年破五，我就要出發上路，那還來得及辦喜事？再說嘛，也沒有人大年初幾就娶媳婦兒的，這不合規矩！」

他大嫂批駁說：

「你既然知道大年初幾沒有人娶媳婦，怎麼還要在過年破五就出發上路？天寒地凍，客棧飯店都關門閉戶，你這一路上吃什麼？喝什麼？上學還有一大段寒假呢，你老師做生意，過年過節也不准人休息？」

劉大德抓住了把柄，怪聲笑著說：

「咳，大嫂，您這話可就外行了，那上海是一個華洋雜處的大都會，您以為也像咱們鄉下一樣，過年要過到二月二？有些外國人開的公司，人家根本不過舊曆年的！至於這一路的吃喝，也完全沒有問題，您以為我是用兩條腿走著去麼？要走，也只有從咱們家到朱集車站這一百一十里路，在那裏上了隴海路的火車，幾個鐘頭就到了徐州，連車站都不必出，就轉上了津浦路，在浦口，坐輪渡，到下關，就是京滬線……最多兩天兩夜，我就到了上海。火車上有餐車、有臥舖，還用得著進飯館、住客棧麼？所以，大嫂，您放心，這一路上有吃有喝，一邊趕路，一邊睡覺，可舒服著哪。您要是怕我吃不好，就把過年蒸的『棗花』、『大饃』多包幾個，給我路上帶著，我不就有的吃了麼？」

對小叔從口袋裏掏出來的那兩張信紙，劉一民本來就有些懷疑，很想看看它的內容，猜猜它的來歷。吃年夜飯用的是平日不常使用的大八仙桌，桌面寬達四尺餘，方方正正的，一家五口，坐得稀稀落落，爹坐在首座，娘和小叔一左一右，他和他大哥劉一卿坐在下首，恰和爹相對著。剛才爹仔細的「研究」過，就把那兩張信紙順手往桌面上一擱，劉一民隔桌相望，看是看得到，無奈燭臺太高，光線不夠明亮，中間又有那些火鍋、海碗遮擋著，越發看不清信紙上寫些什麼。他實在好奇，就心生一計，藉著替長輩斟酒為由，提著酒壺，繞桌一周，趁大人們不注意，把兩張信紙攫在手裏，悄悄回到自己的座位。

只一眼，他就看出這兩張信紙是「假造」的。不是信中的文句有什麼問題，縱然有問題也是他看不出來的，而是他認得出這個寫信人的筆蹟，根本不是什麼「老師」寫來的。找出了弊病，卻不知道該如何處理，是把它拆穿呢？還是替小叔掩蓋下去？

又聽見爹很為難的和小叔商量著：

「這麼說，你是非去上海不可？不去不行麼？」

小叔理直氣壯的說：

「怎麼能不去呢？人生在世，是要講求信用的，朋友之間都要言出必踐，更何況對待自己的老師？」

劉一民向小叔撇撇嘴。小叔像是看見，又像是沒看見似的，話仍然說得很流利。

「劉先生」的聲音卻越發艱澀：

「兄弟，你說得對，人是不能沒有信用的。可是，你只顧得對老師守信，對你老岳家又怎麼交代呢？要是那位陳大叔知道你出了遠門，一定會上門問罪，你跑得遠遠的，他沒辦法抓得到你，我呢？我拿什麼理由向人家解釋？」

劉大德說的話輕鬆無比：

「這有什麼難解釋的？我一不是悔婚，二不是停妻再娶，沒有什麼地方對他們不起，他來問，您直說就是，根本無須存絲毫的歉意。再說，再說，再說——」

劉一民又向小叔皺了皺鼻子。這一回，劉大德是用正眼看清了的，也看清小侄子手裏正捏著那兩張信紙，而且臉上露出一種挑釁的神色，不知道這臭小子在打什麼壞主意，心裏一急，想好了的言語就再也「順」不下去。

「劉先生」還指望著小弟會回心轉意，問道：

「你還有什麼話要說？怎麼不說下去了？」

劉大德使著眼色，先安撫好小侄子，才理順思路，接續剛才的話頭，言辭上又作了一番修飾：

「我是說，這次我去上海，又不是不回來。結婚的事，等我回來再安排，不比這樣匆匆忙忙的好麼？您拿這話應付陳大叔，就能擋他一陣子。」

「劉先生」點點頭說：

「好。不過，你得說個準日子，不能含含糊糊。究竟，你打算去多久？」

劉大德先是有些為難的樣子，繼而又自動的舒展開眉頭，替自己預定了歸期：

「多則半年，少則三個月，我一定回來就是。」

很明顯的，這幾句話是順口說出來的，不帶有多少誠意。「劉先生」卻信以為真，高高興興的說：

「好，這麼說，我和你大嫂就準備替你辦喜事了？」

劉大德也爽爽脆脆的答應著，並且還高舉著酒杯，向「劉先生」夫婦說：

「謝謝大哥，謝謝大嫂。」

就這樣，把飯桌上的氣氛完全轉變過來，一家人和和樂樂，有說有笑，討論著辦喜事的一些細節，把那股子突如其來的離愁都給沖淡了。

吃過團圓飯，劉一民滿腹疑慮，跟到小叔的屋裏，要把事情的真象，弄一個明白。

一進屋門，劉大德也不管新年春節有許多禁忌，兜胸就給小侄子一捶，罵道：

「小鬼頭，就知道瞞不過你！一家大好人，只有咱們叔侄倆不老實，一個犯了『偽造文書』罪，另一個就想告密，嘿，都不是好東西！——告訴我，你是怎麼看出馬腿來的？」

劉一民很自負的說：

「當然瞞不過我！這封信明明是李叔叔寫的嘛，我認得出他的字！」

劉大德籠絡著小侄子：

「一民，叔一向疼你，你是知道的。就是打你罵你，也都是疼你的意思。你是個聰明的孩子，不會不懂得這個道理，對不對？你爹你娘那裏，我好容易才瞞哄過去，你可不要在這時候扯叔的後腿！」

劉一民對小叔的做法不太滿意：

「一定要瞞哄麼？為什麼不實話實說呢？」

劉大德解釋著：

「實話實說，你爹你娘一定不准我去。攔是攔不住的，爭爭吵吵，徒然傷了我們兄弟的和氣。瞞哄，這是不得已。不是為了我自己，是為了教你爹你娘不擔心事。……你怎麼又向我撇嘴皺鼻子？難道我說的不對麼？」

劉一民捣住鼻子說：

「我也不知道誰錯誰對，只覺得叔說的話挺滑稽，明明是您弄了一封假信，騙倒了全家人，偏要說是出乎一片好心，是出乎不得已？」

劉大德重重的嘆了一口氣：

「說你聰明，你那聰明也有限得很，到底是一個孩子！你知道麼？人生在世，是要對許多方面負責的。如果能面面俱到，那當然最好，而往往是顧得住這個，就顧不了那個，實在太難了！要是不顧慮這麼多，上次你李叔叔來找我，我就和他一塊兒開溜，連郜鼎集都不必回，誰能攔得住我？也就不必央求你李叔叔寫這封假信了！可是，我那樣不言不語，說走就走，在我，那倒是很乾脆；對你們——你們這一家子，為了我牽腸掛肚，這個年還過不過呢？也是我貪圖多在家裏吃一頓平平安安的年夜飯，所以，才不得不在你爹你娘面前，編了一段故事，還得亮出這個假造的證據，好容易的才把他們瞞哄過去，卻又惹得你這個作晚輩的，向我撇嘴，向我皺鼻子，不知道在心裏把我想成了什麼，你說，這難不難呢？」

這一番道理，劉一民聽得似懂非懂，——或許他小叔劉大德當時情懷激動，話本來就說得似通不通，卻足以把劉一民滿腹的疑慮一掃而空，轉而對小叔的處境，有了幾分同情。想對小叔說幾句好聽的，又覺得這也不必，就索性恃寵撒嬌，順便把幾分歉意裝了進去：

「不是的啦，叔，我只是覺得，不管您做什麼，總不能把家裏的每一個人都瞞著，最少，您應該把實話告訴我，我替您守密就是了。」

劉大德很坦誠的說：

「我只有一個大目標，詳細的情況，要到了上海才知道。這樣吧，等我到了地頭兒，我會寫信告訴你。」

劉一民很興奮的問道：

「寫給我？直接寫給我？」

劉大德答應著：

「嗯。」

「信封上，就寫著我的名字麼？」

「嗯，就寫你的名字，『劉一民先生親啟』，好不好？」

劉一民高興的幾乎喘不過氣來：

「哇，我長到這麼大，還從來沒有收過信哪！」

劉大德也快快活活的說：

「往後，你會常常收到信了。不過，你也要寫回信給我，把家裏每一個人的情形，都說給我聽。咱們就這樣約定，你可不要偷懶不寫喲！」

劉一民聽得出來，最後這一句，小叔是故意這麼說的。偷懶不寫？怎麼可能呢？他會把寫回信看得比作功課更重要，只會寫多，不會寫少，甚至於，就在當時他已經開始構思著信裏的文句了。

那天夜裏，一家人聚在廳堂裏守歲，是真真正正守了一夜的。在劉一民來說，這是他生平頭一回。十二歲——不，到五更天明，他就是十三歲了，過去的守歲總是有名無實，小孩子貪睡，勉強支撐到半夜，就上眼皮欺負下眼皮，怎麼也撐不下去，總是迷迷糊糊的被塞進被窩裏，最後是在五更頭上又讓鞭炮聲給「吵」醒了的。

一夜連雙歲，五更分二年。守到五更頭上，劉一民他娘到廚房裏下餃子，一切準備就緒，照例由劉一卿居中傳話：

「叔，下餃子啦，點鞭炮吧！」

劉大德卻把準備好的香火，遞到劉一民手裏：

「去！從今年開始，放鞭炮是你的事了！」

多少年來，劉家過年時節點放鞭炮的「特權」，一向由小叔霸佔著，今年卻自動交出，開了一個新例。尤其是，往年放的鞭炮，多半是五百頭、一千頭的，今年小叔特別自掏腰包，從城裏帶回來一串五千頭的大鞭炮，事先還瞞住不說，吃過年夜飯以後，才找了個機會，帶著小侄子，把這串鞭炮掛在庭院中的老棗樹上去。年年過年，鞭炮都是掛在那裏，今年的鞭炮太長，掛上去很費事，劉一民在小叔的指揮之下，爬上最高的樹枝叉兒，先把上端繫牢，然後繞樹三匝，才勉勉強強的把它掛了起來，還賸下丈把長的一節，從樹梢高懸，直到地面。劉一民從小叔手裏接過香火，很驕傲的把引信點著，這串大鞭炮，霹靂啪啦，響徹雲霄，足足放了一個多小時，庭院硝煙瀰漫，棗樹下舖了一層厚厚的五彩碎紙，到處洋溢著喜氣。

「劉先生」在鞭炮聲中，幾次開口說話，別人只看見他嘴巴動，卻聽不見他在說什麼。一直到鞭炮聲響過，才聽到他叫喊著：

「這麼大！那來的？」

劉大德離座起立，恭恭敬敬的說：

「是小弟買回來的，給大哥、大嫂迎春接喜。——大哥，大嫂，我給您拜年了！」說著，人就在彩紙堆裏，雙膝落地。

這也是多少年來的第一次。從劉一民有了記憶，也就是在劉大德唸高小、升中學的那幾年裏，劉一民就記得小叔是不愛向人磕頭的，過年時節，不得不磕，總共也只有兩個，一個對天地神祇，一個向祖先牌位。在哥、嫂的面前，拜年只是說說而已，這邊說「給您拜年了」，那邊答「說過就好」，劉大德就停住勢子，一揖而止。今年卻是聲到人到，說磕就磕，而且動作迅速，「劉先生」夫婦又驚又喜的從廳堂奔出，想把小弟架住，也已經來不及，只好生受了。

對待外面的親戚鄰里，劉大德也比往年「客氣」得多，春節期間，見了人就拱手作揖，有問有答的，不像往年那樣落落寡合，獨來獨去。

那串大鞭炮，震動郜鼎集，來拜年的親戚鄰里，總會提到這件事：

「恭喜，恭喜！大年初一的那串鞭炮，是府上放的吧？好響亮啊！恭喜發財，大吉大利！」

劉大德也都應對得體：

「恭喜，恭喜！不錯，那串鞭炮是舍下放的。過年初五，我就要出門到上海做生意去了，大年下，不去跟您辭行啦！……」

他似乎有意的把這個消息傳播出去，讓親戚鄰里，人人皆知。而且，當他這樣「宣揚」著自己，滿臉都是得意之色，這種自吹自擂的作風，和他平素的性情，也極不相似。

大年初五，是劉大德離鄉遠遊的日子。

他大嫂好心好意，替他拾掇了整套的行李：一床新舖蓋，外加上枕頭、被單和蚊帳之類，綑起來就像牛腰一般粗細；兩隻豬皮箱，也都填得滿滿的。

劉大德卻笑著擺擺手，表示他根本不需要這些東西。他半真半假的說：

「你們沒有聽過麼？越往南，離太陽越近，氣候也就越暖和。有那從北方出遠門往南方去的人，都是一路走，一路脫，起初穿得像一隻大狗熊似的，最後幾乎要打赤膊了。這十來斤重的大棉被，怎麼能用得著？而且，我知道，這麼一套『三新』的被褥，要值不少錢的，一路上要轉幾次車，帶著它，卻是一件大累贅，萬一在路上把它弄丟了，豈不是太可惜麼？我看，不如留在家裏，等我回來辦喜事的時候用吧，也免得再張羅啦！」

雖然是拒絕的意思，話卻是笑著說的，而且還主動的把那床新被褥安排到更有用的去處，沒有讓大嫂的一片好心落入空地。

大嫂擦著眼睛嘲笑他：

「說你是有學問的人，你可淨說些沒學問的話！那有只用一床棉被就辦了喜事的？最少也得八床，都已經有了準備，這床棉被不在其內。就算南方暖和些，一年當中總也得分個四季，現在正是大正月裏最冷的日子，我就不信南方人還有打赤膊的！兄弟，你還是帶著吧，外頭比不得家裏，可得處處的當心自己，不能為了怕累贅，怕丟了東西，就讓自己受冷受凍的！」

劉大德解釋說：

「實在是不需要。您想啊，大嫂，這一路上淨是坐車，又不要住店投宿，就算是天冷，我還能用一床大棉被把自己裏住麼？有一件大衣也就儘夠了。到了那裏以後，人家是管吃、管喝、管穿、管住，一切都有照顧，我還正愁著身上這套衣裳，脫下來沒地方放呢，您就行行好，別再替我增加負擔了！」

他大哥本來給他雇了一個「趕腳的」，車子不好推，就牽了家裏那頭大草驢去，送他到朱集車站，看他上了火車，那「趕腳的」再騎著驢子回來。

劉大德認為這也不必，因為他是打算把這一百一十里路分作兩截走的，頭一天到曹縣的大青堌集，有一位同學家在那裏，正好借住一宵，和老同學敘敘舊，第二天再往南走。要是除他之外，還帶著一人一驢，豈不是給人家添麻煩麼？

「劉先生」聽小弟說的話也有道理，便不再堅持，只說：

「那就讓一民這孩子送送你吧，送個二三十里路，就教他往回走，雖然幫不了什麼，陪著你說說話兒也好。」

劉一民在旁邊拉著架子，只要小叔不反對，他就立時牽出那頭大草驢。不料，卻從小叔嘴裏迸出了幾句：

「這種天氣，路上又是雪、又是泥，滑滑擦擦的，走路可不是什麼舒服的事兒，我自己摔跤翻觔斗，是我自作自受，幹嘛教孩子也跟著吃這些苦頭？算了！」

算了？劉一民斜過身子，只讓小叔一個人看得見他的臉，用嘴型向小叔不出聲的說話：

「您還是讓我送送吧，不然哪——」

劉大德看清小侄子臉上又出現那種挑釁的神情，立即就改變了口風：

「好吧，你既然不怕冷，就跟我走一程，正好我還有些話要對你說。」

當劉一民牽出那頭大草驢的時候，全家人都到了大門口。他接過那隻小包袱，小叔手裏只賸下一枝笛子。這就是小叔全部的行李，就這樣出發上路，到兩千里路以外的上海去，可真是夠瀟灑的。

臨別之際，大家都在搗鼻子、抹眼睛，好像一齊得了傷風感冒的病症。小叔忽然擺著姿勢，把手裏的笛子往嘴邊一横，笑盈盈的說：

「大哥，大嫂，你們瞧，我這個裝束，像不像『八仙』裏的『藍采和』？」

逗得大家破顏一笑，小叔就揮揮手，轉過身子，急匆匆的上了路。劉一民牽著大草驢，快步跟上去，本來想對小叔說些什麼，卻發現小叔的兩腮都是濕的。從小叔眼眶裏溢出的淚水，不止是一滴兩滴，而是像化雪天氣的簷霤那樣淅淅瀝瀝，整個臉都淋得濕漉漉的。出了郜鼎集南門，小叔幾次回頭，向圩子裏那些蓋著雪的屋頂凝視。劉一民請小叔上驢，小叔也置之不理。一直走出幾里路，從冰層上過了「白花河」，隔著河堤上那兩行掛著冰條的大柳樹，郜鼎集看不見了，小叔臉上的淚水才不再氾濫。

劉一民好心的提醒著：

「叔，您還是快點兒把臉擦乾吧，這種天兒不能哭，臉上最容易長凍瘡啦！」

這番好心卻換來了一捶，小叔罵道：

「你這個小鬼頭，最喜歡看大人出醜，對不對？將來可有得說嘴了！」

也幸虧挨了這一捶，才使得小叔打破沉默，一路上，對劉一民叮囑了許多言語，有些話是老師向學生說的，有些話是叔叔在教訓小侄子。在那種空曠的雪地上走路，氣溫大概是零下十五度左右，雖然風勢不大，卻像小刀一樣割人的舌頭，說話是很費力、也很受罪的，一張嘴就會拿熱氣換冷氣，話說得多了，肚子裏好像裝進去一大堆冰碴子，穿再多的衣服也會止不住的抖縮，話也說不清楚。小叔卻不在乎這個，說了又說，彷彿這些話都是事關重要，非說不可。其實，有很多話從前就曾經說過，而且說過不止一次了。這種天氣，不僅說話的人受苦，聽話的人也一樣不享福。人全身上下，最禁不住凍的大概就是兩隻耳朵，出門走路的時候，有人戴著「耳烘子」，有人就把「火車頭」式的帽沿兒放倒，將耳朵好好的保護著。劉一民就戴著這樣的一頂「火車頭」，不知道是狼皮還是狗皮的，戴起來真暖和。可是，為了聽小叔說話，帽沿兒往上翻著，耳朵就失去保護，在冷空氣裏「晾」久了，耳輪都有些木木的，血液流通不良好，聽覺也打了折扣。好在大部分言語都曾經聽到過，儘管不會「默寫」，作「填充」總沒有問題，只要聽清上下兩句，中間一句就不難「填」上去，所以，雖然話聽得脫脫落落的，卻已經懂了小叔的意思。

最後，小叔又說了一句：

「一民，叔屋子裏的東西，往後都是你的了！」

這句話，劉一民倒是全部聽清了的，在腦子裏「反芻」了一陣，對這句話的涵義，懂是懂了，卻有些不敢自信，向小叔追問著：

「叔，您說什麼？」

劉大德就再說一次，說得更仔細：

「我是說，我屋子裏的一些東西，往後都送了給你。那些東西都是我在省城裏讀書的時候，多年累積下來的，有些教科書，有些課外讀物，也有些我曾經喜歡過的小擺飾，還有些我曾經使用過的文具。往後，那些東西都是你的了，愛怎麼處置，你有絕對的權力。」

聽得這麼明白，足以消除任何疑慮。劉一民心底深處，卻又有一條恐懼在冉冉升起。他惶惶然的叫道：

「叔，您這一去，就再也不回來了麼？」

劉大德悠悠然的說：

「胡扯！我當然會回來！這是我的家鄉，不回到這裏，我能到那裏去！不過，我對你爹承諾，多則半年，少則三個月，那大概是不可能的。到底要離開多少時間，這也很難估算。不管有多久遠，我一定回來就是了，今日的分散，就是為了將來的團圓——只要不死，我一定會回來的！……」

劉一民知道小叔的思想很新，沒有任何迷信，就連劉一民自己，讀了幾年洋學堂，在教室裏和書本上接受過許多破除迷信的知識，內心也並不真正相信過年過節那些古老的禁忌，可是，今天才大年初五，又正在出發首途，卻忽然從小叔嘴裏冒出來那麼一個不准說的字，乍然聽到，還真是有些刺耳。劉一民呸呸呸一連吐了十幾口的口水，又跺腳，又抹額，又往雪地上畫著十字，凡是他懂得使用的法子，都傾囊而出，誠心正意的替小叔禱告著：百無禁忌，大吉大利。

劉大德看著小侄子搗鬼，又氣又笑的說：

「這孩子，鬼名堂倒不少，跟誰學來的？你的書算是白讀了！」

送到二十多里路以外的「天宮廟」，天色已經過午，在廟前避風的地方小憩片刻，劉大德解開小包袱，叔侄倆就著其冷如冰的醬牛肉，各自啃了一個其硬如石的乾饅頭，就算是吃過午飯了。然後，劉一民被小叔趕著走上回頭路，不准他再往前送了。

走了幾十步，他止步不走，扭回臉來，向漸行漸遠的小叔高聲喊叫：

「叔！你說過要給我寫信的，不要忘了哦！」

劉大德也轉過身子，一邊做著手勢，一邊大聲吆喝。只是風向不對，喊出來的聲音都被小北風「裏」走了，劉一民根本聽不清小叔在喊些什麼。做的手勢卻是肯定而有力：要小侄子放心，叔叔會常寫信的。

就這樣，劉一民的小叔劉大德離開了家鄉。

關於小叔離開家鄉的因由，劉一民比家裏任何人知道得更多，但也模模糊糊，隱隱約約，一部分靠拼湊，一部分靠猜測。

真象是藏在小叔自己的心底，要等到他寫信回來，才能知道他究竟是為了什麼；以及，離開家鄉之後，他的來路和去處，都要他自己向家人們提出「報告」，那才是確實可靠。

照劉一民估算，小叔第一天住在大青堌集，第二天到朱集車站上車，然後，如果路上不耽誤，兩天兩夜就到了上海。到了地段兒就立即寫信，信或許要比人慢些，而上海的報紙寄到縣城裏，一般的情況也只要三四日，所以，從第六天早晨，劉一民就在盼望著郵差。

——不，事實上，是從他替小叔送行的那天夜裏，他這種盼望就已經開始，而且就像蟄伏洞中的冬蟲盼望著春風吹拂，冰雪融解，心情愈來愈迫切，愈來愈急不可待。到了第六天，他心頭的熊熊之火，燃燒得十分熾烈，可是，左等不來，右等不來。一直等到寒假結束，縣城裏郵政代辦所那獨一無二的郵差，整個寒假裏頭，就從來不曾在郜鼎集這一帶出現過。

也就是說，他苦苦等待了將近一個月，始終沒有等到小叔的來信。全家人都陷於焦灼不安之中，生平第一次單身獨自出遠門的劉大德，就像一隻斷了線的風箏，不知道他究竟到了那裏，更不知道他究竟在外地發生了什麼事情。

第六章

為了等不到小叔的信，劉一民還曾經貿然的向郵差質問，被人家奚落了一頓。

城武縣幾十萬人口，只有縣城裏設立了一座郵政代辦所，就設在衙門前大街上一家普普通通的店舖裏，門口有一隻郵筒，便是它的標誌。一般人不明瞭郵局內部的組織，也不知道它是官是私，只曉得它裏裏外外總共是兩個人，在外面跑腿送信的叫郵差，還有一個坐櫃臺的，職務似乎比郵差大了些，大家都喊他「局長」，也算是地方上「長」字號的大人物之一，只是弄不清他有多大的品級。就連那個郵差，因為他穿的是制服，還戴著一頂大帽子，在尋常百姓的心目中，也覺得他身分特殊，應該是和縣衙門裏的「班頭」、公安局的巡警是一號的人物，都對他另眼看待，偶而從他手裏接下一封信來，總是作揖拱手，千恩萬謝。

事實上，向那個郵差表示幾分敬意，也確乎是應該的，他那份兒差事實在是又忙又累。雖然那個時代識字的人不多，識字而又出門在外的人更少，不要說鄉下，就是縣城裏，大概也有百分之八十以上的人家，是從來不曾收過信的；不過，到底是一個有幾十萬人的縣份，東西南北四界，離縣城的路程，從十幾里到幾十里不等，方圓這麼大的地區，全部信件都由他一人遞送，有時候，只為了送一封信，就得徒步來回數十里路，到了那個村莊，還得挨門挨戶的探問，因為在那個時代，鄉村裏根本沒有門牌，而一般人使用的稱呼，不是小名兒，就是綽號，「大扁頭」、「二歪嘴」、「三和尚」之類，平時就是這樣叫慣了的，寫在信封上的那個大名尊諱，問到他的鄰居，可能還不知道是誰，郵差先生就必須有一副好性子，慢慢的查，細細的對，才能把那封信送到收信人的手裏，當天還不一定能趕得回來呢。

前幾年，小叔在府城裏讀書，學期中間總會寫一兩封信回家，都是這位郵差先生送到郜鼎集去的，所以，劉一民本來就和他熟識。寒假結束，回到縣城裏，有一天，在學校門口碰到這位郵差先生去送報紙，劉一民就當面質問了幾句，大概是措辭不當，還惹得這位好性子的郵差發了脾氣。

劉一民攔住郵差，自我介紹說：

「我叫劉一民，是縣城東南十五里郜鼎集的——」

郵差先生竟然認得他是誰，很和氣的說：

「你不是『葆和堂』中藥舖『劉先生』的小兒子麼？我記得你。有什麼事？」

劉一民客客氣氣的：

「我在等我小叔的信。信封上寫著我的名字。請您查查看，您那袋子裏，有沒有呢？」

郵差先生懶得查看，就向他搖搖頭：

「沒有！」

說過，轉身就走。劉一民心裏著急，上前扯住那隻盛信的袋子：

「你根本不曾看，怎麼知道有沒有呢？這不是哄人嗎？」

郵差先生站住了腳，向他笑笑，說：

「我不知道，誰知道？哪，你瞧，三封公文，五分報紙，都是縣城裏機關學校的，根本沒有私人的信件，難道你教我變上一變？」

劉一民仍然不肯鬆手，撒刁耍賴的說：

「不會沒有的！我小叔去上海已經有一個多月，他答應給我寫信的，怎麼會沒有呢？一定是被你弄丟了！」

就是這句話說得不對，惹得那郵差發了脾氣：

「你嘴上無毛，可也不能亂說話喲！再跟我這麼胡扯皮，我就去報告你老師，讓他來評評理！」

話說出口來，自己聽著也不像話，再受到對方的責備，越發是面紅耳赤，這才把手鬆開了，喃喃的向那位郵差先生求饒：

「對不起，我心裏急，說錯了話，不是要賴你。」

郵差先生朝他多看了一眼，也接受了他的道歉：

「不要緊的，我也不是真的要去報告你老師。——你說你的什麼人去了上海？哦，你小叔，對不對？他不寄信來，你不會寫信去麼？」

劉一民本來就存了這個意思，只是心有所疑，不敢嘗試，現在正好向郵差伯伯領教：

「我是想寫信去呀，可是，我不知道我小叔的住址。請問您，要是我在信封上只寫『上海』兩個字，能不能送到我小叔的手裏？」

那個郵差大概覺得這小學生如此無知，挺有趣的，就和他開玩笑說：

「這要看你小叔是什麼人了！如果，他是像『黃金榮』、『杜月笙』那樣的大人物，一定能送得到的，換了別人，那可不容易！你以為上海就像你們郜鼎集一樣大麼？大了有幾百倍、幾千倍！大海裏的一根針，可教人往那裏撈去？」

說罷，又打了一陣哈哈，把劉一民笑得極不好意思，覺得自己簡直就是一個白癡。

由於這段過節，往後一些日子裏，劉一民再不敢和那個郵差先生正面打招呼，但是，當他在校門內閱報欄一帶徘徊，遠遠的看見那郵差過來，卻也捨不得走開，總希望有一天那位郵差伯伯會開了金口：「劉一民，你的信！」這個場面，曾經許多次在他的夢中出現。

有人說凡是夢到的事情都會變成真的，也有人的說法恰恰相反，劉一民的內心頗為此而忐忑不安，不知道那一種說法會應驗。就這樣一連多日，那個郵差始終不曾開口，劉一民忍不住往往那帆布袋上飄了兩眼，郵差伯伯當然曉得他在盼什麼，就微微笑著、帶了幾分歉意的向他搖搖頭。

日復一日，轉眼間就到了國曆五月底，一個學期過去了二分之一。劉一民對期待中的那封信，幾乎是已經完全絕望了的。每天當那個郵差要來的時刻，他也不再到閱報欄去恭候，反正看報只是一個藉口，他的用心，別人早已經看得清清楚楚，還裝模作樣的幹什麼？大概那郵差在背後早已經笑得肚皮痛了！

那天中午，他正躲在自修室後面一棵大槐樹底下的石頭凳子上睡午覺，睡是沒睡著，只是在臉上蓋住一本書，閉起眼睛，作他的白日夢。

一位同學在校園裏邊跑邊叫：

「劉一民，你在那裏？劉一民，你在那裏？」

就從他身旁不遠處跑了過去，卻有眼無珠的，根本沒看清石凳子上躺的是誰。

本來不想理人的，任由那同學叫下去：

「劉一民，你在那裏？郵差手裏有你的信，快點兒去取……」

聽清了是這麼回事兒，劉一民聳身跳起，在走廊上追了一陣子，才揪住那個照前不顧後的冒失鬼：

「喂喂喂，你說什麼？郵差送來我的信？此話可是當真？」

那同學發誓賭咒的說：

「當然是真的了，誰騙你誰就是這個——」

說著，伸出右手，扎開五根指頭，比成某種動物，一隻腦袋四隻腳，手背算是牠的硬殼子。

在劉一民讀高等小學五、六年級的時候，不知道是怎樣開始的，很流行這種發誓的方式，遇到自己的話不被接受，只要伸手這麼一比，就算是血淋淋的表明了心跡，再有人表示懷疑，那就要用拳頭解決了。

證明事情是真的，劉一民轉身就跑，又輪到那位同學在後面追他了。跑到最前頭的一重院落，只見那位郵差伯伯還在等著。

看見他來了，郵差伯伯笑嘻嘻的說：

「咳，你這個年輕人，可真是有意思，往常沒有你的信，你就像盼月亮似的；今天你的信寄到啦，怎麼倒不見你的影子？」

劉一民站在郵差伯伯的面前，磨掌擦拳，比等著老師報分數還要緊張呢。

「真有我的信啊？是從上海來的嗎？」

郵差打開「乾坤袋」，把那封信取了出來：

「是你的沒錯兒，你瞧，信封上不是寫著你的大號麼？不過，這封信可並不是從上海發出的，蓋的郵戳不太清楚，看上去──好像是──哦，對了，廣州！」

廣州？這可把劉一民弄糊塗了。接信在手，卻一眼就認出那是小叔的筆跡，收信人一欄，寫著「劉一民先生親啟」七個字，地址是「山東省，城武縣，東南十五里，郜鼎集，葆和堂中藥舖」。一點兒都不錯，是小叔寫來的。可是，小叔明明是說要去上海的，怎麼又到了廣州呢？

拿了信，回到自修室，闔門閉戶，把那個一直跟隨在他身後的同學關在外頭，不准進入，然後，劉一民才小心翼翼的把信封拆開，從裏面取出三大張信紙，密密麻麻的小字，看上去應該是很過癮的。

可是，當他仔細審視，卻不免稍稍的感到有些失望，原來在這三大張信紙當中，只有最上面的一張是以他為對象，從第二張開始，是用「大哥」這個稱呼開頭兒，也就是說，那是另一篇文章了，裝在同一個信封裏，不過是要他「轉呈」而已。

尤其使他不合意的是：寫給他的這一張，大概是唯恐這個沒學問的小侄子看不懂吧，用的是「的了嗎呀」的大白話，雖然也寫得滿滿的，卻是鬆鬆散散，從頭到尾，沒有多少意思，讀者就如同喝一杯少滋沒味的溫吞水，是既不擋餓，也不解饞的。小叔所以要如此做，只有一種解釋，那就是把他估得太低，就像大人和小孩子說話似的，不得不委屈自己，降低品質，淨說些呢呢喃喃的童話兒語。其實，小叔應該知道的，劉一民雖然只有十三歲，不像小叔那樣「學富五車」，但是，這些年來，零零碎碎的，也裝了不少古文在肚子裏，別的不提，只說寒假期間他小叔離家以後，他常常躲在小叔屋裏「試讀」，就如《聊齋志異》、《閱微草堂筆記》那一類的「鬼故事」，生吞活剝的也還能讀得下去，普普通通的書牘文字，又何至於看不懂呢？

寫給他大哥「劉先生」的那兩張信紙，劉大德才拿出了他的真本事。幾乎通篇都是四六句的駢體，而且長篇大套的，引述了許多古聖先賢的金言玉語，又列舉了不少經傳史籍的名人軼事，這那裏像一封信？簡直就是元宵節舉行的一次「燈虎大會」，每一句都得讓人費盡了心思，還未必就能猜得出來的，也不一定全對。

為了想看懂這封信，劉一民可真是花了大力氣。那天晚上，他把自己關在自修室裏，孜孜矻矻的，鑽研了有兩個多小時。向同學們借來好幾種字典和辭書，一字字的注釋，一句句的翻譯，流了幾頭汗水，熱出一身痱子，最後拼湊在一起，仍然是一知半解的，這才知道，中國文字當中，真有些難懂的東西；而小叔的學問，不曉得比自己大了多少倍。

學校裏的老師，更有學問大過了他小叔的。如果他摘錄出信中若干條居於關鍵地位的字彙和詞語，去向老師們執卷請益，相信必能得到極圓滿的解釋，那就等於找到了鑰匙，如此按圖索驥，便不難把這封信的意思弄明白。可是，小叔的信是「家信」，學校裏的老師畢竟是些「外人」，設若信中有些「不足為外人道也」的隱秘，落在老師們眼裏，難保不會傳揚出去，也許就對小叔造成不利，更可能使家庭也受到連累，所以，雖然明知道這是最方便，最有效的法子，卻都不敢貿然行事。

看不懂那封信，劉一民心裏是十分氣惱的。氣的是，自己常常被人稱為「聰明的孩子」，能力竟然是如此不濟，空有一嘴牙齒，卻啃不動這種硬東西，要是不聰明的話，又待如何呢？惱的是，中國文字怎麼這樣難弄呢？怪不得有人在提倡白話文，看起來真是有這個必要的，而小叔既然寫的是家信，就不該玩這種「文字遊戲」，拆開來每一個字都熟識，湊在一塊兒卻變成一副見所未見的怪樣子，只識其音，不解其義，認得也只如不認得。

信尾，綴著一行「又及」：「此信閱後，可送請陳大叔入目，藉明弟意，而卸兄責。」哦，原來這封信除「劉先生」之外，還另有一位「讀者」，難怪小叔要苦心經營，用這封信來展露才情了。

信中所稱的「陳大叔」，就是劉大德的準岳父，劉一民要喊一聲「陳爺爺」。其實，以年歲而論，這位「陳爺爺」應該是和「劉先生」同一個輩分的人，只因為他和「劉先生」的父親訂交在前，所以就高出一輩，自「劉先生」以下也就依此類推，那個時代的老派人是很講究這些的，不但作晚輩的要畢恭畢敬，守分盡禮；作長輩的也大模大樣，居之不疑。

「陳爺爺」和劉一民的祖父「老劉先生」，是志同道合的忘年之交，兩個人的年紀，可能相差著二十幾歲，卻有著許多項相同的愛好，所以，當「老劉先生」還在世的時候，「陳爺爺」就是郜鼎集「葆和堂」的常客，和另外的幾位朋友，以「老劉先生」為首，聚在一起飲酒賦詩，或者是吹笛子、唱崑曲。劉、陳二家約為婚姻，是「老劉先生」去世之後的事，完全是「陳爺爺」採取主動，把他的愛女「陳二姑娘」，許給老朋友的小兒子。這一方面是為了老朋友的情誼，另一方面也是為女擇婿，他對劉一民的小叔劉大德十分賞識，說這位故人之子不但有才情，而且有志氣，於是就向晚他一輩的「劉先生」示意，由男方央了大媒，訂下這門親事。

在那個時代，訂婚、結婚這些事，都是由雙方家長作主的，當事人只居於配角的地位，很少有表達意見的機會。劉大德訂婚那年，他本人已經十六歲，雖然表面上是由他大哥「劉先生」出面主持，卻並沒有把他蒙在鼓裏，也就是說，縱然他不曾點頭同意，最少也沒有搖頭反對。北幾省盛行早婚，很多男人在十六歲以前就已經作了丈夫，作了父親，劉大德所以能在訂婚之後拖延了多時，是因為他當時正在府城裏上中學，「功名」為重，讀書第一，女方家長也認為理由充足，可以接受，再加上女方的年歲本來就比男方小，所以才一切任由男方家長作主，並不催促。一直到前年年底，劉大德中學畢業，還鄉服務，那位「陳爺爺」才來催過幾回，也只是詢問商量的口氣，倒是劉大德自己，閃閃躲躲，一再的耍賴皮。劉大德也並非真心要把這門婚事反對掉，更不是像從北京、從天津回來的那些大學生，要鬧什麼「家庭革命」，訂了的退，娶了的離，再到外頭搞什麼「自由戀愛」去。劉大德的思想沒有這麼新，他只是想把結婚的日子往後延遲，花錢買通一個算命瞎子，說是「驛馬星動，遠行有利，早婚不宜」，就這樣一推再推，幾乎傷了兩家的和氣。

要不是去年暑假，發生了那次「家難」事件，女方家長也不會這麼好說話的，就是劉大德有「孫悟空」一樣的本事，一個觔斗雲，十萬八千里，也翻不出「陳爺爺」的手掌心去。當那次事件平息，「劉先生」原想在去年年底，選一個黃道吉日，替小弟迎娶，也含有沖喜改運的意思，倒是那位「陳爺爺」很講究恕道，覺得劉家為了那場冤枉官司，已經有很大的損耗，要是在元氣未復之際，再來傾家蕩產的張羅喜事，豈不是太吃力？就回覆「劉先生」說：「不必忙在這一時，明年開春，再選日子吧。」就這樣法外開恩，給準女婿判了「緩刑」的處分。不料劉大德藉機開溜，在大年初五就出發上路，原說只到上海待幾個月，而在幾個月之後，寄信的地址卻是廣州，人沒有回頭，反而越飄越遠了。

這兩三個月裏頭，「陳爺爺」每過幾日就到郜鼎集逛一回，說是趕集買東西，真正的用意不問可知，他是來探望準女婿的訊息。來的次數多了，每一次都失望而歸，「陳爺爺」德性深厚，倒沒有說過什麼難聽的話，「劉先生」氣餒心虛，十分的不過意，也只好低聲下氣，恭恭敬敬的，用這個「禮」字去塡補那個「理」字，也不知道替小弟認了多少罪過，賠了多少不是。

在兩三個月之後，總算等到了這封信。信封上寫的是「郜鼎集」，那個郵差卻送到學校裏去，省了跑這十五里路。劉一民接到信的第二天，就向級任老師請了半天假，說是「家有要事」，（這不算說謊吧？）下了第四節課，午飯也顧不得在學校吃，頂得一頭大太陽，急吼吼的跑回家裏，向他爹、他娘、還有他大哥，去報告這個等候了多時的好消息。

一口氣跑了十五里路，到了郜鼎集大街「葆和堂」中藥舖的門口，人還沒進去，先就大聲的報著喜：

「爹，娘，大哥，小叔來信了！」

鑽進屋裏，收住勢子，定睛一瞧，才發現有客人在座。不是別個，是小叔的準岳父——

「陳爺爺」，這可真巧。

劉一民向「陳爺爺」行禮問好，「陳爺爺」盡力矜持著，問道：

「你剛才在喊什麼，一民？我沒有聽清楚，好像是說——你小叔？」

其實，以劉一民的一副好嗓子，聲音響亮，口齒清晰，他那會聽不清楚呢？只不過要拿捏著他長輩的身分，不好意思對這個浪遊在外的準女婿，表現得太關心，所以才有這一問。

劉一民向「陳爺爺」證實著：

「是的，我小叔來了信。信上還說，等我爹看過，要請陳爺爺『入目』呢。哪，信在這裏。」

說著，就抽出那兩張信紙，往爹手裏遞過去。

「劉先生」接在手裏，只瞥了一眼，認出那確乎是小弟的筆跡，就注意到「陳大叔」正隔著茶几，很費力的伸長了脖子，索性把身子一偏，將信紙展開在兩個人的中間，和這位貴賓同時觀看。

起初，兩個人都高高興興的，嘴裏喃喃有詞，臉上流露著喜氣。幾分鐘過後，第一張信紙才不過看到中途，「陳大叔」首先改變了臉色，「劉先生」也發現情況不對，很尷尬的想把信紙收起，卻被「陳大叔」一把搶了過去，只有兩塊紙角還留在「劉先生」手裏。兩個人的神情都很怪異；「陳大叔」是在生氣，臉色灰白，兩隻手也有些顫抖，好像忽然間發了什麼急病似的；「劉先生」則滿臉通紅，是一種又羞又窘的神情。

把兩張信紙看完，「陳大叔」氣急敗壞，往茶几上重重的一拍，幾乎把信紙擊碎：

「什麼話？這說的是什麼話？太混賬啦！太可惡啦！」

「劉先生」趕緊站了起來，向「陳大叔」打恭作揖：

「都是些孩子話，不當真的！大叔，您大人大量，千萬不要跟他一般見識！」

「陳大叔」怒氣勃發，把「劉先生」也給罵上了：

「你也是個糊塗人！他既然說了這個話，就表示他有這個心，我還能不當真麼？就是因為有你這個糊塗哥哥，才會把你弟弟慣成這個樣子！」

「劉先生」沒口子的認罪：

「是，是，是我不好，是我不對！陳大叔，您怎麼教訓我都好，可千萬別氣壞了身體！您放心，我不會讓我弟弟這樣胡鬧下去，這是陳劉兩家的大事，那能由得了他呢？我會替他做主的！……」

一封信，竟然引起這麼大的風波，屋裏另外的三個人，包括劉一民在內，都看得呆住了。就像在深山巨谷中看兩隻老虎打架似的，三個人都屏聲止息，連一口大氣也不敢出，只是那樣呆呆的望著。

劉一民他娘使了個眼色，把孩子調到屏風背後仔細的查問說：

「那是封什麼信？真是你小叔寫來的麼？」

劉一民傻傻的回答：

「是啊，沒錯兒哇。」

他娘又進一步打探：

「信上寫了些什麼？怎麼會惹得『陳爺爺』生了這樣大的氣呢？」

劉一民答話的樣子更傻了：

「不知道哇，我也正納悶哪！」

他娘不相信自己的小兒子會這麼老實：

「信不是拆開了嗎？你就沒有看一下？」

十三歲的小男孩兒，自尊心已經十分強烈，有些太見不得人的事情，就是在自己親娘的面前，也不願意完全揭開，總得遮著蓋著些。偏偏他娘又這樣尋根究底，這，可教他怎樣回答呢？總不能率然承認：「看了的，可是，不懂得！」娘一定會詫為異事：「一封信都看不懂，你的書都唸到那裏去？」這種情況還真是不容易解釋，勢必會越描越黑，最後把自己說成一個窩囊廢，那才丟人呢！丟人丟在自家親娘的面前，固然是沒關係，可是，如果他娘記住這件事，日後在別人面前有意無意的提上一提，這張臉可藏在那裏？所以，還是「含蓄」些比較安全，一來免得惹娘生氣，二來也保住了自己的臉。

於是，他不作正面答覆，只模模稜稜的搖了搖頭。這搖頭的動作表示什麼，就由著娘去解釋吧。

所幸這時候前面的「二虎相爭」已經接近尾聲，說話的動靜由房子中央轉移到藥舖門口。劉一民跟在娘的背後，轉到屏風前頭，看見爹和那位「陳爺爺」正在拉拉扯扯，一個要走，一個要留。「陳爺爺」連聲低吼，聽不清他在說些什麼，看神情可真像一隻受了傷的老虎，左奔右突，正想奪門而出。「劉先生」苦苦乞求，請「陳大叔」留步，終於遮擋不住，只好由他去了。

「劉先生」回到屋裏，把那兩張揉成一團的信紙從地下拾起，重又在茶几上舖開，細細的研究，一邊讀著，一邊又搖頭，又歎氣，又跺腳。

劉一民他娘惶惶然的問道：

「陳大叔這是怎麼了？剛才不是還有說有笑的？怎麼一看信就發了脾氣？別人常說他

是個書呆子，認死理，果然生起氣來就這麼風緊火急，還這麼不聽說、不聽勸的！小弟的信上，是怎樣得罪了他的呢？」

「劉先生」卻是滿臉憂慮，一面擦拭汗水，一面向太太透露信中的消息：

「這不能怪人家陳大叔，要怪只能怪咱們的小弟，平時看他還好，怎麼一離家就變了樣子？出去了幾個月，只來了這一封信，也不知道他到了那裏——」

劉一民在旁邊插嘴：

「廣州！」

對這個地名兒，劉一民他娘和他大哥是完全陌生，所以也就沒有什麼反應；只有他爹「劉先生」心裏還模模糊糊的有些蹤影，也只曉得那是中國最南方的一座大城，至於它詳確的位置，以及它離郜鼎集有多少里數，可就說不清楚了。

「劉先生」皺起了眉頭：

「嚄，這麼遠！那不是快到了『天邊兒』啦嗎？你小叔可真能跑！信封呢？信封上可有地址？」

劉一民把信封遞了過去，說：

「沒有地址，有郵戳。連郵戳也蓋得有些模糊，要仔細看，才看得清楚。」

「劉先生」把信封接在手裏，顛來倒去的調整著角度，終於認清了「廣州」那兩個字，不由得情懷激動，淚眼迷濛：

「你小叔——他這是在做什麼？這個家，他到底還要不要？出門了幾個月，只等到他一封信，在外地的生活起居，信上都一字不提，甚至於，連個地址都不肯寫上去，這不就是要和家裏一刀兩斷的意思？」

劉一民對他小叔的作為，本來也有著幾分不滿意，——不滿意的理由有一大堆，可是，儘管如此，卻仍然覺得，在他們一家五口人當中，只有他和他小叔是「一國」的，也就是說，在思想上，他和小叔最接近，在感情上，也要數他們叔侄二人最親密。現在，聽他爹「劉先生」說話的口氣，酸酸，涼涼，好像對那個浪遊不歸的「小弟」，已經完全絕望了似的，劉一民就把自己的不滿意暫時收起，忍不住要站出來作小叔的「辯護律師」。

他急急的說：

「不哎，爹，小叔不會不要這個家的，他一定會回來，除非——」

爹和娘看他住嘴不說，還以為底下是什麼要緊的話呢，都一齊來催逼他：

「除非什麼呢？說呀！」

剛才是急不擇言，忘了那些忌諱，話到唇邊，發現那裏面有一個不該說的字，所以才住了嘴；被爹和娘這麼一逼，也就不得不硬著頭皮說下去：

「除非他死在外地！這話是小叔說的，我只是學舌，小叔說：『不死，總會回來！』……哎喲，娘啊，您不要打嘛，這話不吉利，我不說就是啦！」

比較起來，娘是不輕易打孩子的；平時要想挨娘的耳刮子，還真的不容易。那些踢天弄井、頑皮淘氣，一般小孩子挨揍的因由兒，在劉一民他娘這裏都不大受理，這當然也是因為跟那些真正的壞孩子相比，劉一民還算是「乖」的，沒有到「不打不成器」的那種程度。最能招引娘的手掌落在自己頭上的，只有一件事兒，而且最靈驗了，那就是口無遮攔，說話犯了禁忌，剛才就是一個例子。雖然娘也知道他是在學舌，到底話是他說出來的，而且把一個不該說的字連續用了兩次，那會不犯忌呢？劉一民就料定了會挨打，卻並不打算閃躲，反正娘的手掌和娘的心腸一樣軟弱，打也打不疼的，只是做個打人的姿勢而已。不過，挨了打總不能不叫，否則就更不像個挨打的樣子了。

打他一下子，就是要他「閉嘴」的意思。娘橫了他一眼，轉過臉去跟爹說話：

「你放心，我知道小弟的脾氣，他捨不了這個家的！——陳大叔就為了這個生氣麼？」

「劉先生」說得很艱難：

「何止如此？小弟真是變了心的！一封信寫了兩張信紙，所說的只有一件事，他要我接到這封信以後，就立即到陳府求情，要陳大叔同意退婚！你聽清楚了沒有？他要把婚約毀掉！陳大叔看了，能不生氣麼？就是我，剛才和陳大叔一塊兒看信，誰知道他會說出這些話來呢？越看越不對，真把我羞也羞死，氣也氣死！……要不是認得出他的字，我怎麼也不會相信這是小弟寫回來的！」

退婚，這在「劉先生」夫婦那一輩的人，是把它看成一件很嚴重的事情，不但會敗壞兩個家庭的門風，而且還極可能要葬送掉一個弱女子的性命。如果再無緣無故，以什麼「婚姻自主」作藉口，由男方向女方提出這種要求，只見新人笑，不聞舊人哭，那更是良心喪盡，天理滅絕。過去，這類不幸偶然發生在親戚朋友家裏，道聽途說，已經足夠教人一掬同情之淚；現在，竟然要由自己家裏人去發動，去執行，去砍斷一棵連理樹，去拆散一對同林鳥……內心更不知該如何消受了。

退婚？就連十三歲的劉一民，也瞭解這樁事件的嚴重性，聽聽就膽寒，想想更心驚，真不相信自己的小叔會做出這種事情。他回憶著那兩張信紙的內容，因為完全不懂得，所以就很難串連在一起，那些文句，對他來說，只是一個個獨立的單字，記起來很費事，而且也毫無意義。不過，有一點是可以確定的，那就是，在小叔的信裏，根本就沒有「退婚」這兩個字，他爹「劉先生」和那位「陳爺爺」又是怎樣領會出來的？會不會解釋錯了呢？他希望有這種可能，也知道這種可能性幾乎等於是零。因為，他爹雖然只是一個鄉下醫生，倒是唸過不少古書的，論學問，大概不弱於學堂裏的那些老師；至於那位「陳爺爺」，更是全縣知名的一位「大學者」。「陳爺爺」十三歲——正是劉一民現在的年紀——就中了秀才，倘若科舉不停得那麼早，說不定已經替城武縣掙了個狀元回來。雖然沒有得到更高的功名，也沒有擔任過什麼官職，入民國後，他卻以滿清的「遺老」自居，頭上頂著一根粗粗黑黑的大辮子，一生不入城市，只靠著替人「點主」、題碑、寫祭文、作壽序……賺錢過日子。文筆之好，在城武縣是數一數二的。像小叔所寫的那種四六句駢體文，正是「陳爺爺」最拿手的東西，魯班門前耍大斧，又能耍得出什麼出奇的招式？落在老師傅的眼裏，自然是一看即知，不可能有什麼誤會。如此說來，小叔有退婚的意思是真的了？可是，為什麼呢？

正好劉一民的爹和娘也討論到這個問題，劉一民急忙聳起了耳朵，且聽聽爹是怎樣說的？——

「為什麼？那還用問？一定是他在異鄉外地有了別的女人，自己認識的，無鹽也變成了西施！他信裏頭隱隱約約的有這個意思，當然不會說得太清楚，問心有愧嘛，只好脫脫落落的說了些半截話，看了，也夠教人生氣的啦！」

對爹這種說法，劉一民覺得大有可疑。照小叔平日裏的言行，似乎很看不起那些「兒女情長」的人物，他自己又怎麼會掉進那「溫柔鄉」、「英雄塚」裏？而且，時間上也不允許，劉一民也看過幾本文言的、白話的愛情小說，好像「自由戀愛」這回事兒是很費心機的，而那種卿卿我我、哼哼唧唧的調門兒，是屬於小生、花旦的假嗓子，讓小叔逼尖了喉嚨去唱，也顯然是不合適。這番意思，在劉一民心裏自有準則，說卻不一定能說得清楚，便不敢在爹娘面前東拉西扯，怕的是對「被告」沒有多大幫助，倒使得他這個義務的「辯護律師」先受了連累。於是，他就裝出一副「乖孩子」的模樣，光聽，不言語，心裏可就一直嘀嘀咕咕的，替自己敬愛的小叔叫屈。

不過，小叔這封信所帶給爹娘的困擾，也很教人同情。那天晚上，「劉先生」夫婦一直為著此事而長吁短歎，而爭吵不休，把這件事情的前因後果，都拿出來仔細「研究」，討論到最後，還是一點兒辦法都沒有。

娘是一直在賣她的後悔藥，反反覆覆，嘮嘮叨叨：

「當初，不讓小弟往外跑就好了！……就算攔他不住，也該教他辦了喜事再走！……

我怎麼沒說？是你不肯聽我！現在可好嘍，像鳥兒出了籠，像魚兒脫了鉤，天空海闊，你還能『抓』得住他麼？」

爹想來想去，得到的「結論」只有一條：

「一切都聽陳大叔的！他怎麼吩咐，咱們就怎麼辦理，一切都聽陳大叔的！」

劉二民在旁邊靜靜的聽著，聽了有兩三個小時，也聽不出什麼道理。因為他只請了半天假，第二天一早，就得一路快跑，趕回學校上第一堂課，爹娘怕他耽誤了，都攆他去早些睡覺。

那天夜晚，他就睡在小叔的屋子裏。這是他近日以來，連續向爹娘請求多少次，才爭取到這份兒權利。其實，小叔離鄉的那一天，就向他授過權的：「往後，叔屋子裏的東西，都是你的了！」可是，這話對爹娘怎麼說呢？所以，到現在為止，他仍然是「借用」的性質，一切都得保持小叔在家時的老樣子；每逢他放假回家，住在這裏，娘就時時的進來巡視，這也不准動，那也不准碰，像一個嚴厲而又精明的房東。他為了保有這份兒權利，只好處處遵守規定，住得委委屈屈、彆彆扭扭的。

也許就因為白日裏太興奮的關係，那天夜晚，雖然他疲累不堪，卻睡得很不安靜，一夜作著亂夢。有一場夢記得最清楚：小叔從外地回家，是專程回來娶媳婦兒的，家裏懸燈結綵，情況十分熱烈。婚禮進行當中，他爬到庭院裏那棵大棗樹上去放鞭炮，放了一串一萬頭的，比過年時節放的那一串還大了一倍，轟轟隆隆，像發生一場戰爭似的。拜過了天地，把新郎新娘送進洞房，就是他現在睡覺的這間屋子，「鬧房」的時候，他鬧得比誰都厲害，對小叔喊「新郎倌兒」，管新娘叫「老嬸子」，想出種種的惡作劇，把一座新房鬧得天翻地覆……

醒來已經是天亮以後，他顧不得吃東西，用冷水抹了一把臉，就匆匆忙忙的往外跑。打開中藥舖的大門，街道上還冷冷清清的，卻有一個人影兒當戶而立，他幾乎撞到那人的懷裏去。

那人將他一把擄住，低聲威嚇著：

「我有話對你說，你給我聽清楚！回頭去告訴你爹，叫你爹寫信給你小叔，他在外頭做些什麼，我可以不聞不問；可是，他要想把我女兒『休』掉，那就絕無可能！我陳家世代清白，最注重的是門風，既然當初有媒有證，納采問名，結下了這門子親，我女兒就已經是你們劉家的人，過門不過門，都是一樣的！你小叔三年五載不回家，我替他養活著，不穿你們劉家一尺布，不吃你們劉家一粒米！要是他一輩子不回來，就教我女兒替他守節！——我的話，你都聽清啦？記牢啦？」

一大早，在自家的大門口，竟然受到外人的威嚇，劉一民心裏不免有些著惱，就出乎本能的掙扎著；及至他看清楚抓住他的不是別個，而是他得罪不起的「陳爺爺」，這才急忙收住架勢，換過臉色，作出一副乖樣子，靜靜的聽下去。

「陳爺爺」那根又粗又黑的大辮子，平時是盤在頭頂上的，用冬季裏的駱駝毛毡帽或是夏季裏的麥桿兒草帽往上一蓋，從外面就看不出來，今天「陳爺爺」的衣著不甚齊整，那根大辮子也忘記盤上去了，從後腦翻過肩膀又垂在前胸，還有足足兩尺長。「陳爺爺」說話的時候，一隻手把他擄住，另一隻手也不閒著，緊緊的攥住辮子，為了加強語氣，把辮子一拉一扯的，比抓他的這隻手還用力呢！最後，把那根辮子使勁的往外一摞，話也就告了一個段落。

劉一民趕緊點頭，表示把每一句話都聽清了，都記牢了。

「那就回頭去學給你爹聽，我怎麼說，你就怎麼學，一個字也不准漏掉！」

這倒好，又把一筐子熱紅薯扣在他頭上了。大人們永遠不會注意，小孩子在兩個大人中間學舌傳話，是一件多麼吃力而不討好的事，不管學得像不像，總有一方不滿意，這個敲一捶，那個罵幾句，反正是小孩子倒楣。就像「陳爺爺」所說的「不穿你家一尺布，不吃你家一粒米！……」這一類的言語，就像一串兩面利刃而又沒有把柄的小刀子，盛怒之下，奮力一擲，能發而不能收，雙方都會受傷的，可教一個小孩子怎麼學法呢？明明知道是一樁挨訓受氣的事兒，那作長輩的耳提面命，作小輩的也只有滿口應承，先把它接下來再說。

「是，我會對我爹說的。陳爺爺，您不進來坐會兒了麼？」

「陳爺爺」抬起眼睛，目光空空洞洞，往「葆和堂」那塊金字招牌上不屑的一瞥，用鼻孔兒發聲說：

「哼，不必！像你爹那種爛忠厚、沒主見的人，我看見他就生氣！虧他還是個濟世活人的醫生呢！」

這樣對著大門罵人，大概是很消怒也很解恨，罵過之後，「陳爺爺」就轉過身子，意態軒昂的，大踏步而去。

劉一民正在考慮：是應該現在就回到屋裏，把「陳爺爺」的這番話傳達給爹呢？還是學業第一，先把這番話按下不提，趕快進城上課去？忽然聽到背後一聲咳嗽，爹從屋裏走出來了。

伸手往「陳爺爺」去的那個方向一指，劉一民支支吾吾的向爹報告：

「剛才——」

「劉先生」擺擺手：

「你不用再說，爹都聽見了。趕快進城吧，別耽誤了功課。」

第七章

劉一民如釋重負，應了一聲，拔腿就跑。起床的時候，估計著大約是五點半鐘的光景，趕到學校去參加早自習，時間上還來得及；那知道出門不利，被「陳爺爺」耽誤掉這一大陣子，時間就不充裕了。還沒出部鼎集，劉一民就加緊了腳勁兒，上了那條大官道，索性就拿出賽跑的姿勢。出一身汗水也好，權當是做早操。

原以為腳底下快著些，腦子裏就會空下來，事實上這兩個部位是各有所司，互不相涉。劉一民這一路快跑，十五里路只用了一個鐘頭，進城以後，快跑改作疾行，速度也並沒有減緩多少，路上遇到熟面孔，就趕快在臉上扮起了笑容，免得那些鄉親們大驚小怪，以為部鼎集的「劉先生」又出了什麼事情。這場「早操」很劇烈，也很痛快，不但身上頭上冒出大汗，喘氣也「喘得像火車頭一般」，(這句話是他從一篇白話小說裏偷下來的，實際上他當時是個小土包子，十多歲還沒有見過火車呢！) 而腦子裏也並不空閒，過去的星星點點，未來的絲絲片片，都在他腦際交織旋轉，他所想到的每一個回目都和他小叔有關。

小叔這次離鄉遠遊，究竟是在追求什麼，尋找什麼，那些長輩們好像很難瞭解，劉一民似乎能知道得比別人多一些，但也只是他自己心領神會，而沒有能力向別人說明白。他知道，在小叔的心裏，有一個極大的願望，有一個極高的理想，那就是小叔尋找的目標、追求的方向；如果有人逼問他，要他替小叔作一番解釋，恐怕他就不是一個很好的「辯護律師」。他發現，有一些大問題，用一句話來解答，往往能說得簡單扼要，一語道破的，不過，萬一那聽話的人完全隔膜，而需要用一百句話、一千句話來詳細解說，反而會越說越繞，越繞越遠了。就因為這個緣故，所以，當他爹和那位「陳爺爺」對小叔表示不滿而有所誤會的時候，他沒有辦法替小叔辯護，怕的是越說越不清楚，那層隔膜也就更厚、更不容易破除了。

譬如，在他爹「劉先生」和那位「陳爺爺」的眼睛裏，都認為小叔是一個離鄉逃家的浪子，其實，劉一民十分肯定，小叔的鄉土觀念和家庭觀念都很深重，不管走了多遠、多久，最後必然是落葉歸根，分水合流，再回到這片土地上來。那次送別，小叔曾經說過：「這是我的家鄉，不回到這裏，你教我往那裏去？」又說：「今日的分散，正是為了來日的團聚。」這些話，都大書深刻，銘記在劉一民的心底，相信小叔也將永遠記得，永遠不會改變這個心願的。

劉一民想起昨天夜裏的那場「喜夢」，就覺得很興奮，也堅信那是一個好兆頭，在不久之後，必會成為事實。退婚，那不是小叔的本意，雖然劉一民看不懂小叔的來信，卻知道小叔並不反對這樁婚姻，更不是那種背信負恩的薄倖人，推想而知，小叔的意思多半是由於自己羈留異地，難定歸期，怕誤了人家的青春，所以才故意的寫了這封信，讓對方有一次自由選擇的機會。表面看來十分惡毒，其實卻是一片慈悲。只是，那位「陳爺爺」站在女方家長的立場，又滿腦子禮教名節的思想，把清白家風看得比女兒的性命更要緊，小叔這番好心自然是不被接受的，於是就造成眼前這種緊張對立的情勢，本來是親戚，而今幾乎成了仇敵。劉一民覺得，這種衝突其實也很容易解決，只要他小叔能回來一趟就好了。

在那個時候，一個成年或者接近成年的男子，遇到要出遠門的時候，家裏總是先替他辦妥「終身大事」，那些出門經商、做事的人，固然是人人如此，甚至升學讀書的也往往一例辦理。有些年輕人一考上中學，家裏就給他娶了媳婦，「大登科」連著「小登科」，人生的兩項大節目合在一起來做，儘管作新郎的都愁眉苦臉，滿心的不樂意，婚後又是會少離多，只有寒暑假才能回家團聚，卻一樣是如魚得水的恩愛夫妻，六年中學唸下來，家裏已經有了成群的兒女，學業和婚姻都兼顧並得，有什麼不好呢？可惜小叔的來信沒有地址，不然的話，劉一民就打算長長的寫一封回信，去說服小叔，暫時「妥協」，稍作「讓步」，先抽出一個月、兩個月的時間，回鄉結婚，把「新嬸子」迎娶進門，然後再遠走高飛，恢復他「和尚」的身分，到西天搬取「真經」去。不論小叔在外地進行著多麼重要的工作，一兩個月想來也耽誤不了什麼，卻能夠把眼前這種緊張的局勢一下子消除，打發得雙方家長心滿意足，一片和睦喜樂，這不是很值得麼？

小叔在家的時候，劉一民他娘就常常當著眾人，若有不足的感嘆著：

「咱們劉家，自從兩位小姑出閣以後，可是有很久很久沒辦過喜事了！」

這話所指的對象，當然是小叔了。而小叔總有法子推拖過去，或是嘻皮笑臉的跟大嫂耍賴，或是顧左右而言他，根本不接這個碴兒，作大嫂的也就對他無可奈何，大好光陰都被蹉跎浪費了。其實，依著劉一民他娘的意思，像這種大事本來就該「強制執行」的，瞞住當事人，訂下好日子，到時候就吹吹打打的去迎娶，新人進門，拜過天地，那就「鐘鼓樂之，乾坤定矣」。

只怪「劉先生」手足情深，不肯逆著小弟的心意行事，就是這種縱容，才造成今日的困窘。如果現在能把小弟「逮」回來，大概「劉先生」就會同意採用太太的辦法，配一套最堅固的籠頭，把小弟牢牢的套住。可是，小弟遠在廣州，連個詳細的地址都沒有，萬里迢迢，這可怎麼去找？再來動這個念頭，豈不是太遲了麼？

只有劉一民對小叔還抱有信心，他認為小叔的來信之所以漏寫地址，一定是無心之失，而絕非有意如此，等小叔下回來信的時候，必然會把地址寫得完完備備，他就有了給小叔寫回信、下說辭的機會。甚至於，當他那天跑回學校上課之後，他就開始草擬著信稿，很用心的列出大綱，斟酌字句，一直把它修飾到盡善盡美，毫無瑕疵。他相信，只要這封信能寄到小叔的手裏，一定會使得小叔回心轉意，束裝旋里，倒不是他自負這封信稿寫得如何之好，而是他瞭解小叔是一個真情至性的人，當小叔從信中獲知今日家鄉這諸般情況，有人擔憂，有人傷心，有人動怒，有人受窘……而這種種切切，都是小叔他一手造成，又怎能置若罔聞，無動於衷？就憑著這種瞭解，這份兒信賴，劉一民堅決相信自己有此能力，能勸說小叔幡然醒悟，能使得眾人轉憂為喜，只要他能再收到小叔的一封來信，只要小叔再來信時不漏寫地址……

可是，一等，再等，從暮春等到嚴冬，小叔的第二封信始終不來，楚天遼闊，音書沉沉，劉一民的信心，就像部鼎集附近的那條「白花河」，隨著季節的轉移，風向的變動，由春水融融，而雪壓冰封。

而在那年——民國十三年的年底，他們劉家倒是有了一樁喜事。

這樁喜事，是劉一民他大哥劉一卿的結婚大禮。

和那個時代的許多男孩子一樣，劉一卿也是十來歲就訂了親的，卻遲遲沒有迎娶。一方面是由於他爹「劉先生」身為醫師，知道結婚太早對孩子沒有好處，不像一般父母，只貪圖給「婆婆」增加個幫手，也讓「公公」早些享受「含飴弄孫」之樂，便一切不顧，七早八早的給小男兒娶了個大老婆；另一方面，也是因為他小叔劉大德擋在前頭，叔叔沒有成婚，侄子不能僭越，有了這個光明正大的理由，劉一卿的老岳家再也無話可說，縱然心急如火燒，也只好稍候了。

及至他小叔離鄉遠遊，而且久留不歸，這事情當然是瞞不住的，漸漸的就傳到那位親家公的耳朵裏去，央求了幾家親戚，來和「劉先生」好言相商，要求早訂吉日，完成嘉禮，卻沒有獲得「劉先生」的同意。

「劉先生」也自知理虧，支支吾吾的，說不出什麼道理，只把千言萬語，歸結成一句：

「這樣做，我就更對不起陳大叔了！」

女方的代表幾次碰壁，那位親家公忍無可忍，就發作起鄉下人的性子，親自來到郜鼎集，在「葆和堂」中藥舖裏，拍桌子、打板凳，和「劉先生」當面鑼、對面鼓的，發了一場大脾氣。

「劉先生」道歉、賠禮、認不是，卻就是不答應辦這場喜事，只翻翻覆覆的說：

「對不起，是我不對。可是，事情不能這麼做的，我對陳大叔怎樣交待呢？」

劉一卿的準岳父姓侯，是一個典型的鄉下老頭兒，年紀比「劉先生」要大著十幾二十歲，一輩子辛苦勞累，靠著祖傳的幾十畝薄田過日子，六十幾歲還把兩隻泥腳插在土裏，所關心的只有兩件大事，一是田裏的收成，一是兒女們的婚姻。許配給劉一卿的，是他最疼愛的么女兒，為了不讓女兒吹風淋雨的受苦，才高攀了郜鼎集劉家這門貴親。一方面是敬重「劉先生」的為人，另一方面也是貪圖劉家是作醫生、開藥舖的，他未來的女婿劉一卿縱然學不成醫生，最不濟也是「葆和堂」的大掌櫃，生活不怎麼富厚，總也比嫁一個莊戶人家要舒服得多，且喜得么女兒終身有靠，所以侯老頭兒對這門子親事是非常滿意的。卻不料好事多磨，只因為劉一卿上頭有一個胸懷大志的小叔，連大侄子的婚事也被一拖再拖，簡直把侯老頭兒的掌上明珠當作醃醬瓜了，早吃也可，晚吃也可，反正不會壞掉！這成什麼話說？教他怎能不氣？怎能不惱？老實人不輕易的發火，一旦發起火來，就是火因風起，風助火勢，非到筋疲力盡、氣衰聲嘶之時，也就不容易撲滅吹熄。這一鬧，驚動了半個郜鼎集，「葆和堂」門裏門外，擠滿了勸解的和看熱鬧的人，比「劉先生」被抓進縣城裏去的那一回還「火爆」呢，那些高鄰貴親們，聽清楚了是怎麼一回事兒，都表現出極高的興致，一邊勸，一邊笑，還分出精神來向躲在櫃臺後頭的劉一卿打趣著，情況熱烈極了。

第二天一早，「葆和堂」門口來了一位稀客，是劉大德的準岳父「陳爺爺」，劉一卿正在藥舖裏打掃，趕緊上前迎候。可是，「陳爺爺」並不是講和來的，仍然是滿臉嚴霜，渾身的火藥味。

劉一卿上前行禮，還比著「請」的手勢：

「進來坐吧，陳爺爺，我爹已經起來啦，正在屋裏洗臉呢。」

「陳爺爺」擺擺手吩咐道：

「你不用跟我假客氣，我是為了你，才到這門口來的。也只能到此為止，這道門我不會進去。叫你爹出來見我，我有話對他說！」

劉一卿急忙進去通報，一聽說來者是「陳大叔」，那「劉先生」顧不得穿好衣履，就靸拉著鞋往外跑。剛照面兒，還來不及開口，就被惡狠狠的數落上了。

「行啦，行啦，別再鬧笑話啦！你們劉家，出一個糊塗蛋還不夠嗎？你身為一家之主，對自己的家務事，也一點兒決斷都沒有，給人看病的時候，要是遇上那種要命的疑難雜症，還能指望你去對症下藥？一條命，生生的被你耽誤了！今天我來，就是要告訴你，事情該怎麼做就怎麼做，用不著顧慮我！我的話，你聽清楚了嗎？」

「劉先生」試探的問道：

「大叔是說，一卿的婚事，可以替他辦了？」

「陳爺爺」一張臉脹得像「關二爺」似的，也像「關二爺」一樣充滿著正氣：

「有什麼不可以？跑了的是他小叔，你兒子不是好端端的站在這裏？這是你們劉家的家務事，該怎麼處理，你自己作主，往後不准再把我扯在裏頭！你看你陳大叔是那種不通情、不講理的人麼？呸！」

說到這裏，話就像刀切一樣截然而止，人也像旋風一樣飄然而去，「劉先生」感激得幾乎要對這位長輩行跪拜大禮，卻連說一聲「謝謝」都來不及。

得到這位長輩的准許，「劉先生」再也沒有什麼好推拖的。其實，在他的內心裏，何嘗不想早些替兒子辦喜事？劉一卿是民國前十一年出生的，已經足足的二十四歲，在那個時代，男子到這種年紀還不曾娶妻，多半是本人有殘疾，或是家庭有問題的「老光棍」，別人在背後都會指指點點的。雖然一卿這孩子很乖順，遇事唯父母之命是聽，從來不曾表露過自己的主意，也正因如此，作父母的也就格外心疼，總覺得這件事情委屈了孩子。尤其是對那位親家公不起，還有親家公的么女兒——劉家未來的媳婦，訂婚的時候才是不到十歲的小丫頭，如今已經是二十歲出頭兒的大閨女，在那個時代，也算是過了「婚齡」的，過去是以「叔叔」未娶，還輪不到「侄子」為詞，一年又一年的拖過去，那畢竟是有些強詞奪理，站在女方著想，這都是可聽可不聽的，你劉家有劉家的家規，人家侯家的女兒又招誰惹誰了呢？也跟著一塊兒受累，把大好青春虛擲浪費，可想而知，那女孩兒必然自怨命苦，背著人不知道流了多少眼淚！現在，這些不順遂和不得已都即將成為過去，「劉先生」託人把侯老頭兒請到郜鼎集，兩親家杯酒言歡，盡釋前嫌，高高興興的商定了佳期。

那侯老頭兒也實在性急，當時已經是農曆十一月底，他竟然一力主張把好日子選在臘月初四，說是他來之前剛剛請人翻查過皇曆，那年的臘月初四是一個黃道吉日，不犯沖，不犯忌，宜嫁娶。

「劉先生」心裏也無可無不可的，並沒有堅決反對的意思，只是覺得日期太急促，順口說了一句：

「來得及麼？」

就惹得那侯老頭兒焦躁不安，唯恐「劉先生」再藉詞拖延，大包大攬而又小聲小氣的說：

「來得及，來得及，一定能來得及！這場喜事，從十年前我就著手準備，還有什麼來不及的？過去都是我聽你，現在就請你聽我這一回，行不行呢？」

「劉先生」也就很爽快的點了點頭：

「行，老哥，就這麼說定了。不過，有一句話我得說在頭裏，日子定得急，難免有些臨時不湊手的，要是什麼地方不齊備，您老哥多包涵就是。」

那侯老頭兒聽「劉先生」這麼說了，一塊石頭落了地，心裏也就實實在在的，向「劉先生」連連舉杯：

「多包涵的話，應該由我來說。上一回我在府上大吵大鬧，惹得別人見笑，這都是我不好，大人不記小人過，也要親家多擔待了。」

中國人文明高，禮儀多，這種客氣話說開了頭兒，就會沒完沒了。我尊重你，你抬舉我，人與人之間，再也沒有什麼開不通的路，架不成的橋；說話容易說，辦事也容易辦了。

那侯老頭兒幾杯酒下肚，和「劉先生」推心置腹，平日不常來往的兩親家，就靠這一頓飯的工夫，成了一對無話不說的好朋友。侯老頭兒再向「劉先生」敬一杯酒說：

「好多年了，就數今天我的興致最高，心裏最寬綽，這菜也好吃，這酒也好喝。親家，您只有兩個兒子，不知道養女兒的煩惱，我可把這個滋味品透了！從前太平年月還好，遇上眼前這種亂世，女兒到了該出嫁的年紀，還把她留在家裏，一同逃反避難的，真能把作父母的給愁死！現在好了，現在好了，我的么女兒出了閣，就是您劉家的媳婦了，能嫁到府上這種好人家，是我女兒的命好，也是我晚運不錯，往後，我就再也沒有什麼煩心的事兒了！」

說罷，哈哈大笑，還伸出他那摸慣了鋤柄的大手掌，很用力的往「劉先生」肩膀上拍打著。這幾掌包含的意思很多，一方面表示出他對「劉先生」的感激和鄭重拜託，另一方面也很真誠的流露著，現在他的心裏很舒暢，很快活。

「劉先生」對這位親家公轉憂為喜、如釋重負的心情，也並非不能體會，他自己雖然沒有女兒，卻曾經撫養過兩個妹妹，都是在民國鼎革前後出嫁了的。當時父母已經亡故，他年未三十，就成了一家之主，那滋味可並不好受。在大妹、二妹出閣以前，每逢地面上發生動亂，他真是憂心如焚，寢不安枕，為了保護兩個妹妹的安全，要隨時準備著和那些土匪，和那些亂兵一死相拚！後來到了婚期，兩個妹妹先後出嫁，都有了美滿的歸宿，他這個作哥哥的才卸下千斤重負，鬆了一口氣。那時的心情，大概就和今日的侯老頭兒是一個樣子。

從那時到今日，民國成立已經有十三年之久，一切還是亂糟糟的，不但太平盛世遙遙無期，甚且處處變本加厲，今不如昔。大自全國政局，小至於一省一縣的治安，都是如水益深，如火益熱，情況越來越壞。北方農村的老百姓，一直是在兵荒馬亂中，恓恓皇皇的過日子，這種長時期的憂疑危懼，使得老百姓的神經近乎麻痺，只要戰爭不是在自己的門口發生，就認為那是大限未至，事不干己，還照常的日出而作，日入而息，艱難困頓的生存下去。只是由於戰亂頻繁，時局動盪不安，生命和財產都幾乎是毫無保障，而生活中也隨時會發生一些不可預料的情況，人人自危，朝不保夕，於是就漸漸釀造出一種「苟全性命於亂世」的心理，一切不作久遠之計，把過去所盡力爭取、拚死維護的一些東西，都看得淡淡的。

然而，畢竟這是一片古老的地區，許多村鎮城市，都是建立了兩千年、三千年、四千年的，生存在這片土地上的老百姓，有他們厚重的傳統，悠久的歷史，就算那些東西在這亂世已經變成包袱，變成累贅，而不再是一種支柱，一種憑藉，也仍然丟不下它，只好像蝸牛馱殼一樣的背著扛著吧，於是在心理上就顯得更迷亂，更複雜，不止是泯泯蚩蚩，無知無識的一群「眾生」而已。譬如，忠孝節義那些自古相傳的舊道德，被一批新人物嘲笑誣蔑，說得一文不值，而在北方農村廣大群眾的心裏，卻一仍舊貫的把它們看得貴重無比，其價值是可以超越生命的。就在這樣一個衝擊震盪錯亂迷離的時代，一般人仍然極重視婦女的名節，每次戰亂期間，各方軍隊過境，在通都大邑，也許還有些紀律，愈是到了偏遠地區，愈容易發生這種縱兵殘民的災情，往往造成許多不幸。特別是那戰敗一方的散兵遊勇，人多勢眾而沒有組織，有槍有砲而不受約束，比土匪更有不如，所到之處，不但劫掠財物，作威作福，更是任性縱慾，無惡不為。那些性情剛烈的女子，寧死而不受辱，當場抗拒以命相殉者有之，或是在受辱之後，投井上吊的更多，還曾經因為這類事件，而激起小規模的「民變」，受害人的父兄用白臘桿子紅纓槍攻擊強徒，縱然一時得手，洩了恨，出了氣，到最後卻是一場更大的慘劇，那些軍閥頭目受人蠱惑，往往就會發下皇皇大令，調動「官兵」，以「討逆」、「鎮暴」為名，用「泰山壓頂」之勢，把一座或是幾座村莊夷為平地……

民國十三年的秋冬兩季，對山東省曹州府十幾縣地區的老百姓來說，又是一段難捱的日子。本來，第二次「直奉之戰」是在河北省──從北京到山海關之間進行的，離曹州府地面遙遠得很，照說是不會受到波動，可是，由於開戰之後，局勢急轉直下，變化太大，影響所及，遍達南北各地，位於冀魯兩省交界處的曹州府也受了連累。先是馮玉祥倒戈，吳佩孚敗走，曹錕垮臺，段祺瑞復出，張作霖入關，形成了所謂「段、馮、張三巨頭」，直奉兩系的勢力此消彼長，原先屬於直系麾下的各省督軍，為了自保，紛紛喊出「保境安民」的口號，其實也就是一種變象的倒戈，但求保全地盤實力，不惜背棄舊主，逼得他們的老帥吳佩孚，東奔西突，幾乎沒有存身之處。山東督軍鄭士琦，也在這時候宣告「武裝中立」，也就是割據稱雄，把山東省看成他私人勢力範圍的意思。最妙的是，這一號的軍閥頭目，儘管他自己罔顧忠義，目無法紀，卻不許部下學他的樣子。曹州府設有「鎮守使」，手下指揮著一旅部隊，是用來鎮壓「民變」，替督軍或是大帥看守地盤的；當時的「鎮守使」姓徐，不知道是為了什麼，被部下逐出防地，而宣布「獨立」，要脫離山東督軍鄭士琦的節制，投入馮玉祥的旗下，自稱是「國民軍第五軍」，就在曹州府占「城」為王，招兵買馬，把這一府十三縣的地盤，看作他自家的「天下」；這舉動使鄭士琦大吃一驚，急忙派來一個姓吳的，從濟寧州出發，往曹州府討伐……這段「故事」，只是第二次「直奉之戰」的小插曲，外地人根本不會注意，而對曹州府地區的老百姓來說，卻是一件驚天動地的大事。和那雙方動員了幾十萬大軍的「直奉之戰」相比，誠然是規模太小，微不足道，但是，也一樣的行軍布陣，一樣的你進我退，而在這一進一退之間，老百姓可就倒了大楣。

劉一卿的婚禮，就是在這次動亂過後不久舉行的。因為日期定得太急促，一切來不及準備，又加上「劉先生」在這件事情上頭存了「私心」，家裏原有些現成的東西，是幾年前就準備好了的，「劉先生」卻認定那是屬於他小弟劉大德所有，不肯轉移到大兒子手裏，所以，這次婚禮是秉持著「與其奢也寧儉」的原則，連他的小兒子劉一民都覺得「不夠意思」，好在新郎、新娘是一對仰體親心的孝子賢媳，女方家長也並不挑剔，就這樣簡簡單單的完成了嘉禮。

婚禮上還發生了一件教人高興不起來的事，那就是，出乎每一位親友的意料，「陳爺爺」

竟然也衣冠齊楚的喝喜酒來了。劉家辦喜事兒，請是一定會請他的；可是，照「陳爺爺」的脾氣，本來就不是個愛湊熱鬧的人，而當時陳、劉兩家的關係，正陷於最低潮，這裏不敢去，那邊不肯來，幾乎是在一種「斷絕邦交」的狀態，在這種情況下，他不理不睬，也絕對沒有人見怪。真估不透他老人家想表現什麼，是向眾親友表明陳、劉兩家關係良好呢？還是顯露他個人學識高超，德行深厚，不同於一般流俗？陳、劉兩家的糾葛，在座的非親即鄰，自然是人人皆知，也因此對這位「陳秀才」的到來，人人都感到不自在。有他老人家坐在首席，那可真像從城隍廟裏「請」回來一尊「鎮宅大將軍」似的，客人們都說也不便說，笑也不敢笑，氣氛自然就熱烈不起來了。

不止是大人們如此，小孩子在「陳爺爺」面前也有些畏畏縮縮的。自劉一民有記憶以來，這還是他們劉家第一次辦喜事兒，而且他只有劉一卿這麼一個哥哥，平日裏長幼有序，兄弟倆又不是一樣的脾氣，鬧也鬧不到一塊兒去，有人在幾天前就告訴他說：「洞房三天沒大小，你平時在你哥哥那裏吃過虧沒有？趁著新嫂子進門，可得好好的鬧他一頓，往後可就沒有這種機會了！」劉一民也正有此意，倒不是為了吃虧、受氣什麼的，而是他一向認為「鬧房」是很有趣的「遊戲」，機會也真是難得。更何況，在他的家鄉原有「越鬧越發」這種說法，所謂「發」，就是「發財」、「發家」的意思，大人們不但不禁止，反倒多方鼓勵，甚至還會替小孩子出主意呢。他事先就聯合了一群「小夥計」，設計了一連串的惡作劇，準備好好的鬧一回，給「新嫂子」一個下馬威。可是，等到他和「陳爺爺」照過面兒，他腦際就忽然閃出小叔的影子，一時想起了很多事，而「鬧房」的興致就大為降低，只是敷敷衍衍的點到為止，許多節目都被減省了去，惹得那些「小夥計」們大不樂意，只擠在洞房裏，看著新郎倌兒用一桿秤挑起新娘子蒙面的紅紗，又羞羞答答的吃過了交杯酒，喜娘端著成匣的點心請他們吃，他用兩根手指拈起一塊「到口酥」，就領著頭兒從洞房撤退，惹得那些「小夥計」們群起指責，罵他是「陣前倒戈」的漢奸狗腿子，他也懶得解釋。

以後一連許多天，他一直懶懶散散，無精打采的。沒事兒的時候，他就躲在小叔的屋子裏看書。這間屋子，也許現在應該說是屬於他的了，本來他是和大哥劉一卿同住另一間的，自從小叔離家之後，他搬進這間屋子裏「借住」，另一間就由他大哥獨自「霸占」了，現在被布置成洞房，把他的東西都塞到這間屋子裏來。他大哥新婚期間，有許多回目都由他擔任重要的配角，躲也躲不過，他也就心甘情願的接受吩咐，該做什麼就做什麼，只是做得不太熱心就是了。

他大哥劉一卿的好日子是臘月初四，照他家鄉的禮俗，新娘子要像展覽一樣「坐房」

三天，這三天裡頭，家中的客人來往不斷，都要他招待侍候，忙得人仰馬翻。三天「坐房」期滿，新娘子除下鳳冠霞帔，換上家常衣服，到廚房裏一試身手，煮的是「臘八粥」，娶媳婦兒和過年這兩件喜事，真的是連在一起了。年前年後，又是一陣大忙碌，他把派給他的差事全部做好，不能算很勤快，最少是還盡職，卻引起他爹「劉先生」的注意，看出這個小兒子是在「鬧情緒」。

劉一民就是這個學期在高級小學畢業了的，為了升學不升學的問題，和父母有過一番爭執。父母的意思，都是不打算讓劉一民再繼續讀下去，所持的理由卻並不一致。母親的理由比較單純，只是覺得年頭兒不好，附近地區又沒有中學，(劉一民剛剛畢業的「一高」，就是城武縣全縣的最高學府！）要升學就只有到府城，或者到省城去，省城遠在四百五十里路以外，那是提也不必提了，就是那座近在百里之內的府城，以大半生足不出戶的婦道人家看來，也是一個相當遙遠的所在，孩子到了那裏，是看不見也喊不應的，教作母親的怎麼能放心呢？而且，母親還有一個想法，總覺得男人的心是越跑越野，不如及早的把它限制住，就像是鳥兒剪了翅膀，馬駒子戴上籠頭，才能夠去掉野性，自然而然的飛不高也跑不遠了。他爹「劉先生」想得更深了一層，不是怕孩子為了讀書而離鄉背井，卻對「洋學堂」整個的失去信心，怕的是越讀越壞了孩子的根性。以「劉先生」所置身的時代，所接受的教育，不能稱為一個「頑固分子」，和真正的「頑固派」如「陳秀才」者相比，恐怕還算是很溫和、很開明的呢；不過，對已經設立多年的「洋學堂」，卻自始就沒有好印象。平時閒來無事，「劉先生」也會把小弟和小兒子讀過的教科書，信手取過，隨意翻閱，一邊讀著，一邊直搖頭。有些東西，是自己少年時代所不曾接觸過的，於是就不禁懷疑：「用這些東西去教化少年子弟，會有個什麼樣子的結果呢？怕的是學問越高而道德越低，書就算是白讀了的！」在郜鼎集附近地區，也很有幾戶家境富裕的書香門第，進入民國，廢了科舉，這幾戶人家的子弟也都在「洋學堂」讀書。

有在府城、省城讀中學的，也有到北京、天津讀大學的，學業成就，衣錦榮歸，「劉先生」也有機會見過其中的幾位，雖然看上去都一個個的氣宇軒昂，意興遄飛，用鼻子聞著，總覺得氣味不對。後來，在這些人中間，果然鬧出不少是非，而最常見的一樁罪過就是逃婚，甚至為了婚姻問題而不惜重違親意，成了不孝之子。每當發生這種事，傳到「劉先生」耳朵裏，就不禁為之扼腕嘆息，而對「洋學堂」更沒有好評語。及至自己最鍾愛的小弟也染上這類惡習，先是矇騙兄嫂，離鄉遠遊，而後又從那萬里迢迢的廣州，寄回來一封豈有此理的信，無緣無故的要求退婚，使他這作大哥的，見了「陳大叔」就滿臉羞愧，難以為人！這件事情，對「劉先生」是很沉重的一擊，心灰意冷之餘，便認定那新制的「洋學堂」

是罪魁禍首，已經「丟」了一個弟弟，怎麼能再「賠」上一個兒子？所以他主張多讀書不如少讀書，以免讀來讀去，讀成一個戲文中所說「蔡伯喈」、「陳世美」之類的人物，人前人後，受盡譏嘲，那就得不償失了。

至於劉一民本人，雖然高級小學畢業得了個第一名，學校裏的老師們都鼓勵他繼續深造，他自己倒並不認為「萬般皆下品，唯有讀書高」，而吵著鬧著，尋死覓活，非得要到府城去升學不可。只是，他覺得父母的看法也不一定全對，首先是他們並不真正瞭解小叔，所加之罪，大部分是出於誤會；然後，就算他們所說的有幾分道理，也不能把叔叔的帽子硬套到侄子的頭上去，雖然是親叔侄，兩個人的腦袋可並不是一樣大小啊！因為心裏不甚服氣，所以，當父母聯同起來向他表明「不得繼續升學」的意思，他就昂然而立，慷慨陳詞，和父母有過一場小小的爭執。

「劉先生」看出劉一民懶懶散散的，以為小兒子還是為著升學的問題在「鬧情緒」，就找機會作了一次「庭訓」，說了一些道理：

「一民，爹的意思，也並非絕對不准你升學，只是覺得那樣做對你並沒有好處，就像你小叔，本來是心地祥和，天性純厚，只因為讀了些洋書，人就變得不老實、不厚道了！他最後這一跑，更近乎是胡鬧，就算是如你所說，他終竟會回頭，不至於背棄倫常，鑄成大錯，也總是有了缺點囉！這不都是讀洋書讀出來的毛病麼？所以，爹的意思，是要你待在家裏，就跟著爹四鄉行醫，歷練個十年八載的，把爹這一身本事都傳授給你，以你的資質，這是不難的。將來，等爹百年之後，你行醫，你大哥看守藥舖，弟兄倆共同支撐門戶，把『葆和堂』這個字號，久久遠遠的傳下去，這不是很好？又何必叫爹娘提心吊膽的，到府城去唸那『洋學堂』呢？爹希望你做一個聽話的乖孩子，不過，如果你執意要去，爹也並不阻止，一年花個百兒八十塊的，家裏也還供應得起！」

靜靜的聽了這番言語，劉一民對爹的用心十分感激。近日來家裏忙亂成這個樣子，爹還能分心在他的身上，這已經是許多父親做不到的。

而且，爹的話又說得這麼活動，讓他自已作最後的選擇，而不是那種冷冰冰的命令式，一是一、二是二的，這一點，更教作兒子的心悅誠服，願意不折不扣的全盤接受。劉一民高高興興的說：

「爹，我已經決定不升學了！往後，我就跟著爹一塊兒下鄉行醫，騎著咱們家的那頭大草驢。只不過，我越長越高，那頭驢也越來越老，不知道牠還能不能馱得動咱們兩個？乾脆，爹騎驢，我走路好了！」

「劉先生」聽兒子這麼說，老懷滋慰，掀鬚一笑，問道：

「孩子，你說的都是真心話麼？」

劉一民誠誠懇懇的回答：

「是呀，我真的是這個想法。要不是小叔亂出主意，這兩年到城裏唸高小，我也不去！」

「劉先生」嘆了一口氣說：

「你小叔的話也不是不對，一個男人是應該有些抱負、有番作為的！不過，做人也不能太不知足，太不安分，淨想些自己做不到的，遇事總要量力而為！我看，現在的年輕人就是犯了這個毛病，你小叔也是，沒有他看得中的人，沒有他看得慣的事，這也要『推翻』，那也要『打倒』的，最後還是苦了自己！你小叔看不起我行醫，其實，行醫有什麼不好呢？古人說過：『良醫功同良相。』都一樣的是救人濟世，只不過格局有大小而已！人本來就有大小高低的分別，這也是勉強不得的！」

劉一民由衷的說：

「就算我『胸無大志』好啦。我只想像爹這樣過一輩子。這也沒有什麼不對嘛。」

「劉先生」向小兒子深深的望了一眼，說：

「既然有這個想法，那就沒有什麼不對。最近這些日子，你怎麼總是悶悶不樂的？」

劉一民本來想說：「沒有哇！」又想起那不是實話，只好老老實實的招認著：

「我是在想我小叔。小叔出門一年多啦，怎麼只來了一封信呢？我盼望能在最近接到他的第二封信，如果信封上有地址的話，我就可以寫回信給他，勸他回家……」

劉一民說這話的時候，呢呢喃喃的，一片純真，好像比他實際的年齡又小了好幾歲，讓作父親的聽了，也為之感動不已。

「劉先生」以愛憐的眼神望著小兒子，又悶悠悠的嘆了一口氣：

「唉，傻孩子，你還在作夢呢！你小叔要是肯聽勸的話，他就不會跑那麼遠啦；要是他願意讓家裏知道他現在的地址，第一封信不就寫了嗎？你認為他是忘了的？那不會！你小叔人雖然不是很精細，也絕不會粗心到這步田地，他是有意的！」

聽爹這麼一分析，字字如錘，而又句句有理，把一個小孩子積貯已久的夢想給敲得粉碎，劉一民內心裏在哭泣，表面上卻做出一副很愉快、很樂觀的樣子：

「我猜，小叔最近一定會有信來！爹，您說呢？」

「劉先生」實事求是，沒有給小兒子留下一絲絲幻想的餘地：

「就是有信，他一定會又『忘記』了寫地址！」

他們父子二人都是料準了的，幾天過後，果然收到了劉大德的一封家書，信封上的郵戳仍然是「廣州」，也仍然沒有寫明詳細的通訊處。

這封信是專為劉一民升學的問題而來，發信的日期是去年臘月初，那正是劉一民畢業的日子，送到收信人的手裏，已經過了元宵節，不知道是怎樣耽誤了的，在路上足足走了一個半月。

信封上寫的是劉一民的名字，裏頭裝了兩張信紙，一張寫給「大哥」的，一封寫給「民侄」，所說的只有一件事。寫給「大哥」的，是請求這位一家之主，不論家計如何困難，典當借貸，都得讓孩子讀書；寫給「民侄」的，是勉勵他繼續求學，勿忘初衷。「俟小叔返鄉之後，吾叔侄二人同心，共為振興故鄉教育事業而獻身，以啟迪民智，喚醒國魂。」給「大哥」的那張信紙末尾，綴了一句：「大嫂前請叱名叩安」，對老嫂子恭恭敬敬的，不像平輩的口氣。給「民侄」的那張信紙，也附著四個小字：「卿侄不另」。一家四口人，都「照顧」到了。對於他上次來信要求退婚的那件事，卻問也不問，似乎是不論結果如何，都不在他的心上了。

對小叔從迢迢萬里之外寄回來的這份兒關切，劉一民是十分感念的，但是，看過信之後，他就打定了主意：這一回，不能再聽小叔的。倒不是小叔在他心目中的地位比從前降低，而是這封信來得太遲，他已經作了選擇。當他向爹說：「我就要像爹這樣過一輩子！」他是誠心誠意的。既然已經那樣說過，就不能反悔。

「劉先生」常常在口頭上數說著他小弟的不是，實際上，小弟在他心裏還是很有分量的，一張信紙，幾行大字，對「劉先生」就產生了相當的影響力，用一種商量的口吻跟小兒子說：

「一民，我看你還是準備去考學吧！」

劉一民明知故問的釘了一句：

「爹，為什麼呢？」

「劉先生」微微一笑，說：

「這還用問麼？當然是為了你小叔。哦，你是問我，為什麼總是聽你小叔的？是不是？你娘也常常埋怨我，說我不像一個撫養小弟的大哥，倒像戲文裏頭一個照顧幼主的老管家，事事讓著他，處處護著他！真要是這樣子，那也是從他小時候就養成的，不是一年半年的事了！再說，你小叔雖然有些任性，倒不是不講理，而是有個毛病，得理不饒人，有時候可難纏著哪！就說前幾年送你上學堂讀書的那件事兒吧，顛來倒去，跟我吵過好幾回，不聽他的又怎麼行呢？現在他是不在家，如果你不升學的話，將來你小叔回家啦，那可有得吵、有得鬧哪！」

說這些話的時候，「劉先生」臉上一直有著微微的笑意，似乎是，當他說到他小弟劉大德跟他吵，跟他鬧的那些往事，嘴上苦苦的，心裏也還有著甜甜的回味。由此可知，就在他宣稱「心灰意冷」之後，他對這個「任性」、「胡鬧」的小弟，仍然是十分珍愛、無限關懷的。

這份兒手足之情，非一般兄弟可比，不但教作太太的看不過去，就連作兒子的劉一民，也覺得「老爹」太過分，無怪乎小叔做事總是那樣獨斷專行，總是那樣唯我獨尊……於是就從心底生出一股子反抗的意識。這一回，他要堅持到底，不能因為小叔的一封信，就推翻了他們父子的協議。

由於劉一民表現自己是個「有主意的小子」，他爹「劉先生」也就不再提讓他準備升學的事。出了正月，從「二月二日龍抬頭」那天開始，「劉先生」的「醫科私塾」就算正式的開了學，學生只有兩名，就是他的大兒子劉一卿和小兒子劉一民。也許「劉先生」的本意，是只想專心傳授一名學生的，只是作父親的不好太偏心，就把大兒子當作「選修生」，雖然也一樣的教導，要求的標準高低鬆緊可就不一樣了。

所用的第一種「教科書」，是學醫者人人必須精讀熟記的「湯頭歌訣」，老師的要求是把書中所載的二百首「歌」完全背誦下來，要背到熟極欲流、脫口而出、無一字齟齬的地步。背誦之後，先講解，再口試，要把該懂的都懂透，該記的都記牢，也就是如「劉先生」

所說：「要讓它爛在肚子裏，化掉！」這第一門功課，才算是及了格。

從父親嘴裏，劉一民知道他大哥劉一卿在兩年前就讀過這本書的。當劉一民在縣城裏讀高級小學的這兩年裏頭，劉一卿也沒有閒著，就在父親的督促之下，開始研讀這些書籍。而且，早在十年以前，劉一卿就已經是「葆和堂」中藥舖主要的助手，對幾百種常用的藥名和藥性，都記得清清楚楚，這些知識都很有用處。所以，一開始「上課」的時候，劉一民是把他哥哥當作勁敵的，一點兒也不敢放鬆自己，唯恐成績太差，影響了進度。可是，幾天過後，他就發現自己的估計完全錯誤，而由於他的自作聰明，反倒害得他哥哥吃了不少苦頭。

也就是從那段時間開始，他發現、也證實了一件事，那就是人的記性確實是有好有壞，悟性也有高有低，這是天生如此，勉強不來的。劉一民和劉一卿是同父同母的親兄弟，唯一的不同是哥哥比弟弟大了十歲，而兩個人的學習能力，卻差著一大段距離。過去，劉家的親戚鄰里，對兩兄弟就有這樣的口碑，說是哥哥老實，弟弟伶俐，各有可取；現在，弟兄倆一塊兒學習，作的是用腦子、比智慧的事，這才看出「伶俐」的弟弟佔了多少便宜，「老實」的哥哥吃了多少虧。「劉先生」原是一位溫和慈祥的好父親，可是，父親而兼任老師，就常常是溫和不起來也慈祥不起來的，於是，春天有響雷，夏季有大雨，都是那動作緩慢、反應遲鈍的人倒楣，輕則挨罵，重則罰跪，幾乎每天都有個兩三回。劉一卿已經是二十多歲的大男人，又是新近才結了婚的，雖然在那個時代的一般家庭裏還不講「民主」、「自由」和「基本人權」這些東西，父母責罰兒女，可以說是百無禁忌，尤其是沒有年齡上的限制。有些家法森嚴的，五十歲、六十歲的老兒子，一時言行不慎，惹得父母生氣，也一樣的要下跪領責，在他的背後，兒子、媳婦、孫兒、孫女，一跪就是一大堆。這一類的故事，在社會上是被當作「佳話」來傳說著的，當事人被看成「至德足式」的孝子，而從絕大多數的人那裏接受極高的敬意。

所以，接受這些責罰，在劉一卿來說，是無怨無尤，甘心領受；只是作弟弟的劉一民心裏很過意不去，因為，沒有高山，不顯平地，一切「災禍」都是他惹出來的！最教他受不了的是，當他大哥因為背不過、答不出而受到責罰的時候，他爹「劉先生」總少不掉這麼一句：「你看你弟弟……」為什麼父母管教子女，都喜歡這樣比來比去？也許這只是一種教導的方式，其中還含有激勵的意味，卻沒有注意到這樣比法實在是很傷感情的，不只是那被比的一方垂頭喪氣，滿臉羞愧；就是那有幸被當作「尺子」的，也必然是坐臥不安，窘迫之至。這種場面接連發生了許多回，劉一民就暗暗的拿定主意，不能讓它成為常規，要用自己的方法來改變形勢，於是，從二月份裏的某一日，一向被認為聰明伶俐的弟弟，學習能力忽然有了障礙，變得不聰明、不伶俐起來，成績剛好降到和他哥哥一樣低，哥哥會的，他才會；哥哥挨罵或是罰跪，他也不多不少的、領受自己該得的一份兒。這種轉變太明顯，不但作老師的看得清清楚楚，就連他大哥那個老實頭兒，心裏頭也明明白白，知道這是弟弟的一番好意，因而就更加努力，更常常不恥下問的接受弟弟的提示，而漸漸有了差強人意的成績。

在民國十四年這一年裏，發生了許多大事。第一件大事就是：推翻專制、創建共和的中華民國第一任大總統　孫中山先生，在這一年的國曆三月十二日，逝世於北京。

這個消息，劉一民是在縣城裏一位包老師那裏聽說的。在縣城讀高等小學的這兩年，劉一民本來已經養成每天看報的習慣，報紙是學校訂的，每天張貼在閱報欄。出城之後，就不再享有這種方便。郜鼎集也算是一座不小的市鎮，卻沒有一戶人家訂報紙，和外面那個廣大的世界，是完全隔絕了的。包老師是劉一民六年級的級任，也是勸說劉一民繼續升學最為熱心的一位老師，家就住在城裏，當劉一民下定不升學的決心，在禮貌應該去向包老師稟報一聲，所以他就抽空子進了一趟城，不料想就在包老師的家裏，聽到這個令人震悼、令人哀傷的大消息。

包老師已經六十幾歲，也是前清的秀才，入民國後又進入省城裏的「優級師範」肄業，原有在中學任教的資格，只因他家鄉觀念太重，不肯離鄉遠行，才自動降級，甘願在小學教書，是「一高」的元老之一，很多現任的老師，都是他昔日的弟子，論包老師的年歲，大過了那位以「遺老」自居的「陳爺爺」，在思想上，卻比「陳爺爺」年輕了很多。因為他資格老，人又很嚴肅，方方正正，不苟言笑，許多老師都一語雙關的稱他「包公」而不名，學生們在背後更是「老包」、「包黑子」……亂叫一通，不管是起什麼外號，都並不減少內心對老師的尊敬。也許正由於太尊敬的緣故，尊敬到近乎畏懼的程度，才把他比作歷史上那位鐵面無私的「包龍圖」。

那天，劉一民剛走進包家的廳堂，還來不及請安問好，就看到包老師在太師椅上岸然高坐，一手按住報紙，一手向上舉起，那一向不帶表情的臉上，到處氾濫著淚，連鬍子都是濕的，用一種讀輓詞的腔調，高聲的吟哦著：

「孫大元帥死了！這真是泰山其頹，哲人其萎，天不佑我中國！」

照家鄉的讀法，「國」字是讀作「ㄍㄨㄟ」這個音的。一直到多少年以後，劉一民還能記得包老師說這幾句話的那個調子，侉聲侉氣，卻又至誠感人的，在他的耳際繚繞不去。

他也記得，當他畢業前夕，在講堂上，包老師拿著報紙，向全班同學作時事分析，那時候報紙上正刊載著「孫大元帥應段、張、馮之邀，北上商議國是」的消息，包老師是這樣說的：

「這就好了，這就好了。要支撐危局，收拾北洋政府所造成的這個爛攤子，那就非得要南北合作，再由中華民國的締造者——孫中山先生重新出來領導不可。除此之外，別無他途。有人說，論當代人物，也算得是群雄並起，人才輩出，其實，都是些結黨營私、爭權奪利的鼠輩，那來的人才呢？先說那袁項城——就是那袁世凱咯，有人稱他『雄才大略』，那是胡說，無非懂些權術，會些計謀，又喜歡耍些手段，也就是了。當初民國成立，各省代表集會選舉，選出　孫中山先生為中華民國第一屆臨時大總統，在南京就職，那袁世凱挾清廷以自重，又仗著自己手裏握有北洋六鎮的雄兵，就拿出許多言語，擺下一些姿勢，其目的無非是要竊國弄權，覬覦大位。孫大總統為了達成南北和議，好早日開始建設國家的工作，乃毅然自動解職，並且諮請議會，另行選舉，把政權轉移到袁世凱的手裏。這種淡泊名位、敝屣尊榮的胸襟，這種『寧做大事，不作大官』的抱負，真是中外罕見，古今少有。那袁世凱達到了目的，就該好自為之，以他當時所握有的權勢，是可以有一番作為的，不料他私心太重，剛愎自用，妄想登極稱帝，把總統府改作『新華宮』，終因民心不順，他本人也因此而斃命，卻把國家弄得烏煙瘴氣，誤盡了天下蒼生！自袁世凱以下，那黎元洪、徐世昌是因人成事，終非大器；那馮國璋、段祺瑞更是成事不足，敗事有餘。

放眼今日之世，真能大公無私，有才有德，救我國家救我民族的，只有　孫中山先生一人而已。這一回，馮玉祥製造了『北京政變』，趕走了曹錕和吳佩孚，張作霖的『奉軍』長驅直入，馮玉祥又把段祺瑞『搬』了出來，就是現在的所謂『三巨頭』。彼此之間，各懷鬼胎，又沒有什麼安邦定國之策，於是才想起遠在廣州的孫大元帥，函電交加，請求孫大元帥剋日北上，共商國是。如果他們真有誠意，這步棋倒是走對了的。但願他們從此之後，能捐棄私心，不再把軍隊當作操縱政局、爭奪權勢的工具，奉　孫中山先生為元首，召開國民會議，重新組織政府，使賢者在位，能者在職，化干戈為玉帛，出斯民於水火，那麼，咱們中國就有救了！」

包老師不是革命黨，而只是一個憂國感時的知識分子，思想上半新半舊，在學生的心目中，是被看作一個古板、保守、「老學究」式的人物，被尊敬的成分多，受歡迎的成分少。那天他的一番話，卻很能引起共鳴，使全班同學都為之聳然動容。當時在座聽講的，雖然只是些「小學生」，然而，那個時代的學生很少有不超齡的，就把劉一民那班同學作一個粗略的統計，十五歲以下的大約只占三分之一，十五歲到十八歲的要占三分之二。有一位全班共尊的「老學長」，是縣城西南「九女集」一位大地主的兒子，可能是由於小時候身體不好，入學太遲，而又不肯放棄讀書上進的機會，到十九歲才和劉一民「同榜及第」，現在臨到小學畢業，他老人家的「高壽」已經二十有一，家裏也早有了一兒一女。這樣的「小學生」，雖然入學的時間還短，所學的知識也很淺，實質上卻已經不是一群孩子，如果「大人們」不拘束得太緊，對於國家大事，他們也未嘗不關心。所以，包老師那番話，倒並不是「對牛彈琴」，除卻那極少數幾頭真的「牛」，大家也還聽得懂的，儘管表面上沒有很強烈的反應，內心也都跟包老師一樣的興奮。

從那次課堂聽講，到今天進城來探望老師，不過才只有三個多月的光景，當時，孫中山先生正在北上途中，到處都受到熱烈的歡迎，三個月不看報紙，怎麼時局又有著這樣大的變化呢？看包老師的神色，似乎是由於　孫中山先生的逝世，他對眼前這亂麻一般的時局，已經是完全絕望了的，不止於內心悲慟而已。劉一民在包老師的廳堂裏停留了有大半個小時，包老師的情緒被哀傷淹沒，始終不曾問起劉一民的來意，劉一民也就不敢多嘴。一直到劉一民站起來告辭，包老師才像被驚醒了似的，沒頭沒腦的問了一句：

「你小叔最近有信來嗎？」

劉大德也是包老師的弟子，不過，據劉一民所知，這對師生的關係並不親密，作了同事之後也仍然冷冷落落的。主動的探問消息，這在包老師還是第一次。

劉一民作了最簡單的答覆：

「有。」

包老師又問：

「人還在廣州？」

這一定是聽別人說的。劉一民不記得曾經和包老師談過小叔的事。由此可知，這個方正嚴肅的「包黑子」，也並非完全不講私誼，對昔日的弟子還是很關心的。

劉一民又簡簡單單的答覆著：

「是。」

包老師在尋根究底：

「信上沒有說什麼？」

說什麼呢？一隻信封裏裝了兩張信紙，所說的只有一件事，要小侄子無論如何也得升學，而劉一民已經決定了不接受，要是包老師早一些問起，這倒正是一個把話說清楚的機會，現在卻覺得時機不對，還是不說為宜。於是，他就說得含含混混的：

「什麼都沒提。信封上也沒有地址。只說他在外頭很好，要家裏的人不必牽掛他。」

包老師「唔」了一聲，擺擺手，是准他告退的意思。

不知道是那來的靈機，劉一民忽然覺得，也許能從包老師這裏探聽一些消息：

「老師，您可知道我小叔在廣州作什麼生意？」

「作生意？」包老師愣了一下子，又立即搖搖頭說：「不知道！他自己都不肯說，你怎麼倒來問我？」

說著，就從外廳走向裏室去了。

從城裏回部鼎集，劉一民心裏七上八下的，整整想了一路子。以他當時的年紀和見識，雖然被認為是一個有主意、肯思想的孩子，畢竟是年紀還小，見識淺陋，有許多事情都是只知其一不知其二，當然更沒有「舉一反三」的本事，腦海裏，有些地方很擁擠，有些地方卻是一片空白，在這種情況下，又怎樣給自己出題目、作答案呢？想也只是亂想，找不出目標，也拿不準方向，只覺得身體內部有一股子鬱結不散的力量，腦海深處有一個時明時晦的盼望，卻不知道該怎樣把這股子力量發揮出去，也不知道該怎樣把那個盼望勾描出清晰的影像。比較具體的，他想到國家的前途，和個人的出路，但也思想飄浮，不能深入，好比一個游泳的生手，在遼闊的湖海上掙扎著，沉也沉不到底，游也游不到岸邊去，就那樣隨波逐流，到最後連東西南北都分辨不清楚，只是越游越累，越想越糊塗。而在昏天黑地之中，也有一點點領悟，他體會到：國家的前途和個人的出路，這兩個題目一大一小，必須把小的套在大的裏頭，一塊兒著手來做，如果因為那大題目難做就置之不顧，小題目也變成沒有答案的了。

十五里路的深思冥索，就只有這一點點收穫，卻帶給他極大的困擾，不知道往後的道路該如何走，往後的日子該怎麼過。他曾經答應他爹說：「我只要像爹這樣過一輩子就好了！」當他那樣說著，他心裏也確乎是那樣想的。可是，現在再仔細想想，那果真就是自己一生的志願麼？就算自己甘心，把腳步局限在一個極小的地區，不理會外面的洪流巨濤、狂風暴雨，和這些鄉鄰們共禍福、同休戚，也難保不會遭到突如其來的橫逆，一切逆來順受，總有受不下去的時候！本鄉本土，也未必就是安身立命的去處！……至於那另一條路，就是他小叔劉大德所主張的「讀書報國」，看起來也是不容易走得通的。小叔是怎麼說的來著？哦，他說過，中國之所以會落到這步田地，「追根究底，只有一個字：愚！老百姓知識太低，百分之九十幾是不識字的睜眼瞎子，不知道自己享有什麼權利，不知道自己該盡什麼義務，所以才任人壓迫，任人欺辱，任人牽著鼻子走！……」於是，他小叔才要他升學，要他多讀書，將來也像小叔那樣作一個小學老師，「喚醒國魂，啟發民智」，而認為那才是「救國救民的根本大計！」對於小叔所說的這番道理，他本來是深深相信的，現在卻不禁有了懷疑。照小叔的說法，知識似乎也是一種武器，可以用來拯救別人，可以用來「強化」自己，一個人有了知識之後，就會由愚人變為智者，由懦夫變為勇士，再也不受人的欺辱，不受人的壓迫！事實上，真是如此的麼？在他的周圍，卻有不少相反的例子，像「王秀才」，像「陳爺爺」，像他剛剛去探望過的包老師，不都是讀過很多書的麼？然而，比起那些披著「老虎皮」的「大老粗」，他們「強」在何處呢？或許正是書讀的越多，人反倒變得更文弱了！就連小叔他自己，能說得出一番大道理，卻一樣的不能安於其位，又如何把這番道理去予以實踐呢？可見也只是能說不能行的！叔叔走不通的路，卻逼著侄子去走，時間沒有多久，世局卻越變越糟，這條路只怕也越來越難走了。

民國十四年，山東省又換了主人，奉軍入關，替張作霖打頭陣的張宗昌，被封為「山東督軍」。在許多軍閥頭目當中，這個張宗昌是真正行伍出身的「大老粗」，關於他的笑話和傳說特別多，由那些笑話和傳說組合起來，似乎把張宗昌形容成一個專門逗人樂、惹人笑的丑角，而對山東一省受他管轄的那幾千萬老百姓來說，苛徵暴斂，毫無制度可言；生殺予奪，全憑他一念而決，恐怕任誰都笑不出來了。而且，在這一年裏頭，魯、蘇、豫、皖邊界常有戰事發生，郜鼎集附近地區自然也不得安寧，各路兵馬在這一帶進進退退，軍隊像潮水，老百姓就像海灘上的砂礫，這邊推過來，那邊趕回去，藏身無處，翻滾不已，在這種反反覆覆的擠壓和踐踏之下，活著，只求活著，已經是一樁很艱難的事……

從民國十四年初春，到十五年的夏季，郜鼎集劉氏一族，就一直過著這樣的日子。附近地區的鄉鄰，命運也都是一樣的。

對劉一民這樣的年輕人，——半大不小的年歲，似通非通的見識，遇事不得不忍，不忍就活不下去，卻並不把忍看作一宗美德，忍也忍得摧心刺肝，咬牙切齒……日子就過得特別的不容易。現在他不但學醫學得不熱心，對讀書也不再有絲毫的興趣，他所關心的只有一件事，那就是求皇天保佑他快些長大，快些渡過這一段不大不小不尷不尬的年紀，給他一對硬翅和長腿，他也要像他小叔那樣的遠走高飛。

民國十五年夏季的某一日，忽然又收到他小叔劉大德的一封平安家書。所以記不清收信的日期，是由於他們全家人為了躲避兵禍，不得不暫時離開靠著大官道的郜鼎集，而逃到他大嫂的娘家住了一段日子，後來因為他大嫂懷孕待產，老人家有許多禁忌，才冒險回到家裏，那封信不知道是那一日被從門縫裏塞進來的，給他們全家人一個驚喜。

確乎是夠教人驚喜的，他小叔竟然在信中宣稱：

「……此信送達之日，弟已自廣州束裝北上矣。預期如旅途順利，快則半載，慢則亦不出一年，即可安返故里。屆時，青天白日，大發光輝，一切黑暗痛苦，均將成為過去……」

只有一張信紙，是寫給劉一民的爹「劉先生」的，這一回，沒有小侄子的份兒。信上的話都很明白，但是，也並非那麼容易就看得懂的，一家人又驚又喜，而又有滿腹的疑慮。

經過一陣靜默，素來不多言語的劉一卿，忽然開了金口，說：

「這廣州離咱們郜鼎集，究竟有多遠呢？信上說，『慢則一年，快則半載』，難道小叔他放著車馬舟船不坐，一路走了回來？這不是奇怪？」

從廣州到城武縣，究竟有多遠？劉一民心裏倒是有個大概的數字，他曾經用米達尺量著地圖，計算過許多次。至於這兩地之間應該如何銜接，他也作了相當程度的瞭解，如果他獲得准許，讓他單身獨自，從郜鼎集出發，演一齣「萬里尋叔記」，他一路南行，大致也不會迷失，早晚總會摸索到廣州去。路上所需的時間，倒是比較不容易估計。從郜鼎集到朱集，這只是一日的腳程；在朱集車站坐上隴海鐵路西行的火車，到鄭州，也不過只要大半天的工夫；在鄭州轉入京漢鐵路，往漢口，大約是一千里左右，就算火車慢得像蝸牛，有一晝夜的時間應該也可以抵達了；然後，過長江，到武昌，就接上了粵漢鐵路。「京漢」接「粵漢」，這原是縱貫全國南北的一條大動脈，從北京通往廣州，只是那條粵漢鐵路多災多難，自滿清光緒年間動工，修修停停，一直到民國十幾年，能通車的仍然只有南北兩段，北一段從武昌到長沙，南一段從廣州到韶關。中間還有一大段尚未接通，論路程，也有近千里的光景，走起來就很難計算時間了。照地圖上看，從長沙到衡陽，有一條南北向的「湘江」，大約還可以坐船，過了那「郴水幸自繞郴山」的郴州，恐怕就得起早趕路，再往南，還有一座高可參天的「五嶺」阻攔，翻過山去，就到了廣東省——亦即是古代所稱「嶺南」的地面，離韶關應該不太遙遠，然後又有火車可坐，就可以直達廣州了。這一路所費的時間，往寬處估算，最多也不過二十天，何至於要半載、一年？

雖然有滿腹的疑慮，不知道該如何解釋，卻也並不影響內心的喜悅，一家人都高高興興的。小叔離家已經有兩年半的時間，兩年半只寫回來三封信，就數這一封還像個「家書」的樣子，不但說明行蹤，而且預告歸期，縱然把日期定得很遠，總算有個期限、有個盼頭兒了。

更令人驚喜的是，從收到這封信之後，小叔的「家書」竟然寫得很勤快，每隔十天半個月，必有一封信來。而發信的地址，很少有兩封信是相同的，上一封信寄自「廣東樂昌」，下一封信就到了「湖南長沙」，再下一封信上的郵戳，印的是「岳州」。因為常看地圖，劉一民對這幾個地名都有些印象，知道它們大概的位置，由南往北，這表示他小叔已經出發上路，離家鄉越來越近。

劉一民的心裏好興奮，好興奮；但是，也很納悶，很納悶。據他從書本和地圖上所瞭解的，長沙是湖南省的省會，位置偏在東北，而岳州就是岳陽，也在湖南省境內，兩座大城應該是相去不遠的，又都在鐵路線上，怎麼會一走就走了十來天呢？莫非是小叔他在還鄉途中，到處的遊山玩水？看小叔來信的內容，好像真是如此，每到一地，所寫的都是這個地區的山川形勢，名勝古蹟，用書信來寫遊記，而對中國的物產豐富，河山壯麗，都讚嘆不置。就是這一點，讓劉一民感到迷惑，一個異鄉遊子，既然動了鄉思，一旦上路，不應該是歸心似箭麼？怎麼會有這種閒情逸致，在汨羅江畔弔屈大夫，上岳陽樓頭看洞庭湖？而且，每到一處還必有一二日的逗留，然後再慢吞吞的上路，一站一站的往北走。

計算小叔兩封信時間上的間隔，和兩個發信地點空間上的距離，平均起來，每天只走了三四十里，這可真夠瀟灑的！照這樣走法，這要幾時才能回到家裏？——小叔哇小叔，家裏的人在日夜盼你，盼得望眼欲穿，你老人家自己難道心裏不急？

更有一樁奇事，從小叔後來又寄回的幾封信裏，劉一民發現他小叔竟然放著直路近路不走，卻把還鄉的路線畫得彎彎曲曲。有一封信的郵戳上，印的是「蒲圻」二字，這表示他小叔從岳州繼續北上，已經進入湖北省地區，接下去，有一個多月沒有信來，而下一封信的投寄郵局，卻是「新喻」，劉一民舖開了地圖細心查對，好不容易的才找到了這個地名兒，卻發現他小叔一下子後退了數百里，從此折而往東，進入了江西省。這是怎麼一回事呢？走路那有這樣走法的？

以後，小叔還是陸續的有信來，只是時間上長短很不一致。有時候一天會收到兩封信，卻是在不同的日期、從不同的地方寄出來的；也有的後寄的佔了先，先寄的落了後，不知道是什麼緣故。也有些地名兒，在地圖上根本找不到，信封上面卻印著清晰的郵戳，這一定是因為劉一民所有的這張地圖太簡略，而中國的地方太大、城鎮也太多了。從他在地圖上找得到位置的地名兒來看，小叔在江西省停留了不少時間，有一封十月份寄出的信發自南昌，又有一封十一月份寄出的信發自九江。

劉一民實在想不透他小叔在做些什麼，有一回和他大哥一塊兒研究小叔的來信，就很無奈的說：

「看樣子，小叔是對南方的大湖有了興趣，為了看洞庭湖，到了湖南、湖北；為了看鄱陽湖，現在又到了江西。」

劉一卿聽不出這是開玩笑的話，還很認真的和弟弟討論著：

「想看湖，小叔更應該早些回家，咱們這裏有的是呀。從城武縣往東北走，過了金鄉，就是『南陽湖』；往正東走，過了魚臺，就是『微山湖』。郜鼎集有一個趙老大，常常挑著兩筐子鴨蛋到集上來賣，聽他說，都是從東湖裏摸上來的。」

「東湖裏摸鴨蛋」，這是魯西南幾縣很流行的一句話，所謂「東湖」，指的就是新舊黃河之間的那一串「水窪子」，從東阿、東平兩縣境內的「東平湖」，到魯蘇交界的「黃河故道」，貫通南北的那條「運糧河」就從中間經過，把這些「水窪子」串連在一起，「南陽湖」、「微山湖」都在其內，迤迤邐邐，長達四百餘里。有些「水窪子」，佔地甚廣而湖水不深，到處長滿了蘆葦，有無數的水禽在其中棲息，最多的是野鴨子，這也就是「東湖裏摸鴨蛋」那句話的來歷。其實，那「東湖」究竟是什麼樣子，劉一民兄弟倆根本不曾見過，只是聽大人們在口頭上細說，更不必提那遠在大江以南的「洞庭湖」和「鄱陽湖」了。這麼一想，對小叔好生羨慕，也就不認為小叔到處浪遊、遲遲不歸，有什麼不應該了。

劉一民嚥了口唾沫，聲音也酸溜溜的說：

「好吧，咱們就安心等著。等小叔他把中國的名山大川，遊覽一遍，他就會倦鳥知返，回到咱們這沒有山也沒有水的郚鼎集來了。等小叔回來，一定有不少故事說給咱們聽，比看信，更過癮。」

劉一卿驚怪失聲：

「噢，那要等到什麼時候？」

劉一民向大哥取笑說：

「大哥，您還煩惱什麼？從前小叔人在家裏，有他擋在前頭，小叔不結婚，也就擔誤了大侄子的喜事，那倒是該煩惱的！現在情況不同了，小叔出門快三年了，您逮住機會，不但把大嫂娶進門來，兒子也抱了幾個月，您還煩惱什麼？小叔要再回來遲了些，『小泥鰍兒』大概就會喊『爺爺』了！」

說得劉一卿面紅耳赤，裝出一副著惱的樣子，卻又笑得鼻歪眼斜的，內心十分的得意。

「小泥鰍兒」是劉家新添的嬰兒，就因為有這個小傢伙來報到，劉家的每一個人都跟著升了級。四十五歲的「劉先生」作了爺爺，在那個時代，已經稍嫌遲了些，也因此更疼愛這個「第三代」。對劉一民來說，作叔叔的味道也很不錯。過去，不但在劉氏一族，他的輩分最低，年紀最小，就是在他們劉家所有的親戚世誼當中，他也一直是個「墊腳的」，有些和他年紀相差不多的孩子，不敘則已，敘起來就比他高了一輩，甚至兩輩。在那個敦親睦鄰、重感情、拉關係的社會，這真是無可奈何的事，一出生站錯了位置，就永遠熬不出頭了。現在可好了，大門以外且不說，只說在家庭裏頭，他總算升級當了叔叔，雖然小傢伙還不會叫，——早晚總會叫的，對不對？耐心等著就是了。

教人耐不下心來的，倒是他那個行蹤飄忽的小叔。都已經作了爺爺啦，還這麼頑性大發，童心不退，行程忽東忽西，忽遠忽近的，這要到那年那月，才能回到郜鼎集？民國十五年舊曆年底，最後一次收到他小叔劉大德的「平安家書」，竟然是在「衢州」投郵，這表示他又改變路線，到了浙江省的西部。看過小叔的信，劉一民只好這樣向自己譬解著：大概是，小叔貪看湖景，已經近乎瘋魔，在看過洞庭湖和鄱陽湖之後，又禁不住誘惑，所以才拐彎抹角，到杭州看西湖、到蘇州看太湖去了。

第八章

果然不出所料，春節過後不久，小叔有一封家書是寄自杭州。

俗語說：「上有天堂，下有蘇杭。」杭州的好景緻，當然有得吹噓的，劉大德用了三大張信紙，寫了一篇「杭州遊記」。也許他去的節季不對，對於那天下馳名，織成錦屏又畫成年畫的「西湖十樣景」，卻很少說到，而把重點放在岸邊山上的「放鶴亭」和「岳王廟」。劉大德對這兩處古蹟，似乎是十分傾倒，在信裏細細介紹，費了不少筆墨。「岳王廟」和「岳王墳」，劉一民在地理教科書就看過圖片，也從小叔的藏書中讀過《精忠說岳》那部章回小說，第一次寫草字，臨摹的就是岳武穆所題「還我河山」的墨跡，所以，這位屢次大敗金兵，而最後被奸相秦檜害死的大忠臣岳飛，本來就是他最欽敬的古人之一，現在知道小叔有機會參拜廟宇，憑弔墓地，不禁心嚮往之，恨不能插翅飛去，和小叔一同瞻仰行禮。至於他小叔同樣讚嘆的那位林和靖先生，劉一民眼界太窄，幾乎是一無所知，只從小叔的信裏，才曉得「梅妻鶴子」的故事，而猜想著那位林先生大概是一位隱居不仕的高人雅士，會作幾首詩，會填幾闋詞，如此而已。

不過，小叔信裏抄寫了「放鶴亭」的一副對聯：「若問梅消息，且待鶴歸來。」他看了，雖然懂得的並不透徹，心裏卻很喜歡，就把它牢牢的記住了。

就在接到小叔這封信的第三日，或者是第四日，住在城裏的包老師，忽然出現在郜鼎集。而且，由他在路上問訊的一個小孩子領著，逕直的來到「葆和堂」中藥舖。

看到包老師，劉一民有些內疚。上次為了不想升學，特意進城向包老師稟告，結果什麼話也沒有說……那是兩年前的事了，這中間，劉一民完全過著鄉下人的生活，又因為時局不好，常常逃反避難的，連部鼎集都住不安穩，更不曾進過一趟城，對老師應盡的拜年、賀節、請安、問好這些禮數，都全部省略，也實在太不像話了。

包老師走進門來，臉上照例是不笑的，好在態度還很溫和，口氣也不甚嚴厲，但也稍稍帶著幾分責備的意思：

「劉一民，別人告訴我說，你沒有去府城升學，我還不信，果然你就來了這麼一個『家裏蹲』！」

像包老師這種性格的人，說話能帶出如此輕鬆諧謔的口吻，就可見他的責備不是真心，而只是順口一問。可是，在劉一民來說，接受尊長們的管教，那些「泰山壓頂」式的招數還好應付，拚上一身皮肉，挺著、挨著就是了，最怕的就是這種軟索套，虛虛的往頭上一拋，就教人手腳無措，解不脫也逃不掉，不知道該怎樣應付才好。

劉一民發現自己期期艾艾的成了個結巴嘴：

「我，我，我——」

包老師看他窘成那個樣子，也不忍心進逼，又因為事情已經成了過去，逼死人也無益，就把手輕輕一揮，自動的解了圍：

「好啦，你不用解釋。我知道你是一個好學肯上進的孩子，不能上府城升學，必然是勢迫出此，情非得已。家家有本難念的經，老師也有很多事情是能說而不能行。正所謂：『十有九人堪白眼，百無一用是書生』！唉！令尊呢？」

劉一民這才呼吸均勻，喉頭的肌肉也不再繃得那麼緊，說話就比較順溜了些：

「我爹下鄉給人看病去啦，不在家。老師，您找我爹有事麼？他要傍晚時分才能回來哪。」

包老師擺擺手說：

「不要緊，我沒有什麼事情。心裏悶，出來溜溜腿兒，沿著那條官道往下走，不知不覺的，就到了你們郜鼎集。既然到了這裏，順便就來看看你，令尊在家不在家，都是一樣的。」

聽包老師說話的口氣，好像郜鼎集就是東南隅，一出城門，拐個彎兒就到，所以才會走得「不知不覺」。其實，包老師原本就不是一個愛活動的人，以那個時代中國人的體格來說，六十歲的人已經相當衰老，又加上，冰雪初融，春寒料峭，所謂的「官道」也只是泥路一條，要他老人家走這十五里路實在非同小可。長途跋涉，必有所為，絕對不可能只是「出來溜溜腿兒」。

悶坐片刻，喝完劉一民奉上的一杯熱茶，包老師終於說了真話：

「我只是來瞧瞧，最近，你小叔來過信沒有？」

問起這件事情，劉一民就陡然長了精神，往包老師對面的主位上一坐，高高興興的說：「有哇，很多。我告訴您呀，老師，我小叔已經離開廣州，往回家的路上走了耶，只是他走的路線很怪，東拐西拐，只怕他一時的還回不來！」

包老師也聽得很有興趣：

「哦？你小叔信上是怎樣說的？」

這教劉一民怎樣回答呢？從去年盛夏，到今年初春，一共收到小叔寄來的十五封信，寄信的地址，分布在粵、湘、鄂、贛、浙五個省分，至於信的內容，要是當作「家書」看呢，可以說是內容空洞，根本沒有說到什麼；要是當作「遊記」讀，卻是內容充實，言之有物，如非親臨其地，那是絕對寫不出來的。包老師問道：「信上怎麼說？」這可不容易答覆。要是實話實說：「什麼都沒提！」聽起來卻不像真的，也辜負了包老師衝風冒寒、遠道尋問的心意。可是，要想不這麼說，那就得一封信、一封信的解釋，因為每封信的「背景」都是不一樣的，必須把這十五封信從頭「背」到尾，才能解說明白。劉一民暗暗忖思：反正這些信都沒有什麼「機密」，而「包黑子」又不是外人，是劉家叔侄兩代的恩師，乾脆，就把這些信統統拿出來，請包老師自己看一個仔細，豈不省事？對，這是個好主意，還可替小叔的「作品」，爭取到一位有資格的讀者。

劉一民向包老師施禮告退，說：

「老師，您稍坐。小叔來的那些信，都在我房裏收著呢，我拿給您瞧瞧。」

十五封信，都是編了號碼的，而且在信封背後註明收信的日期。劉一民把它們收藏在一隻盛「柿餅霜」的木匣子裏，匣面上還題著「南雁北飛」四個大字，是從他新近讀過的「西廂記」裏套下來的，也不知道用得合適不合適。來不及考慮，就那樣連同木匣子一起，交到包老師的手裏。

包老師真的就像捧著一大本遊記似的，按照目次，從第一號開始，一號接一號的讀下去，讀得津津有味。

一封信讀畢，包老師還抿嘴咂舌的下著評語：

「唔，不錯，有意思！」

每讀到一封新的，他且不忙著開啟，卻把那信封捧在手裏，仔細的認地址，看日期，然後又側首閉目，若有所思，不知道他老人家在想些什麼，彷彿總能思有所得，而露出一副心領神會的樣子。劉一民在旁邊看著，壓根兒就莫名其妙，難道說那郵戳上頭還有多大的學問麼？

包老師大概是一大早就出了城，當他走進「葆和堂」中藥舖，已經是近午十點半鐘，又經過這一陣子耽誤，眼看著就到了該吃午飯的時候，十五封信才只看了個開頭兒，而興趣卻又十分濃厚，咿咿唔唔，到了欲罷不能的地步。

劉一民他娘聽說外面來了貴客，就讓他大哥出來傳話，要劉一民殷勤挽留，請老師務必吃過午飯再走。劉一民把這番意思向包老師傳達了：

「老師，我娘說，時間已經不早啦，就請老師在舍下便飯吧。」

也不知道包老師聽清了沒有，他老人家只顧得埋首苦讀，頭也不抬的說：

「還早，還早。」

早什麼？是指吃午飯的時刻？還是說信的數量太多，一時的看不了？不過，有一件事倒是可以確定的，那就是，在包老師還沒有把那些信研究透徹之前，他老人家不會挪動位置。好在過年準備的菜總有剩餘，揀兩碗素雞、扣肉，再加上幾枚長了黑斑的大蒸饃，放進蒸籠裏一餾，就可以端出來待客，早在表達出留客便飯的誠意之前，劉一民他娘和他嫂子已經在著手準備了。

吃飯的時候，女眷迴避，由劉一卿、劉一民兩兄弟作陪，包老師也沒有多作客套，有吃便吃，有喝便喝。而一邊吃著喝著，一邊還捨不得放下手裡的信紙，就那麼且看且吃，把他昔日弟子劉大德的「家書」也當作一道菜了。

飯後，又過了個把鐘頭，包老師終於把那十五封信全部讀畢，這才露出一副心滿意足的樣子，一詠三嘆的說：

「唔，不錯，有意思，『若問梅消息，且待鶴歸來』，唔，真是有意思極了！」

劉一民試探的問著：

「老師是說，我小叔的文章作得不錯？」

包老師搖頭晃腦：「唔，文章不錯，題材更好。昔賢顧炎武曾經說過，人，先要有經國濟世之心，而後才可以遊山玩水。我記不清原文，大意就是這個樣子。你小叔的這十來封信，文字還在其次，最可貴的是他這份兒胸襟懷抱，如果只把他看成記遊之作，那可就看差了！」

說到這裡，包老師站起身來告辭，劉一民恭送如儀，一直送出了郜鼎集。

到了北寨門外的官道上，劉一民已經鞠了躬，說了「再見」的，包老師又忽然想起一件事，問道：

「你小叔的那些信，除我之外，可曾給別的『外人』看過？」

劉一民稍作尋思就搖了頭：

「沒有！」

包老師卻愼重其事的又問了一遍：

「真的沒有麼？你再想想看！」

是真的沒有哇，一想就知道，根本用不著再思再想嘛！這部鼎集人倒是不少，讀書識字的卻沒有幾個，常有來往的一些街坊鄰居們，更是以「睜眼瞎子」居多，就是把小叔的信「亮」在他們面前，他們也看不懂那上頭在「說」些什麼，看過還不等於是沒看過？再說，這些信的內容都普普通通的，縱然讓「外人」看了，又有什麼要緊呢？偏偏包老師顯出那麼一副鄭重的神色，不知道他老人家有什麼顧慮。

劉一民再一次的保證著：

「沒有！絕對沒有！」

包老師點點頭，還緊著叮囑說：

「沒有就好。往後也不要給『外人』看，免得替府上招惹麻煩。」

劉一民聽得心驚肉跳：

「惹麻煩？怎麼會呢？」

包老師老謀深算的說：

「大概是不會的。那張宗昌是個大老粗，他手下的『直魯聯軍』，素質比那些『北洋軍』更低，也沒有幾個人是識字的。不過，事情干係重大，還是小心些才好。不怕別的，就怕地面上那些助紂為虐的狗腿子，平白無故，他們還會深文周納，入人於罪，要是讓他們逮住這些真憑實據，那還了得？」

劉一民越聽越迷惑，完全不懂得包老師是在說些什麼，放大了膽子問道：

「老師，您是說，我小叔他——他在外頭作了壞事？會連累到家裏？」

包老師把滿頭齊耳的白髮，搖得像一團亂麻，說話的聲音之大，像是在跟人吵架：

「不！不！不！你小叔現在做的，是一樁頂天立地、旋乾轉坤的大事！這樁大事，是非常非常重要的！是非常非常了不起的！中國能不能統一，能不能結束眼前這種分崩離析的危局，全都在此一舉了！」

劉一民眼睛瞪得大大的，脖子伸得長長的，正合著像鄉人們所說的「鴨子聽打雷」那個姿勢，心裏更糊塗得像灌進去一大盆漿糊似的，對包老師極口稱揚的這樁「大事」，茫茫然毫無頭緒。

包老師看到劉一民那滿臉的傻相，且不忙著替他祛除疑惑，卻粗聲粗氣的問道：

「劉一民，你有多久沒看過報紙了？」

多久？哦，很久很久了！本來，在縣城裏讀書的那兩年，他讀報紙已經上癮，也就像那些有煙癮、有酒癮的人一樣，不可一日無此君。及至他輟學家居，蟄伏在郜鼎集，就進入了一個完全封閉的社會，要想看報紙，必須到縣城去，一來一回三十里，那能天天進城呢？漸漸的，就把這種「嗜好」戒掉，不再是個「癮君子」了。剛開始的時候，也不免像戒煙、戒酒一樣的難過一陣子，每遇閒暇時就尋尋覓覓的若有所失，好在自己的癮頭兒尚不太深，而所過的生活也不是十分無聊，久了，也就習慣了。自從跟隨父親研讀醫書，又發現了知識界的另一片新天地，在李白、杜甫、歐陽修、蘇東坡……之外，「結識」了李時珍、汪昂……這一輩古人，是過去聞所未聞、見所未見的，正可用他們來轉移興趣，填補空位。所以，沒有報紙可看，不見得就活不下去，郜鼎集附近地區成千上萬的鄉親近鄰，不都是這樣過日子的？

今天經包老師當頭棒喝，才驀然驚覺，這種自我封閉的生活實在過得太久了，渾渾噩噩，已經到了蠢然無知的程度。劉一民把聲音放得小小的，低低的，唯恐話說得不對，更增加自己的羞愧：

「究竟，外界發生了什麼事？我小叔他——他怎麼會有那樣大的能力？」

包老師的聲音也由高而低，向劉一民細心解釋：

「當然不是你小叔一個人了，他只是其中的一分子。這種驚天動地的大事，豈是少數幾個人能夠做得成的？必然是有人領導，有人追隨，上合天心，下應民意。誰能投身其中，參加一份兒，就已經夠幸運、夠光彩的。大則彪炳史冊，小也可以榮耀鄉里！你小叔自幼就是一個有抱負、有志氣的孩子，現在總算教他逮住了機會。說起來也是他運氣好，不早不晚的，剛好趕上了。像你，太小；像我，太老；小的是不知不覺，老的是能說不能行了！」

說到後面這幾句，包老師的口氣竟然有些酸溜溜的，似乎是對他昔日弟子劉大德的這番際遇，又羨慕，又嫉妒。

其實，最可憐的還是劉一民。包老師給他的評語是「不知不覺」，連「後知後覺」都不夠格，評得真是對極了！可不就是這個樣子麼？饒是包老師向他解釋了這麼多，他覺得自己的這顆腦袋瓜兒，就像一隻不成熟的厚皮石榴，任憑日曬雨澆，仍然是不裂嘴兒，不開竅兒，而被那層厚皮緊緊包裹著每一粒石榴子兒，都在加速的膨脹著，裹應外合，脹得他好難過。

本來還想厚著臉皮再多問幾句，不管自己有多笨，問得多了，總會聽明白的。可是，包老師卻不肯給他這個機會，打起手勢，望望天色，急匆匆的說：

「時辰很晚了，這天兒又黑得早，我要不趕快上路，恐怕天黑以前就進不了城了！——我知道你心裏還悶著，這樣吧，那天你有閒空兒，就進一趟城，最近幾個月的報紙，我都保存得很好，你自己去看看，就知道是怎麼一回事了，比我說得更清楚。好吧，就這樣說啦。令尊回來，替我問候。」

劉一民站在原地，目送著包老師離去。當兩下裏的距離拉開了一百多步，他大聲的喳呼著：

「老師，我明天就去，好不好？」

包老師年歲雖老，聽覺還算不錯，聞聲止步，回過臉來，臉上還似乎帶著一絲兒笑意，向他招招手，答應了他的請求。

當天晚間，他爹「劉先生」出診回家，在晚飯桌上，劉一民少不得要把接待包老師的一些情節，向爹細細的說了一遍。

敘述到包老師所說有關他小叔的那些話，劉一民特別加強了語氣，一邊說，一邊注意著爹的反應。「劉先生」的神情顯然是有些吃驚，然而，吃驚的程度卻並不如劉一民所預料的那樣嚴重。

「劉先生」只是微微的皺起眉頭，自言自語著：

「莫非，小弟他真是參加革命軍了？」

聲音很低，卻把劉一民他娘幾乎嚇得失了魂兒，她只聽清了一個「軍」字，就變顏變色的說：

「什麼？你是說咱們小弟去當了兵啦？哎喲，那還得了嗎？咱們劉家，可從來沒有人當過兵的呀！」

劉一民對「革命軍」這個名稱，倒是並不完全陌生，但也只是略略的有個印象而已，更從來不曾把這個名稱跟小叔聯想在一起。這是因為他自幼所受的教育，就把一個觀念死死的鑄在腦子裏：「好鐵不打釘，好男不當兵。」

以他的認識，兵是一些天生的特殊分子，和一般普通人大有不同，清白家庭、善良百姓的子弟，不論貧富，絕少有出去當兵的。如果有的話，那只有一種可能：就是這個年輕人作出什麼違法犯紀或賊仁害義的事，在家鄉藏身不得，才會「逃」到軍隊裏去，借一身「老虎皮」來保護自己，也往往從此離門離戶的，和家中人等都斷絕了關係。這種情形，縱或不是自古皆然，最少也是自劉一民出生以後即屬如此，印象極為深刻，可謂根深蒂固，不容易從腦海裏滌除。所以，要他想像他小叔也當兵入伍，穿了一身「老虎皮」，那簡直是違反常識，不合情理，絕對不可能的。

「劉先生」似乎也受著這種觀念的限制，對於自己的設想，是寧可信其無的。他故意用一種「不當真」的口吻，輕描淡寫的說：

「我想，這事情也不大可能。是半年前的事了，有一回，到『柳坊寨』給孫團總的太太看病，遇上他家有一位客人，閒談的時候，那客人說，在廣東省有一支革命軍，要實現孫大元帥的遺志，由蔣總司令率領，從廣州誓師北征，一路上勢如破竹，在湖南省、湖北省打垮了吳佩孚，圍住了武昌城，眼看著就要渡過長江，打進了河南省。當時剛好接到過小弟的一封信，是從岳州寄出來的，我心裏一動，既然那地方剛剛打過仗，小弟他到那裏去做什麼？要說是遊山觀景，也犯不上湊這個熱鬧呀？所以就有了一個想法，會不會是小弟他也參加了革命軍呢？仔細再想想，又覺得不大像。後來又聽人說，那武昌城被圍了一個多月，終於打下來了，吳佩孚的大將劉玉春也被生擒活捉，革命軍已經到達雞公山、武勝關，眼看著就要進入河南省的地面。可是，這時候小弟已經到了江西，最近的一封信又是從杭州寄出來的，看起來小弟和革命軍似乎沒有什麼關係。那包老師所說的話，恐怕就和我原先的想法一樣，是猜出來的，也不一定猜得對。」

劉一民很熱切的說：

「不哎，小叔寄回來的信，包老師都看過，就是在看過那些信之後，他才——」

「劉先生」一聲輕咳，把小兒子的話打斷了。

「他才用猜的，對不對？我知道你們的包老師是個秀才，『秀才不出門，能知天下事』，那是指寫在紙上的，印在書裏的。至於當今現代、而又是發生在異鄉遠處的事情，他還不是也像普通人一樣，只用耳朵，不用眼睛？無憑無據，他的話也是只能聽、不能信的！」

劉一民一時懵懂，還不曾領會他爹的用意，又心直口快的說：

「不哎，包老師說，他家裏存著最近幾個月的報紙，那就是憑據！包老師還說，要我明天去看呢！」

「劉先生」向小兒子狠狠的瞪了一眼，罵道：

「這孩子，就只曉得維護你的老師！你老師家裏有報紙，有報紙又怎麼樣呢？難道那報紙上還會登出你小叔的名字？望風捕影的，那怎麼算得了憑據？明天想進城去玩兒，爹准你去就是，還用得著假傳你老師的旨意？真是個笨孩子！」

一邊罵著，一邊向小兒子使眼色，劉一民這才懂了爹的意思，原來爹並非不敬師，而是因為娘的膽子太小，實話實說，怕把娘嚇壞了。

臨睡覺的時候，「劉先生」又特意拐到小兒子的屋裏，著實的告誡了幾句：

「不怪爹罵你，你這孩子有時候也實在夠笨的！明天去到縣城裏，不管你在報紙上看到什麼事，回來之後，該說的才說，不該說的就先在自己心裏放著，有空兒的時候再悄悄的告訴我，知道不知道？要是你冒冒失失的，把你娘嚇出病來，爹可不饒你！」

第二天一早，劉一民就上了路。他本來是想一路跑進城的，可是，天寒地凍，路面上附著一層薄冰，滑不留足，每一步都有摔跤的可能，他只好拿出耐性，一步一步慢慢的走。到了包老師家裏，已經九點多鐘。

包老師正在廳堂上坐等，一見面兒就說：

「你怎麼才來？」

好像還有些嗔怪，嫌他來得太遲了。也不等他解說，就帶著他登堂入室，進了裏面一間的書房。包老師的書房很氣派，兩座牆一樣高的書架，滿架圖書，新的舊的都有；一張床一樣大的書桌，桌上放置的文房四寶，都很講究。唯一教劉一民不習慣的，就是書房裏有一股子朽木和舊紙混合起來的氣味，那大概就是所謂的「書香」了，劉一民聞著，還不如自己家裏那些生熟藥材的氣味好聞呢。

包老師拉開書架底層的一排大抽屜，裏面滿滿的都是報紙，一疊一疊放得整整齊齊的。

經過一番檢視，包老師把民國十五年七月份以後這半年多的報紙通通搬了出來，再憑他的記憶，抽出其中的若干份，是他準備給劉一民參考的「資料」。

在包老師指點之下，劉一民得到不少便利，否則的話，要他一個人把七八個月份的報紙從頭讀起，那可真像讀一部二十四史似的，不知要費多少時間呢。包老師的記憶力很好，他抽出來的那幾十份報紙，日期都大致正確，所要找尋的「資料」差不多都在裏頭了。而且，包老師還一張一張的向劉一民指示那些新聞的地位，從這裏，到那裏，有一些比較重要的，早已經用硃筆標示。儘管如此省力，也費了劉一民好幾個小時。那天的午飯是包老師「回請」的，端出來的飯食，比昨天那一頓豐盛多了。

讀了那些「資料」，劉一民對最近這大半年來國家局勢的新發展，在腦子裏有了一個大概的輪廓。他小叔參加「革命軍」的這項事實，也幾乎是可以完全確定的了。有一部分「資料」，恰好替小叔寄回來的那十五封家書作了註腳，每一封家書付郵的日期，都剛巧是在「革命軍」攻克那座城市的數日之內，而小叔的行程，也往往是隨著某一路「革命軍」的進展而轉移，依據郵戳上的日期和地址來一一核對，可以把每一封信的「背景」，都查得清清楚楚的。

原來由蔣總司令率領的「國民革命軍」，在廣州誓師，七月一日下達北伐部隊動員令，是分幾路出兵的。主力部隊從韶關往正北，過五嶺，進入湖南省境內，抵達長沙之後，即兵分兩路。一路攻向岳州，對手是大軍閥吳佩孚；由岳州再沿著鐵路往北推動，這一路之上，遭逢到極頑強的抵抗，在羊樓司、蒲圻、汀泗橋、賀勝橋……等處，都有過極慘烈的戰鬥。

特別是汀泗橋一役，得而復失，失而復得，幾進幾出，反覆衝擊，那吳佩孚親自率領大刀隊督陣，其所屬將校有後退者立予斬首，終於還是阻擋不住「國民革命軍」的攻勢。到了九月一日，兵臨武昌城下。這時候，另一個大軍閥——自稱「五省聯軍總司令」的孫傳芳，與吳佩孚聲氣相通，也派出十萬大兵，兵分五路，從江西省向湖南省攻擊，以阻撓「革命軍」北進。於是，蔣總司令就抽出一部分兵力，迎擊孫傳芳的軍隊，劉一民的小叔就是在這時候從圍攻武昌的戰場脫離，而進入江西省的。孫傳芳更不如吳佩孚，在戰場上根本不是「革命軍」的對手，一經接觸，紛紛敗退，他小叔隸屬的那一支「革命軍」，過袁州，克新喻，就由這條路線長驅直入，先拿下了南昌，又佔領了九江，孫傳芳的總司令部就撤到了長江以北。另外，還有一支由何應欽將軍擔任總指揮的「國民革命軍東路軍」，從粵東進入福建省，當面對敵的孫傳芳部隊也有數師之眾，卻不堪一擊，由漳州、泉州而福州，把全省底定以後，又翻山越嶺，從閩北到達浙西，在衢州，和剛剛攻下江西省的「革命軍」合流，然後就揮戈北上，進駐杭州。

劉一民他小叔的第十五封「家書」，就在這時候寄出。如果只是一個人在到處浪遊，費了七八個月的工夫，走了這曲曲折折的數千里路，隨興而行，任意而止，實在是夠愜意、也夠瀟灑的；實際上卻並非如此，小叔是投筆從戎，在隨軍行動，為了救國救民，在戰場上和那些國蠹民賊生死相搏，一路上斬將奪旗，攻城陷鎮，縱然每戰輒勝，所向無敵，也是很費時間的，卻能在大半年之內，把江南地區幾個省分的軍閥勢力，全部清除無餘，正如小叔在「家書」中所說的：「青天白日，大發光輝。」而「國民革命軍」的英勇神速，真可謂前所未有。對劉一民這個十六歲的小男兒來說，閱讀這些「資料」，比閱讀《兩漢平話》、《隋唐演義》之類的長篇說部，更要過癮得多了。

除了這些「資料」，包老師還自己動手繪製了一幅大地圖，把「國民革命軍」攻擊的路線和進度，都標示得清清楚楚。在學校裏，包老師教的是國文和地理兩科，對畫地圖本來就很拿手，這幅大地圖更下了真工夫，一切山岳河流，都市城邑，都繪製得正確無誤，十分醒目，大概他在整個寒假裏頭，摒擋一切雜務，淨是在做這一件事情了。

攤開大地圖，包老師用「話說天下大勢分久必合——」這句話作「開場白」，就像「說書」似的，向劉一民分析當前的時局，並且對未來可能的發展，也作了一番預測。根據最新的資料，包老師又加上幾個新的箭頭兒，「國民革命軍」在佔領杭州之後，又兵分三路，一路沿著滬杭鐵路向上海猛撲；另兩路繞行太湖左右，一路向湖西發展，自吳興、而長興、而宜興，可能是由此路線攻向南京；一路順著太湖東岸，目標是蘇州。各路兵馬都進展得很神速，眼看著那長江南岸、滬寧鐵路的幾座大城市，即將盡入「國民革命軍」的掌握。

包老師一手按住地圖，另一隻手握成拳頭，用中指突出的骨節，往地圖上用力的敲著：

磬！磬！磬！很權威的向劉一民宣告：

「我敢說，你小叔的下一封信，必是從南京、上海、蘇州這三處中的一處寄出來的，那就表示江南地區已經全部進入革命軍的手裏，下一步將是渡江北上，離咱們城武縣就一天一天的近了！」

作這個「宣告」的時候，包老師目光炯炯，滿頭的銀髮飛舞，臉上那些像雕刻一般的皺紋，也活潑潑的漾起著漩渦。劉一民認識包老師好幾年了，對包老師的這張老臉早就看得熟，還從來不曾看到它像今天這樣的「生動」過，就好似一尊木雕石刻的神像突然「活」起來一樣，讓人感動極了。

劉一民心裏也溢滿著希望和歡樂，喜孜孜的向包老師請教：

「老師，依您看，我小叔他還要多久才能到家呢？」

包老師眉頭一皺，慢吞吞的說：

「這很難講。要是單看革命軍自廣州誓師北伐以後，在江南數省進展的速度，我可以斷言，從南京到咱們城武縣，也不過只有千把里路，那是要不了多久的，如果進展順利的話，也許只需要三幾個月。可是，革命軍是以打倒軍閥、統一全國為目標，而咱們中國的軍閥實在是太多了、太多了！那些軍閥頭目，別的本事沒有，卻都是些見風轉舵、投機倒把的能手，正由於革命軍聲勢太大，吳佩孚和孫傳芳這兩個大軍閥支持不住，搖搖欲倒，這就使得其他一些軍閥頭目提高了警覺。本來，自入民國以後，一直是兵連禍結，那些軍閥頭目為了操縱政局，爭奪地盤，經常在我攻你，你打我，中國的老百姓何曾有一年半年的安靜日子過？兩次直奉戰爭，雙方一勝一負，使得奉系的張作霖和直系的吳佩孚這兩個大頭目，成了冤家對頭；而『直魯聯軍總司令』張宗昌和『五省聯軍總司令』孫傳芳，不久之前還沿著津浦鐵路開火，打得很熱鬧。現在，由於他們都受到革命軍的威脅，有一時共同的利害，正醞釀著要來一次大團結，張宗昌準備援助孫傳芳，張作霖也在計畫接濟吳佩孚。這幾個大頭子都很有勢力，真要是聯合在一起，那就更成了氣候，很不容易對付。所以革命軍的北伐大業，這只是個開始，來日大難，還需要繼續努力，你問我你小叔什麼時候才能回到家裏？我只能說，這可是心急不得的，咱們耐住性子等候也就是了。」

剛剛在心頭燒起一盆熱火，是包老師把它點著的；接著又嘩嘩啦啦的倒下這半桶冷水，也是從包老師手裏潑出來的；潑得劉一民心裏灰煙迷濛，水霧瀰漫，一時乍暖還寒，分不清季節。

劉一民怯怯的問道：

「老師，聽您這麼說，那革命軍是打不過這些軍閥了？」

包老師端正著身子，抖擻著精神說：

「那倒未必！要是論人數，這幾個軍閥頭目都很會擴充武力，人數加在一起，超過百萬之眾，恐怕是革命軍的幾倍。不過，歷史上有很多以寡擊眾、以少勝多的例子，可見戰場上的勝負，跟人數的多少，並沒有絕對的關係。我聽說，那蔣總司令率領的『國民革命軍』，其基本武力只有一個軍、兩個師，是以『黃埔軍校』師生為基幹的，擴編之後，大概也只有兩三萬人而已。其他的部隊，都是收編的地方武力，號稱八個軍，總數不到十萬人。可是，由於他們訓練精良，紀律嚴明，是堂堂正正的仁義之師，出了廣東省，一路北上，到處受歡迎，老百姓簞食壺漿，迎候道旁。有些原先割據一方的軍閥小頭目們，也都聞風響應，輸誠歸順。還有吳佩孚、孫傳芳手下的幾員大將，能稍稍識得正邪、辨得順逆的，也都在陣前起義，棄暗投明，歸降了革命軍。得到這些幫助，革命軍的人數就越來越多，氣勢也越來越盛了。所以，人數多寡不是問題，決定雙方勝敗的，是民心，是士氣。要說明革命軍的成功，只有八個字可用，那就是：『民心若水，士氣如虹。』你懂不懂？」

所謂「民心若水」，大概是指孟子所說：「民歸之，若水之就下，沛然莫之能禦」的道理。好在劉一民入小學以前就讀過《孟子》，這番意思倒還能想得明白。至於「士氣如虹」，更是一句常用的成語，沒有什麼難懂的。劉一民趕緊的點點頭，表示自己已然領會，尚非愚昧。

包老師甚表嘉許的說：

「好，你既然都懂，我就不必多作解釋了。你想想看，能得到『民心若水，士氣如虹』這八個字的憑藉，革命軍還有不成功的理由麼？至於說時間遲早，也許冥冥之中已經有了定數，那倒是急不得的，反正咱們這一老一小，也幫不上什麼，只好耐心等著了。」

劉一民忽然想起了一件事，是在自己心裏悶了很久的，正好藉此機會，向包老師求證一下：

「老師，我小叔到廣州參加革命軍，是不是他離開家鄉以前就告訴了您？」

問到這件事，包老師臉色一暗，顯出一副很生氣的樣子，對他昔日弟子劉大德頗不滿意：

「沒有！大概是看我太老，所以就不屑於告訴我！說起這件事呢，要怪也只能怪我自己，教書教久了，又虛長了幾歲年紀，在學生們面前總喜歡裝模作樣的，更拉大了師生之間的距離，話就說不到一塊兒去！其實，老雖老，我的心並沒有死，所謂『老驥伏櫪，志在千里』，只是苦於家累太重，身子骨兒也不夠靈活，不能像年輕人那樣說了就做、即知即行了！我是民國前四十八年出生的，那正是『太平天國』敗亡的一年，然後是『捻匪』作亂，就在咱們家鄉這一帶流竄，可以說我是從一出生就在逃難，然後又歷經這許許多多的內憂外患，古語說得好哇：『寧作太平犬，不作亂離人。』我盼望著天下一統，四海清平，已經盼望了這麼許多年啦，這顆心，比你們年輕人更殷切、更沉重啊！每天看報紙，我比誰看得都仔細，總希望能看到一點點否極泰來的跡象，一點點除舊布新的消息。所以，我對廣州方面的新聞，一向就很注意。出師北伐，統一全國，是　孫中山先生的遺志，當孫先生在北京逝世以後，我就知道在廣州的革命黨人，必然會有一番行動的。你小叔離開家鄉，先到上海，後到廣州，我就隱隱約約的猜得出他是去做什麼，只是還不太有把握。後來，零零星星，有了更多的佐證，我的猜測也就越來越肯定。你小叔是民國十三年大正月裏到了上海的，幾個月過後，他才寄回來家書，人就已經到了廣州。我判斷，你小叔就是在那時候考進『黃埔軍校』，現在應該是革命軍中一位雄姿英發的青年軍官了！我這作老師的，能教出這樣的學生，心裏感到很驕傲；你這作侄子的，能有這樣的一個好叔叔，將來也會沾光不少！」

說到最後，包老師的臉色由晦暗而明朗，又有了欣慰的笑意。

包老師在談話當中，曾經兩次提到「黃埔軍校」，卻都是一語帶過，沒有作任何解釋，也許他自己對這所軍校的來歷，知道得很詳細，於是就認為沒有必要再作介紹、下注腳，對劉一民來說，卻是完全陌生的。老師說話中間，作學生的不敢插嘴；等老師的話告了一個段落，這才「執卷請益」，要求老師解釋明白。

「哦，我忘了告訴你，」包老師言無不盡的回答說：「據我所知，這所軍校是秉承孫中山先生的意旨而創辦的，校長就是現在統帥『國民革命軍』的蔣總司令。因為學校設在廣州附近的黃埔，所以一般人就叫它『黃埔軍校』。創辦這所軍校的時候，只有廣東一省能公開招生，其他省分都在軍閥勢力之下，不能公開活動，是由各省的老革命黨員秘密介紹的。北幾省的學生，是先在上海集中，再出發到廣州去。我聽說，你小叔到上海去投靠的那位徐先生，就是一個老革命黨員，大概就是透過那位徐先生的介紹，你小叔才有機會進了『黃埔軍校』。當然囉，這都是推測之詞，也許和事實有些出入，不過，我猜的總有個八九不離十，差不到那裏去。至於詳細情形，那要等你小叔凱旋回鄉之日，再聽他自己從頭兒細說了！」

那天，劉一民在包老師的書房裏，幾乎待了整整的一日。也只怪這初春天氣，白晝太短，才剛剛吃過午飯，一轉眼間，就到了日薄西山。不好意思在老師家裏連吃兩頓飯，當廚房又傳出炒菜的香味，劉一民只好站起身來，向老師行禮告辭。包老師知道他還有十五里路要走，也不強留，卻教師母端出一盒乾菓，給他裝了滿滿的一兜，這是把十六歲的劉一民，還當作小孩子看待了。出城之後，忽然想起那天是正月底，月晦頭，在這種天氣摸黑趕路，那是自找苦吃，所以，一出東南隅，腳底下就加足了勁兒，在那條半融半凍的泥路上，滑滑唧唧、緊趕慢趕的。一路摔了好幾跤，滿兜的乾菓也都掉得差不多了。回到郜鼎集，已經是四野蒼茫，一片漆黑。

雖然包老師賞給的核桃、栗子所餘無幾，算起來仍然是滿載而歸，化除了一些疑惑，解答了一些問題，證明了一些事實。所以，當劉一民回到家裏，模樣兒雖然有些狼狽，心裏卻實實的，身上也暖暖的，一張臉紅冬冬而又笑瞇瞇的走進門去。

可惜有些話不能當著娘說，只好依著爹的教導，暫時壓在心底。對娘說的，是他回來這一路子臨時編好的「故事」，也很費了他一番心機，總要說出來動人，聽起來可信，娘可不是那麼好瞞哄的呢。

看他回來了，娘且不忙著弄東西給他吃，卻一疊聲的問著：

「你在老師家裏看到些什麼？你小叔是不是真的當兵了？你包老師怎麼說？」

劉一民不慌不忙回話：

「兵那是這麼好當的？當兵也有當兵的條件啊！包老師說，現在的一個中學生，放在前清，就等於是個秀才啦，『秀才遇見兵，有理說不清。』根本就是兩種不同的人嘛。秀才是動筆的，兵是動槍的，拿得動筆的人就拿不動槍，這和拿得動槍的人就拿不動筆一樣。所以呀，秀才要考兵要挑，條件不合人家就不要……」

他娘聽得焦躁，揚起巴掌就要往他頭上敲，忽然警覺到：小兒子已經長大了，站在自己跟前，比娘足足的高著一個頭，這才收起要打人的姿勢，罵道：

「這孩子！你跟娘耍花槍啊？我問你小叔到底兒當兵了沒有？你嚕哩巴嗦，一句正經話都不說！」

劉一民依然慢吞吞的：

「就是——沒有哇！我不是說了嘛，當兵是有條件的，條件不合，人家就不要；我小叔他就是想當兵想得發了瘋，人家軍隊裏不要他，他這個兵也當不成，對不對？我說得很清楚、很明白呀！」

就因為他說話很嚕嗦，把他娘聽得糊里糊塗，雖然是半信半疑，想駁他，卻又不知道該從那裏駁起，於是就只好後退一步，提出另一個問題：

「那——你小叔怎麼還不回家呢？」

劉一民也早就想好了說辭：

「就是因為——打仗嘛，革命軍北伐，把吳佩孚、孫傳芳兩個大軍閥頭子，打得落花流水，現在，長江以南的好幾個省分，都到了革命軍的手裏……」

娘對這些大新聞都不感興趣，只擔心著小叔一個人的安危：

「既然在打仗，你小叔就更應該快些回家，他怎麼還在外頭到處晃盪，不危險嗎？」

劉一民似笑非笑的咧著嘴說：

「小叔當然想快些回家，他也得回得來啊！從小叔寄回家的十幾封信，可以看得出他跑了那麼多地方，無非是想過長江，可是，他先到武昌，武昌在打仗；再到九江，九江也在打仗；後來又到了杭州，不曉得他下一站打算走那條路？——那條路都不好走……現在整個的長江都成了火線，那長江比咱們的黃河還寬，一打仗就斷了兩岸的來往，小叔他怎麼能回得來呢？除非他會飛！」

娘心裏一急，說出來的話就有些不講理：

「這些當兵的也真是的！光顧得他們打仗，就不讓人回家了啊？」

聽娘說得很好玩兒，劉一民爽性就笑出聲來：

「哎呀，我的娘，人家當兵的打仗是真刀真槍，您以為也像我前些年玩『打仗』的遊戲一樣，大人們一聲吆喝，小孩子就得丟下棍棒，另換『戰場』？我小叔回家的心再急，總不能往火線上硬闖，拍拍人家的肩膀，說：『老鄉，借個光，你停一下再打，讓條路我回家！』就算這邊兒的人答應了他，那邊兒的人也聽不見呀，霹靂啪啦，子彈可是不長眼睛的，人在槍林彈雨之下，那可就危險啦！」

「劉先生」忍不住的笑罵：

「這孩子，你可真能鬼扯！——」

劉一民的娘被嚇得直宣佛號：

「阿彌陀佛，這可怎麼好？菩薩奶奶要多多的保佑！」

唯恐被嚇過了頭，對娘的身體不好，劉一民的話就急轉直下，再往好處說：

「其實，小叔才不會這麼傻，他現在的做法最安全啦。跟在革命軍的後頭，一站一站的往北走，離戰場遠遠的，離家鄉卻是越來越近了。——娘啊，您要求您的菩薩奶奶，要祂連革命軍和小叔一塊保佑著，什麼時候革命軍打到咱們這裏，小叔不是就平安無事的到家了麼？那多好哇！」

這些話，他娘也信得過，只是有些焦慮的說：

「那不是要很久嗎？」

劉一民變成了「劉鐵嘴」，能掐會算，大包大攬的：

「不會！長江到黃河，只有一千多里路，要不了多久，革命軍就會來到咱們這裏！包老師說，這種事情急不得，太急就會出岔子！」

他娘生怕會得罪了神靈似的，趕緊接口說：

「我不急，我不急，只要小弟他平安無事就好，阿彌陀佛！」

「劉先生」這陣子在欣賞著劉一民的「表演」，似乎對小兒子的這點兒機智還頗為賞識，一直撚著鬍鬚，笑而不語。現在眼看著他把他娘已經哄得服服貼貼的，唯恐他再繼續「表演」下去，言多必失，弄得前功盡棄，便適時的出面制止：

「好啦，好啦，把該說的話說完，就別再逞能啦。看你回來的這個時間，多半是還沒有吃晚飯，空著肚子跑了這十來里路，你不餓嗎？趕快到後頭去求求你嫂子，教她給你弄點子吃的。吃罷，也該上床睡覺啦。有什麼沒說完的話，明兒再說吧。」

第二天，「劉先生」去四鄉看病，特別帶了小兒子同行，劉一民這才有機會把事情的真象稟明。雖然事先已經作了揣測，現在不過是加以證實而已，而當「劉先生」確知他小弟劉大德果然成了「革命軍」的一分子，心情仍然是十分複雜的，有幾分怕懼，有幾分欣慰，更有幾分難過。

劉一民向父親譬解著：

「包老師說，我小叔現在所做的，是一件了不起的大事，不但能榮耀鄉里，而且會彪炳史冊。老師還說，凡是和小叔有關係的人，都應該為他而感到驕傲！」

「劉先生」靜默了很久，才苦笑著說：

「這些話，我何嘗不知道？只不過，旁邊的人容易說，自家的人不容易做啊！」

從此以後，郜鼎集劉氏全家都變得很關心時局，只因為有一個親人在「外地」，那「外地」的消息就不再是事不干己。劉一民在父母的「縱容」之下，每隔三五日，必進城一次，來回三十里，只為了專程到包老師家裏去看報紙。每次從城裏回來，都會帶回一些令人振奮的消息，革命軍的進展十分順利。

過了不久，報紙上就連續的登出大標題，先是說國民革命軍進入上海，二十餘萬市民舉行歡迎大會，「直魯聯軍」的一支部隊被包圍繳械，以後的數日之內，天天都在報導著革命軍大捷的消息，「滬寧鐵路」沿線的大小城市，崑山、蘇州、無錫、武進和鎮江，都到了革命軍的手裏；緊接著就是革命軍部署進攻南京，蔣總司令乘軍艦在采石磯江面指揮督戰，「直魯聯軍」的副司令褚玉璞招架不住，自浦口狼狽撤退，革命軍一面渡江追擊，一面由中華門衝入城內……各路消息紛至沓來，幾乎滿版都是，令人目不暇給，看得才過癮呢！

把那些新聞綜合起來，很容易建立一個印象，那就是：革命軍太強，而孫傳芳的「五省聯軍」，和張宗昌、褚玉璞的「直魯聯軍」加起來也有數十萬之眾，卻都是一些不堪一擊的稻草人兒，甚至於還是用那種朽木頭、爛稻草紮成的，平時還能撐起來擺擺架子，卻禁不住一陣大風吹，立刻就零零散散，狼藉一地。革命軍就以摧枯拉朽之勢，追亡逐北，一口氣拿下許多城市，佔領許多土地，看起來似乎是輕鬆無比，不必費多大力氣。

這就難怪劉一民的小叔在「家書」中表現得那麼瀟灑，不像隨軍出征，冒著硝煙彈雨，去攻城掠地；倒像是和一群志同道合的朋友結伴旅行，到處的尋幽訪古，遊山玩水。

果不其然的，在革命軍光復南京之後大約十日左右，就收到劉大德寄自南京的一封家書，看郵戳上的日期，恰是「蔣總司令入南京城視察」的第二日。這封信照例又是一篇「遊記」，從太湖沿岸的風景寫起，寫到蘇州，也寫到無錫。最後說到南京，卻只有寥寥幾句，而且所用的言語，不勝其感慨係之，連「吳宮花草埋幽徑，晉代衣冠成古邱」；「莫愁湖，鬼夜哭；鳳凰臺，棲梟鳥」這一類撫今懷古的詞句，都成串的用了上去，似乎那「龍蟠虎踞」的「石頭城」，在這次革命軍進城之前，已經荒蕪得不成樣子。

劉大德的下一封信是從揚州寄出的，那表示革命軍在南京小駐，又渡江而北，繼續展開攻勢，踏上征途。報紙上的新聞，從此又有一段大熱鬧，津浦鐵路兩側的許多城鎮，都盡入革命軍的掌握，推行得順利極了，也快速極了，有時一日之間，就連下數縣，那種情況不像是在作戰，而只是一邊在逃竄，一邊在追趕，雙方都展開最快的腳程，才會造成那麼大的速度，那麼高的紀錄。渡江之後不過半個月的工夫，革命軍的先頭部隊，就漸漸接近了「津浦」、「隴海」兩條大鐵路的十字路口——徐州。

【文學 002】

極限情況

鄭寶娟 著

揮別抒情時代，生命的戲謔、無奈，令人啞然失笑或不見容於世俗的故事，鄭寶娟一一挑戰。無論是惡疾、死亡、謀殺、背叛，涉獵的主題或重大或繁瑣，思想視域總是逸出主流意識形態，提供對人生瑣事和尋常生活圖景的全新審視角度。

【文學 003】

鏡中爹

張至璋 著

五十年前的上海碼頭，本書作者的父親與他揮別；五十年後他從澳洲到江南尋父。一張舊照片是他的鏡中爹，一則尋人廣告燃起無窮希望，一通國際電話如同春雷乍驚，一封撕破的信透露幾許私密，五本手跡冊子蘊藏多少玄機。三線佈局，天南地北搜索一名老頭，卻追溯出兩岸五十年離亂史。

【文學 004】

你道別了嗎？

林黛嫚 著

●民國 94 年中山文藝散文創作獎、聯合報讀書人書評推薦

你知道每一次道別都很珍貴，你無法向那些不告而別的人索一句再見，但是，你可以常常問問自己，你道別了嗎？作者在這本散文集中，除了以文字見證生活經驗之外，更企圖透過人稱轉換造成距離感，以及小說化的敘事筆調呈現散文的瀟灑文氣。

【文學 005】

源氏物語的女性

林水福 著

一本將《源氏物語》普及化的讀物。除了介紹《源氏物語》的相關知識外，更細膩刻畫了其中 19 位重要的女性，從容貌、言談、舉止到幽微的情感和思緒，讓我們彷彿在觀賞 19 幅的女性素描畫像，她們的喜和怒，樂和怨都深深牽動著我們的視線和情緒。